昔も今も

サマセット・モーム
天野隆司 訳

筑摩書房

目次

昔も今も　*Then and Now*

THEN AND NOW
by W Somerset Maugham

西暦1502年『昔も今も』の舞台
マキアヴェリとチェーザレの時代のイタリア

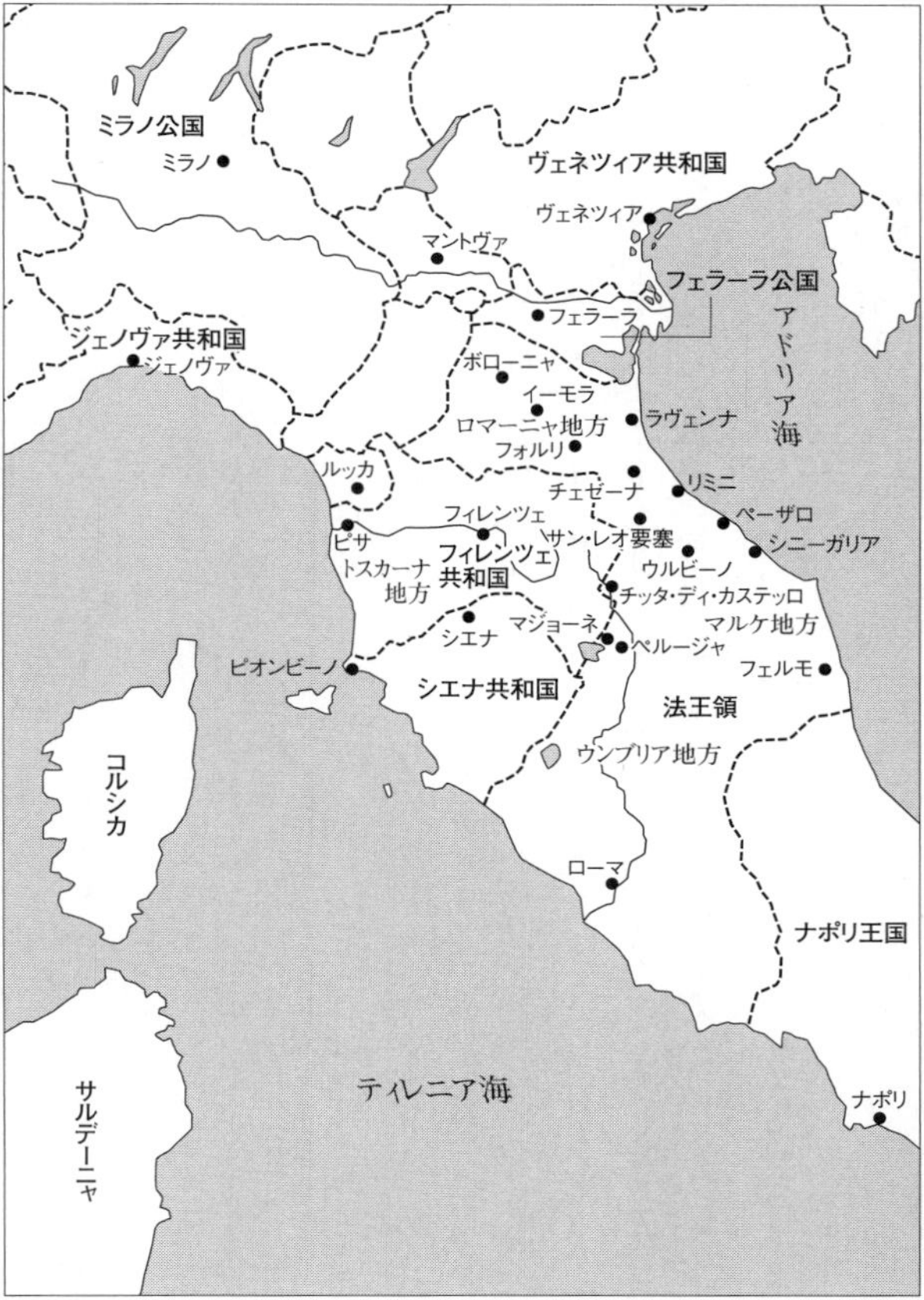

誰にしても想像力だけでこの種の本を書くのはむずかしい。したがってわたしもご多分にもれず、あちこちから必要な資料を集めなければならなかった。主な情報源となったのは、もちろん、マキアヴェリが書いたものである。トマジーニの『ニッコロ・マキアヴェリの生涯』にも大へん世話になったし、ヴィラーリの本も、ウッドワードの重厚な『チェーザレ・ボルジア』も参考にさせてもらった。カルロ・バーフ伯爵には、これまた多大の恩恵をこうむった。伯爵は著書『チェーザレ・ボルジア』を通して、風雲の時代を果敢に生きた若き君主の生涯を熱く感じさせてくださった。さらに惜しげなく多数の蔵書を貸してくださり、度重なる質問にも根気よく答えてくださった。こうした援助がなければ、わたしは多くの貴重な知識に接することなく終わったろう。ここに伯爵の名をしるし、心から感謝の意を表したい。

1

Plus ça change, plus c'est la même chose.（変われば変わるだけいよいよ同じだよ。）

2

ビアジオ・ボナコルシにとって、いそがしい一日だった。ひどく疲れていたが、几帳面な男の習慣から、寝る前にその日の日誌をつけることは忘れなかった。記述はごく短く、「市はイーモラにいる公爵に使節を派遣した」とのみ記されている。重要性を認めなかったのか、使節の名前は書かれていないが、この使節とはニッコロ・マキアヴェリ、公爵とはチェーザレ・ボルジアである。

ビアジオは夜明けとともに家を出たから、いそがしいばかりか、長い一日ともなった。傍らに、頑丈なポニーに乗った甥のピエロ・ジャコミニを連れている。今回のイーモラ行きには、ぜひともこの甥を同行させたいと思い、マキアヴェリに頼みこんで承諾を得ることができた。この日はたまたまピエロが十八になった誕生日だったから、若者が世に出ていく門出としては、まことにふさわしい日に思われた。一五〇二年十月六日のことである。

ピエロは見るからに逞しい若者である。年のわりに背が高く、愛嬌のある顔をしている。父親を早く亡くしていたから、叔父に指導されてそれなりの教育を受けていた。きれいな文字を書いたし、イタリア語はもちろん、ラテン語でも気の利いた文句を言ってみせる。古代ローマ人を熱烈に敬愛するマキアヴェリの助言もあって、古代ローマ史についても、そこそこの知識をもっていた。そのマキアヴェリには確信があった。人間の性《さが》はいつの世も同じであり、同じ情熱をもっているから、状況が同じならば、同じ原因は同じ結果をみちびく。したがって、古代ローマ人がある状況におかれて、どのように対処したか、ということを心に銘記するならば、後代の人間とても、すこしは思慮分別をもって行動できるにちがいない、とかたく信じていた。

ビアジオも姉の未亡人も、ピエロに政府で働いてもらいたいと願っている。ビアジオはフィレンツェ共和国の下級官吏で、友人のマキアヴェリの下で働いている。今回の使節派遣の話を聞いて、これは、甥が未知の世界で見聞をひろめる格好の機会になると思われた。若者の人生の指南役となれば、ニッコロ以上の男はどこにもいない。事は迅速に運ばれた。公爵への信任状と通行安全証が使節に交付されたのは、つい昨日のことである。マキアヴェリは面倒見のいい男だから、ピエロの同行を頼むと、ふたつ返事でひきうけてくれた。しかし若者の母親の方は不安がった。もちろん、これが息子にとってまたとない好機であることはわかったが、何しろピエロはまだ一度も母親の許を離れたことがないし、恐ろしい世間に出ていくには、幼いとも思える純真な若者だ。ところがマキアヴェリときたら、名うての女たらしで放蕩者で、それをまたいささかも恥であると思っていない。街なかをうろつく女や街道沿いの宿屋の女中を相手に、まともな家庭の妻女なら頬が赤らむような、下品な体験談を自慢げにしゃべっている。そんな男と息子が一時でも生活をともにしたら、どんな堕落にひきこまれるかわかりゃしない。おまけに芸人顔負けの調子で面白おかしく話すのだから、どんなに腹が立っても、思わず頬がゆるんでしまう。これは絶対に許せない、そうフランチェスカ夫人は思った。しかしビアジオは未亡人の説得につとめた。

「姉さん、ニッコロもいまでは結婚してるんです。勝手気儘な独り者の生活とは、もうおさらばするでしょう。やつの女房のマリエッタをごらんなさい。よくできた女ですよ。夫を心から愛しています。あのニッコロとて、家なら無料《ただ》で手に入るものに、わざわざ外で金をはらったりするもんですか、そんな愚か者ではありませんよ」

「いいえ、ニッコロはちがいます。あんな女好きはいませんよ。一人の女で満足できるわけがない。妻ができたからといって、あの好色がそう簡単に直るもんですか」

たしかに姉の言うことにも一理あると思ったが、それを認めるわけにもいかなかった。ビアジオは肩をすくめて言った。

「姉さん、ピエロはもう十八です。まだ童貞をなくしていないとしたら、そろそろその時期ではありませんか。なあ、ピエロ、おまえはまだ童貞か？」

「はい、そうです」とピエロは答えた。そのあっけらかんとした声を聞けば、事実はどうであれ、誰でもその言葉を信じたにちがいない。

「わたしは、息子のことで知らないことなんぞありませんよ。わたしが承知しないことは、何一つできない子なんですから」

「それなら、何もためらうことはないでしょう。ピエロの出世に大いに役立ってくれるし、今後の人生で貴重このうえない経験と知識を与えてくれる男に、こいつを託してみたらどうです。可愛い子には旅をさせよ、と言うじゃありませんか」

フランチェスカ夫人はしぶい顔をした。

「おまえはあの男にぞっこんだから、なんでも言いなりになるんだよ。でも、向こうはどんな扱いですか。おまえをいいように利用して、バカにして笑ってるんです。どうしてあの男が、書記局でおまえの上司にいるんです、どうしておまえがあの男の下にいるんです？」

ビアジオは当年三十三歳、マキアヴェリと同じ年齢である。かつてフィレンツェを牛耳っていたメディチ家ご愛顧の高名な学者、マルシリオ・フィチーノの娘を娶っていたから、政府に入るのはマキアヴェリよりも早かった。当時は官吏になるのに、人物の能力と同様、有力者のコネがものを言った。ビアジオは中背で小太り、まるい顔をして血色がよく、見るからに善良そのものの表情である。誠実で勤勉で、おのれの分をわきまえ、平凡な役職に満足して、他人を羨むことがなかった。快適な生活を好み、愉快な友人との交際を楽しんだ。必要以上のものを求めようとしないから、世間ではお人好しと思われている。たしかに才気あふれる類の男ではないが、けっしてぼんくらではない。もしぼんくらなら、マキアヴェリが友だち付き合いをするわけがなかった。

「ニッコロは、才気煥発、いまシニョリーアにいる連中で、彼の右に出る者はいませんよ」ビアジオがいまさらのように言った。

「とんでもない」フランチェスカ夫人が嚙みついた。

(このシニョリーアとは、八年前に起きたメディチ家追放のとき以来の、フィレンツェ共和国の最高行政機関、〈お偉方《シニョリーア》〉による内閣である。)

「ニッコロは、人間についても世間についても、彼の倍も歳を食ってる男たちが羨むほどの、すばらしい知識と見識の持ち主です。姉さん、信じてください。彼はうんと出世しますよ。それにこれも請け合いますが、ニッコロは友人を粗略にするような男じゃありません」

「そんなこと信じられません。おまえが要らなくなったら、古靴みたいにさっさとお払い箱にするでしょうよ」

ビアジオはハッハッハと笑った。

「姉さん、あんたがそんなに邪険なのは、ニッコロに一度も言い寄られたことがないからじゃありませんか？　十八の息子がいるにしては、まだまだ色気がありますからね」

「バカをおっしゃい。まともな女なら、甘い言葉に乗らないことぐらい、あの男でも心得ています。ニッコロの手口なんぞ、わたしはとっくにわかってるんです。商売女が大手をふって大通りを歩きまわるなんて、それをシニョリーアが許可するなんて、いくらなんでもひどすぎます。立派な方々はかんかんに怒っていますよ。ビアジオ、おまえがあれを好きなのは、いやらしい話をして笑わせてくれるからでしょう。ほんとにいやらしいったらありゃあしない」

「しかし、姉さん、そのいやらしい話をあんなにうまく話す男もいませんよ」

「それでおまえは、才気煥発、右に出る者がいない、なんて褒めるわけ？」

ビアジオはまたハッハッハと笑った。

「いや、それだけじゃありません。フランスとの交渉は大成功をおさめました。ニッコロが送ってきた報告書はじつに見事なものでした。個人的には彼に反感をいだく連中も、あれには脱帽でした。感服せずにおれませんでした」

フランチェスカ令夫人は不快げに肩をすくめた。この会話の間じゅう、ピエロは賢明な若者らしく、穏やかに沈黙を守っていた。彼は母や叔父が自分のために用意しようとしている政府の仕事にあまり興味がなかったが、未知の土地へ旅に出るということは、大いに気に入っていた。そして予想していたように、世故に長《た》けた叔父の理屈が子煩悩な母親の不安をうちけし、かくして翌朝早く、叔父が迎えにやってきて、ビアジオは徒歩で、ピエロはポニーに乗って、いまマキアヴェリの家へむかうところだった。

3

マキアヴェリの家の戸口では、主人と二人の従者を乗せる三頭の馬が、すでに用意万端ととのえて待っていた。ピエロはポニーを従者の一人にあずけると、叔父のあとから家に入っていった。マキアヴェリが苛立たしげに立っていて、愛想のない声で客人に挨拶した。

「よし、出かけるとするか」と彼は言った。

傍らでマリエッタが眼に涙をためている。お世辞にも美人とは言えない女だが、マキアヴェリは何も美貌を求めて結婚したわけではない。この年身を固めるに至ったのは、そろそろその時期がきたと考えたからであるし、マリエッタがそれなりの家柄の娘であるうえに、夫になる自分の地位と資産からすれば、かなり多額の持参金が得られたからにほかならない。

「可愛いマリエッタ、もう泣くのはやめなさい。ほんのちょっと留守にするだけじゃないか」

「でも、行かないでほしいの」しくしく泣きながらそう言うと、ビアジオに顔をむけた。

「この人、馬で遠くへ行ける体じゃないんです。具合が悪いんです」

「ニッコロ、どこが悪いんだ？」とビアジオが訊いた。

「例の持病だよ。また腹の調子がおかしくてね。こいつはどうにもならんわい」

マキアヴェリはさも愛しげに妻を抱いた。

「可愛いマリエッタ、じゃあ、行ってくるよ」

「毎日でも手紙をくださいね。忘れないでよ」

「ああ、忘れるもんか」マキアヴェリは優しく微笑んだ。

この男が微笑むと、いつもの人を揶揄するような表情がするりと消えて、なんともいえない愛情のこもった優しさを感じさせる。マリエッタが夫を愛さずにいられないわけだ。マキアヴェリは妻にキスをすると、頰をかるく叩いてやった。

「何も心配はいらんよ。ビアジオが面倒を見てくれるからね」

ピエロはドアのすぐ内側に立っていた。自分に注意をはらう者は誰もいない。叔父がマキアヴェリの親友であるとはいえ、ピエロ自身は彼とあまり面識がなく、わずかな言葉を交わした程度にすぎなかった。そこでいまがいい機会と思って、これから仕えることになる主人をじっと観察していた。マキアヴェリは背の高さはふつうだが、痩せているので実際より高く見える。頭は小さくて、黒い髪が短く切られているから、まるでビロードの縁なし帽子をぴたりと被っているようだった。黒い眼は小さく、絶えずきらきら動いている。そして長い鼻にうすい唇。話していないときは、その口許がいかにも皮肉屋らしく、真一文字にむすばれている。気楽に構えているようだが、血色のわるい顔は油断なく、思慮深く、冷ややかな厳しい表情をうかべている。これは明らかに、うかつに軽口をたたける相手ではない。

ピエロの不安げな視線を感じたのか、マキアヴェリはもの問いたげな眼でちらりと若者を見やってから、ビアジオにたずねた。

「これがピエロか?」

「そうだよ。こいつの母親がえらく心配してね、おかしな遊びに手を出さんように、よろしく頼むと言っていたよ」

マキアヴェリはうっすら笑いをうかべた。

「なるほど、おれがへまをやらかして、わが身の不運を嘆くザマでもごらんになれば、大いに勉強になるだろう。この世で成功し、あの世で幸福になるには、一にも二にも美徳と勤勉、それが人生の王道だろうからな」

かくして使節の一行は出発した。玉石の舗道を進み、市の城門をくぐると、ゆるやかに街道を走りはじめた。前途には長い旅路があるのだから、慎重に馬を進めなければならない。マキアヴェリとピエロは馬首をならべ、そのあとに二人の従者がしたがった。四人とも武装していた。フィレンツェはいま近隣諸国と友好な関係にあるが、いつなんどき略奪兵に遭遇するかわからない。携帯している通行安全証はたいして助けにはならないだろう。マキアヴェリは無言だった。ピエロはもの怖じする性質《たち》ではなかったが、眉間にしわを寄せてきびしい顔をしてるマキアヴェリに威圧される思いがしたから、話しかけられるまでは黙っていようと考えた。あたりは秋の冷気に満ちていて、よく晴れた朝だった。若者は元気いっぱいである。このような冒険に出られるなんて、なんとすばらしいことか！　体じゅうが興奮で沸き立ち、どうにも黙っていられない。訊きたいことが山ほどある。しかし一行は黙々と進んでいった。まもなく空に太陽が輝きわたり、暖かい陽射しが快く感じられた。だがマキアヴェリはひと言も発しない。ときおり片手をあげて、馬を進める方向を指ししめすだけだった。

4

マキアヴェリはいそがしく頭を働かせていた。今回のイーモラ行きはみずから望んだ使命ではなく、むしろ八方手をつくして、誰か他の人間に行ってもらおうとした。もちろん、体調の悪いこともあった。いまこうして馬を走らせていても、腹のあたりに鈍痛があるし、新婚ほやほやだから、家を留守にして妻を心配させたくなかった。すぐに帰ってくると言ってきたが、使命を終えて帰宅するまでに、数日が数週間になり、数カ月になる気配があった。すでにフランスでの経験が物語っている、外交交渉がいかに長びくものであるかを。

しかし昨今のイタリアの情勢を見れば、そんな私事など微々たるものでしかない。いまやフランス国王ルイ十二世が絶大な権力をふるっている。シチリアとカラーブリアを抑えているスペイン人がたえずルイの神経を逆撫でしているとはいえ、ミラノとその一帯をがっちりと手にし、ナポリ王国の大半も支配している。ヴェネツィアとも友好関係を保持し、報酬目当てにフィレンツェやシエナや、ボローニャを保護下においているうえ、法王とも同盟をむすんでいる。法王はルイに、貞淑ではあるが子どもを産めない王妃との離婚を認めてやり、シャルル八世の寡婦アンヌ・ド・ブルターニュと結婚できるよう取り計らった。王はそのお返しに、法王の息子チェーザレ・ボルジアにヴァレンティノワの公爵領をあたえ、ナヴァーラ王の妹シャルロット・ダルブレと結婚させ、法王庁がいま実権を失っている法王領の回復のために、軍兵を貸しだす約束もしていた。

ルイに公爵領をもらってヴァレンティーノ公となったチェーザレ・ボルジアは、いまやその名をイタリア全土に知られているが、まだ三十歳にもならない男である。彼が擁する傭兵隊の隊長たち、なかでもローマの豪族オルシーニ家の当主パオロ・オルシーニ、ペルージアの領主ジャンパオロ・バリオーニ、チッタ・ディ・カステッロの領主ヴィテロッツォ・ヴィテッリなどは、イタリア随一を誇る優秀な軍人であるし、チェーザレ自身も、勇猛果敢、大胆かつ機敏な指揮官であって、その軍事力にものを言わせ、あっちこっちで裏切りをしかけ、そこらじゅうに恐怖をふりまいて、かなりの領土を支配する君主におさまっていた。この果敢な行動力にはイタリアじゅうが沸いていた。フィレンツェもその勢いに恐れをなして、チェーザレの言うがまま莫大な給金をはらって、三年間の傭兵契約をむすばざるを得なかったが、まもなくルイ王にさらなる大金を現金で支払い保護をとりつけたので、チェーザレとの契約を打ち切ってしまった。これが公爵を怒らせたことは言うまでもない。直ちに報復がやってきた。

この物語がかかわる年の六月のことだ。フィレンツェに帰属する都市アレッツォが反乱を起こし、独立を宣言したのである。共和国はすぐに鎮圧軍を派遣したが、反徒の救援に駆けつけたペルージアの領主バリオーニとヴィテロッツォ・ヴィテッリの兵に粉砕されてしまい、かろうじて市内の要塞を持久するだけになった。ところでこのヴィテロッツォという男は、チェーザレの旗下でもとりわけ猛将の名が高い傭兵隊長で、先年、兄のパオロが共和国政府に処刑されていたから、怨み骨髄に徹し、フィレンツェ憎しの感情に燃え立っていた。シニョリーアは事態の進展にあわてて、共和国大統領のピエロ・ソデリーニをミラノへ派遣して、ルイ王に四百の槍騎兵の急派を頼みこみ、それと同時に、再占領をめざしてピサ前方に展開していた共和国軍を直ちにアレッツォにむかわせて、バリオーニとヴィテッリの攻撃を阻止せんとしたが、それが到着する前に要塞はあえなく陥落、するとこの事態を待ってましたとばかりに、奪取したてのウルビーノにいるヴァレンティーノ公が、高飛車な物言いで、フィレンツェ政府に直ちに大使を送ってこいと言ってきた。シニョリーアは大統領の弟ヴォルテッラ司教を大使に、マキアヴェリをその秘書官にして公爵の許に派遣するはめになったが、やがてフランス国王がフィレンツェを保護する義務を履行する気になって軍勢を送ってよこし、チェーザレも王の威嚇に屈して隊長たちを呼びもどしたので、この危機はなんとか回避することができた。

しかし一方、チェーザレの隊長たち自身、いずれも小国の領主である。自分たちが仕える公爵が、同様の小国をつぎつぎと粉砕、併呑していくようすを見ていて、当然ながら、明日はわが身かと、ひそかに恐怖を感じていた。おりしもフランス国王がチェーザレのボローニャ占領にひと肌ぬいで、軍兵を派遣するという情報が飛びこんできた。ルイと公爵は結託し、ボローニャ攻略を手はじめに、彼ら群小領主を打ち倒して、その領土を併合してしまおうというのである。

隊長たちは色めきたった。いよいよきたかと思った。ひそかに連絡をとりあい、ペルージアの近郊にあるマジョーネ城に寄り集まり、わが身を守る方策を算段した。〈フランス病〉という粋な呼び名の梅毒を患っているヴィテロッツォは担架に乗って出席した。パオロ・オルシーニは兄の枢機卿と甥のグラヴィーナ公とともにきていた。出席者のなかにはボローニャ領主の息子エルメス・ベンティヴォーリオや、ペルージアの領主ジャンパオロ・バリオーニ、フェルモの領主オリヴェロット・ダ・フェルモ、シエナの領主パンドルフォ・ペトゥルッチの右腕、アントニオ・ダ・ヴェナフロもいた。彼らの危機感は大きく、いま行動しなければ身の安全は保てないと衆議は一致したが、何しろ相手は抜く手も見せない公爵だ、慎重のうえにも慎重に行動しようといましめ合った。当面はあからさまな手切れをせずに、ひそかに用意を調えて、一気に攻撃をしかけよう。こっちには自前の騎兵も歩兵もいるし、ヴィテロッツォ自慢の強力な砲兵隊もいる。かくして彼らは諸方に密使を送り、イタリアじゅうにうようよといる何千もの傭兵どもをかき集めにかかった。それと同時にフィレンツェにもひそかに使者をよこし、ボルジアの野心があなたがた共和国にも、非常なる脅威であると説いて援助を求めてきた。

だがチェーザレは鼻がきく。すぐに陰謀を嗅ぎつけて、フィレンツェ政府とは必要にさいし共和国軍を自分の指揮下にいれる約束があったと断言し、その軍兵の提供を求めるとともに、条約締結の権限をもった使節を送るよう要求してきた。マキアヴェリのイーモラ行きには、こうした事情があったのである。マキアヴェリには不安があった。シニョリーアが自分を使節に選んだのは、協定をむすぶ権限のない一介の官僚でしかないからだった。したがって相手に何を言われても、それをまず逐一フィレンツェに報告し、どう対応するかは、そのつど指示を待たなければならない。まったく、シニョリーアの連中は何を考えているのか、そのような使節を送る相手を誰だと心得ているのか？　チェーザレ・ボルジアはたしかに法王の私生児ではあるが、ロマーニャ、ヴァレンティノワ、ウルビーノの公爵であり、アンドリアの君主、ピオンビーノの領主、さらに栄《は》える〈教会の旗手〉にして、教会軍総司令官の立場にある。ところが、このマキアヴェリに与えられた指示とは何か。ただ、陰謀者どもの支援は断ったとつたえろ、もし公爵が金か兵を求めてきたら、とりあえずシニョリーアへ報告し、その返事を待てというだけだ。要するに、おれの仕事は時間稼ぎをすることでしかない。それが共和国政府の伝統ある一貫した政策だ。シニョリーアはいつでも無為無策でいられる立派な理由を見つけてくる。二進《にっち》も三進《さっち》もいかない窮地に追いつめられて、ようやく金袋の紐をほどいて現金を取りだすが、それも許容できる額でおさまるように一所懸命、値切るのである。マキアヴェリはため息をついた。なんてことはない、おれの役割は先延ばしなどまったく容赦しない男をなんとか宥めること、実質的な約束は何一つしないこと、もっともらしい言葉などすこしも信じない男を甘言で言いくるめることだ。しかも、悪知恵に長けた男に悪知恵で働きかけ、そらっ惚《とぼ》けで有名な男から秘密を探りだしてこい、ときたもんだ。

マキアヴェリは先の六月の危機のとき、ウルビーノで数日間しか公爵を見ていないが、彼からは強烈な印象を受けていた。チェーザレ・ボルジアの友誼を信じきっていたグイドバルド・ディ・モンテフェルトロ公が、ただ手を拱《こまぬ》いておのれの国を奪いとられ、命からがら一目散に逃げ去った顚末を聞かされたとき、ヴァレンティーノ公の取った手口がいささか悪辣にすぎるとは思ったが、その深慮遠謀の力業には舌をまいた。この男は若いながら、並外れた力量の持ち主だ。怖れを知らず、世の道徳や常識などくそくらえ、冷酷で無残、その頭は切れるに切れる。剃刀どころの切れ味じゃない。優秀な軍人であるばかりか、卓越した組織者であり、抜け目のない政治家でもある。そう思ったマキアヴェリのうすい唇に、ふと冷笑がうかんだ。眼がきらりと光った。よし、やってやるか、おれがもてる智力を駆使して戦うには最高の相手だ。これはおもしろくなってきた。そう思うと気分もずっとよくなった。もう胃の鈍痛も感じなかった。スカルペリアで飯を食うのが楽しみにさえなってきた。

スカルペリアはフィレンツェとイーモラの中間にある。マキアヴェリはここで駅馬を借りることにした。ここまで無理のない速さで馬を走らせてきたが、今日じゅうにイーモラに着いておきたい。だが馬には荷物もたくさん乗せているから、これ以上急がせたらつぶれてしまう。ここらで十分な休息をとらせる必要がある。そこで自分とピエロは駅馬で先に行くことにして、二人の従者には、乗りすてた馬とポニーを連れて、明日あとからくるように言い渡した。

主従二人はアルベルゴ・デッラ・ポスタで馬をとめた。馬をおりて、うんと手足を伸ばして、心地よい快楽にひたる。すぐに用意できる食事は何かと訊くと、マカロニに小鳥の料理、ボローニャ産のソーセージに豚の切り身ならすぐに出せるという。よろしい、それでいい。マキアヴェリはすこぶる健啖家である。眼の前に出された肉料理をぺろりとをたいらげ、地産の強い赤ワインをぐいぐい飲み、いよいよ心も満ちたりた。ピエロも主人同様、たっぷりと食らったから、ふたたび鞍に乗ったときには、すっかりいい気分になって、思わずフィレンツェの街なかで流行《はや》っている小唄の一つを口ずさんだ。マキアヴェリは小耳をたてた。

「おい、ピエロ、おまえが小唄を歌うなんて、ピアジオはなんにも言ってなかったぞ」

ピエロはおのれの声に聞き惚れるかのように、いよいよもって高らかに歌いはじめた。

「ふん、なかなかいいテノールだ」マキアヴェリは、優しい笑みをうかべて言った。

手綱をひいて馬を並足にすると、ピエロはこれを合図ととって、フィレンツェ人なら誰でも知っているメロディーを歌いだしたが、その歌詞はマキアヴェリ自身が書いたものだった。こいつめ、おれに取り入ろうとしているな、と腹のなかで苦笑した。だが気が利いている。ごますりもけっして悪いことじゃない。

「その歌詞はどこで覚えたんだ？」

「ビアジオ叔父さんが、書いてくれたんです。うまく節に合ってますね」

マキアヴェリは何も答えずに、ふたたび馬を駆け足にした。この若者を連れてきたのは、ただビアジオを喜ばせるためだったが、こいつがどんな役に立つか、その能力を知っておくのも悪くない、そう思ったマキアヴェリは、丘陵地帯にさしかかると、馬をゆっくり歩ませて、ピエロにあれこれ話しかけた。マキアヴェリほど人の話をそらさずに、面白おかしく、話し相手を楽しませてくれる人物もそうはいない。人の心の機微をよく心得ている。一方、ピエロは世の波風にさらされず、世渡りの経験もない若者だ。主人から親しげに、なんの屈託もない口調で、いろいろ問われているうちに、生まれたての赤ん坊さながら、すっかり裸の自分を暴露してしまった。とかく自分のことを話題にするのは、誰にしてもおもしろい。とりわけ退屈になりはじめた旅の時間を過ごすには、格好の気晴らしとなってくれる。高名な老学者マルシリオ・フィチーノが世を去って、まだ三年しか経っていない。彼はビアジオの義理の父であり、この若者の学問の師でもあった。ピエロはその祖父の指導によって、十分なラテン語の知識を得ているし、いやいやながらではあっても、ギリシア語も多少かじっていた。

「ギリシア語を覚える機会がなかったのが、いまもって残念でならん。おれの人生、最大の痛恨事だ」とマキアヴェリが言った。「古代ギリシアの哲人・文人の本を原典で読めるなんて、羨ましいかぎりだ」

「そんなもの、わたくしには、なんの役にも立ちませんよ」

「そんなことはないぞ。たとえば、幸福とは、万人が求める至上の善である、ということを教えてくれる。そしてそれを手に入れるには何よりも、良家に生まれて、良い友人がいて、幸運と健康に恵まれて、富と美貌を有し、力と名声を得て、名誉と美徳がなければならん、つまり、そういうことを教えてくれるのさ」

ピエロは吹きだした。

「いやいや、まだあるぞ。この人生は果《はか》なく、いつあの世へ送られるかわからんし、苦労の種にこと欠かない、ということも教えてくれる。そこからこんな結論が道理となる。すなわち、どんな快楽でもいい、それを味わえる歳でいられるうちに、なんでも摑みとることだ、とな」

「でも、そんなことを知るのに、苦労してギリシア語の時制《テンス》を覚える必要はないでしょう」

「そうかもしれん。だが、人間の自然の性《さが》を理解するには、立派な典拠を知っておくといいんだよ。われわれ凡百の小人も、それで多少の自信がもてるからね」

マキアヴェリはたくみな問いでみちびきながら、この若者にどんな友人がいて、どんな生活を送っているかを知った。これをどう思うか、あれをどう考えるか、と訊いて自尊心をくすぐり、意見を述べさせながら、ピエロの能力と性格について、だいたいのところを把握した。こいつはもちろん、まだ経験がたりないが、機転が利く。叔父のビアジオが善良で誠実、したがって凡庸な人物であるのにくらべ、こっちはなかなか鋭い感性をもっている。若者らしく活気があるし、快楽を楽しむこつも心得ており、未知の世界に挑戦する意欲も十分にある。無邪気で、いちめん単純だが、細かいことにとらわれる性質でもない。その点は、マキアヴェリの考え方からすると、必ずしもマイナスとはならない。つまり、いささか名誉に欠けることをしたいと思ったときに、くよくよ良心の痛みに悩んで、逡巡することがないだろう。体格もいいし、動きもすばやい。けっこう勇気もあるにちがいない。暢気な顔をしていて、あけっぴろげで愛嬌がある。こういう要素は本人にとって、将来、貴重な財産になってくれる。だが、どこまで秘密を胸にしまっておけるかどうか、どこまで信頼できるかどうか、それはまだわからない。口の堅さについてはじきにわかるが、信頼ということに関しては、ピエロによらず誰であろうと、必要以上に信頼しないのがマキアヴェリの流儀である。まあ、しっかりやってみろ。どうすれば主人の機嫌をとれるか、その判断がつくだけの頭は十分にある。おれから合格点をもらえれば将来を保証されるが、落第点をつけられたら、フィレンツェ政府で働くことは、残念ながら諦めてもらうしかない。

5

二人はイーモラの近郊にきていた。町は肥沃な平野を流れる河のほとりにある。チェーザレの軍勢にすばやく降伏していたから、あたりの田園には、戦争による破壊や略奪のあとがまるでなかった。町まであと三キロほどのところで、むこうから七、八人の騎馬武者がくるのに出会った。見ると、ウルビーノで知り合った公爵の首席秘書官、アガピート・ダ・アマリアの顔がまじっている。アガピートは近寄ってきて、愛想よく挨拶すると、使節の出迎えにきたことを告げ、馬首を返して同行してくれた。シニョリーアが前日、使節の派遣を公爵に知らせるために送っておいた使者が、城門のわきでマキアヴェリの到着を待っていた。長時間の乗馬はまったく疲れた。するとアガピートが、公爵に信任状を提出する前に宿舎でひと息いれられたらどうか、と言ってくれた。

いまやヴァレンティーノ公の首都となった小さな町は、大勢の人間でごった返している。チェーザレ軍は市の城壁外に野営しているが、公爵の幕僚や宮廷人、イタリア各地から送られてきた使節や使者、必需品やら贅沢品やらを売る商人、利権ねらいの代言人、スパイにごますり、大根役者にへっぽこ詩人、それにもちろん、世界最古の職業を誇るわがご婦人たちも顔をそろえている。勝利を手にした傭兵隊ならあとを追いかけ、きれいだろうが汚かろうが、どんな手段もおかまいなし、ひたすら金儲けに血道をあげる有《う》象無《ぞうむ》象《ぞう》があふれている。このために町は泊まるところが払底し、二つ三つある宿屋はいずれも超満員、一つのベッドに三人、四人、五人と寝ているところさえある。だが、さすがイーモラ駐在のフィレンツェ諜報員はマキアヴェリ一行のために、なんとかドミニコ派の修道院に宿泊所を確保してくれていて、使者がこれからそこへ案内しようというのである。マキアヴェリはアガピートにむき直って言った。

「もし公爵閣下のお許しがいただければ、すぐにでもお目にかかりたいと思いますが」

「わかりました。ではひとっ走り、ご意向を伺ってまいりましょう。宮殿にはこの将校が案内します」

アガピートは将校をひとり残し、部下をつれて走り去った。マキアヴェリたちは馬を歩ませ、細い街路を通りぬけて、町の中心にある広場にむかった。途中、傍らの将校に、この町で最上の宿屋はどこか訊いてみた。

「修道院の坊さんが、うまい食事を用意していてくれるとは思えません。どうもわたしは、飯を食わんと、眠れない性分なんです」

「それなら金獅子亭ですな」

マキアヴェリは後ろにいる使者に言った。

「宮殿でわたしと別れたら、金獅子亭へ行って、たっぷり精のつく夕飯を用意させておいてください。それからピエロ、おまえは馬の世話を忘れるなよ。使者の方に修道院へ案内してもらったら、あとからくるアントニオにしかと鞍の荷物が渡るよう手配してくれ。それからこの人と二人で宮殿にきて、わたしが出てくるのを待っておれ」

宮殿は広場のむこう側に立っていた。大きな城郭だが、倹約家のカテリーナ・スフォルツァが建てただけに、華美な装飾はどこにも見あたらない。衛兵は黙って、下馬したマキアヴェリと将校を城内にいれた。将校が兵を行かせて、首席秘書官に使節の到着を知らせると、数分もしないでアガピートが控え室に入ってきた。

アガピート・ダ・アマリアは日焼けした顔をしているが、肌は青みがかっている。髪は黒く長く、顎に短いひげがあり、もの静かな眼は賢者の光を宿している。洗練された身のこなし、丁寧な言葉づかい、気どらない態度、こうしたようすを眼にすると、相手はうっかり騙されてしまい、この男がじつはなかなかの凄腕であることに気づかずに、物の道理をわきまえた温和な教養人であると思ってしまう。アガピートは公爵その人にも、彼がいだく野心にも忠実な男だった。どうやらヴァレンティーノ公は、自分に忠誠をつくす人間をひきつける、天賦の才か霊気をもっているらしい。首席秘書官は、公爵がすぐに会われると言った。

マキアヴェリは立派な階段を上がっていって、こぎれいな部屋へ案内された。壁にはフレスコ画が描かれ、大きな石造りの暖炉があった。炉の煙道を隠す蔽いに、カテリーナ・スフォルツァの紋章が彫られていた。胆力はあるが運をなくした〈イタリアの女傑《ヴィラゴ》〉も、いまはチェーザレ・ボルジアの手でローマへ送られ、捕囚の身をかこっている。

暖炉には赤々と炎をあげて丸木が燃えている。それに背をむけてヴァレンティーノ公が立っていた。その傍らにただ一人、モンレアーレの枢機卿ホアン・ボルジアが、背もたれの高い椅子にすわって、足をつきだし指先を温めていた。アレッサンドロ法王の甥であるこの男は、ぽってりした体をしているが、見かけによらず鋭い頭脳をもっている。

マキアヴェリは公爵と枢機卿に頭をさげた。公爵は大様《おおよう》に歩みよって、使節の手をとり椅子にすわらせた。

「書記官殿、この寒いなか、遠路はるばるお越しくだされ、さぞお疲れのことでしょう。食事はなされましたか?」

「はい、閣下、途中ですませました。このような旅装のまま、拝謁をお願いし申し訳ありません。ただ、一刻も早く共和国の意向をお伝えしたく思い、まかりこしました」

そして信任状をさしだした。公爵はそれにちらりと眼をやると、すぐにアガピートに手渡した。チェーザレ・ボルジアはおどろくほどの美男である。背は並より高く、肩幅はひろく、胸は逞しく、腰がぐっとしまっている。身につけている黒地の服が血色のよい顔色をきわだたせ、右手の人差し指にはめた指輪の外、身につけている飾りといえば、フランス国王が与えた大勲章サン・ミシェル頸飾《けいしょく》があるだけだった。赤褐色の長い髪はていねいに撫でつけられて、肩まで垂れ下がり、口ひげをたくわえ、短い顎ひげが三角形に刈りこんである。鼻筋はすらりと通り、すっきりした眉の下に、大胆不敵な眼がきらきら光っている。形のよい唇が赤く官能的で、肌がつややかで美しい。身のこなしが堂々としていて優雅、まさに王者の風格を感じさせる。マキアヴェリは不思議でならなかった。どうしてこの青年が、あのデブでかぎ鼻のスペイン人とローマの平民女から生まれたのか……。恥も外聞もなく、法王の座を金で買いとる鉄面皮の父親にくらべ、眼の前にいる若い男は、まぎれもなく大君主の威厳を漂わせていた。

「今回、あなたの政府に使節の派遣を求めたのは、わたしに対する共和国の態度をはっきり知りたいと思ったからです」公爵はゆっくりとした口調で言った。

マキアヴェリは用意していた口上を述べた。公爵は黙って聴いていたが、マキアヴェリは冷や汗をかいていた。シニョリーアのゆるぎない友好の意志をつたえる弁舌を、たんなる美辞麗句としか見ていないことは明らかだった。しばし沈黙のときが流れた。公爵は椅子の背にもたれて、左手で胸の頸飾をいじっていたが、おもむろに口を開いた。冷ややかな言葉が聞こえてきた。

「わたしの領土はフィレンツェ共和国と長い国境を接している。わたしは自分の領土を守るためにあらゆる手段をとるつもりだ。フィレンツェがわたしを快く思っていないことは承知している。みなさんは、わたしと法王やフランス国王との間に争いを持ちこみたいらしい。極悪非道な人殺しに対しても、そんな扱いはしないものだ。みなさんにもそろそろ覚悟を決めてもらわねばならん、わたしを友とするか、それとも敵とするか」

その声はむしろ軽やかで、リズミカルだったが、白刃で頬をぴしゃぴしゃ叩くような尊大な趣きがあった。下女にでも声をかけているつもりだろうか。しかしマキアヴェリはヴェテランの外交官である。おのれを律するすべを心得ている。

「閣下、わが政府はひたすら閣下のご友誼を願うばかりです」とマキアヴェリは穏やかに話した。「しかしながら、閣下がヴィテロッツォのやからに、わが領土の侵略をお許しなさったことも忘れておりません。わが政府はご友誼の価値にいささか疑念を抱いております」

「その件については、わたしはなんの関わりもない。ヴィテロッツォは勝手に行動したのだ」

「しかし、彼は閣下の給金をいただき、閣下の指揮の下にあります」

「あの侵攻については何も知らなかったし、なんの援助も与えていない。もちろん、お気の毒だった、などと言うつもりはないよ。事実、同情など、すこしもしていないんだ。フィレンツェはわたしとの約束をやぶった。そのために痛い目にあった。それは当然の報いではないかな。しかし、十分な罰を受けたと判断したから、隊長たちには兵をひくよう厳しく命じた。だが、その結果はどうだ。やつらはわたしを憎み、いまやわたしを放りだす算段をしている」

そうではないでしょう、とマキアヴェリは心のなかでつぶやいた。フランス国王のきついお達しがあったから、あなたは隊長たちを呼びもどしたのではありませんか。しかしいまは、それを公爵の鼻先に言ってやるときではない。

「書記官殿、有り体に言えば、ヴィテロッツォが共和国の領土を侵略したのも、連中がわたしに陰謀を企んでいるのも、それはみんな、あなた方共和国の責任ではないか」

「ええっ？」とマキアヴェリは思わず声をあげた。

「そうとも、パオロ・ヴィテッリを拷問して処刑するようなバカ者がいなければ、こんな騒ぎは起こらなかったはずだ。兄思いの弟がそれに復讐しようとしても、なんらおどろくことではあるまい。わたしはそれをやめさせようと努力した。すると今度は、こっちに牙を剝《む》いてきたのだ」

公爵の話題については、すこし説明しておく必要があろう。

フィレンツェは長年、海への出口を扼するピサの攻略に努めてきたが、努力はことごとく失敗し、共和国軍は手痛い損害を受けていた。シニョリーアは、この不始末を自分たちの軍司令官の無能さにあると考えて、当時ルイ王に仕えていた評判の傭兵隊長パオロとヴィテロッツォのヴィテッリ兄弟を雇いいれ、彼らに軍の指揮権をあたえた。戦闘が開始され、待望の城壁の破壊がなって、いざ、全軍、市内に突入というまさにそのとき、突然、何を思ったか、パオロ・ヴィテッリは全軍の退却を命じた。パオロによれば、ピサはまちがいなく条件つきで降伏するから、さらなる人命の損失を避けるために撤退したのだという。しかしシニョリーアはこれを裏切り行為と確信し、パオロの許に二人の政府委員を派遣した。表むきは軍資金を供給するというのだが、実際は兄と弟を逮捕するためだった。パオロ・ヴィテッリはカッシーナから二キロほどのところに兵を休ませていた。政府委員は戦況について話し合いたいからと言って、パウロを町まで呼び寄せ、ご馳走をふるまっておいてから、密室に連れていって逮捕した。彼はフィレンツェへ連行され、きびしく拷問されたが、最後まで裏切りの罪を認めないまま、広場で首を打ち落とされた。

「パオロ・ヴィテッリは裏切り者です」とマキアヴェリはきっぱり言った。「彼は公正な裁判にかけられ、その結果、有罪を宣告されました。おのれが犯した罪を償ったにすぎません」

「やつが無罪か有罪かということは問題ではない。死刑にしたということが、とんでもない失態なんだ」

「ですが、閣下、共和国の敵に対しては、容赦なく行動しなければなりません。それがわれわれの名誉を守るすべなのです。フィレンツェに自国を防衛する気概があることを、世に知らせなければなりません」

「それなら、どうして弟を生かしておいたんだね？」

マキアヴェリはこんちくしょうと思って、肩をそびやかした。痛いところを衝かれた。

「ヴィテロッツォも言いくるめて、カッシーナへ連れてくる予定でした。やつは病気でベッドにふせており、衣服をあらためるから時間をくれと言って、すきを見て逃走したんです。まったくとんだヘマをしてくれました。しかし、閣下、どなたにしても、部下がヘマをすることまで計算しておくことはできません」

公爵はふふっと笑った。眼がおもしろがっている。

「では、処刑するのが適当でない状況になっても、当初の決定に固執するのはヘマとは言わんのかね。ヴィテロッツォにうまくとんずらされたなら、パオロをフィレンツェへ連れていって、地下牢に放り込むかわりに、ヴェッキオ宮殿の貴賓室にでもいれるべきだった、と思うよ。たとえ裁判をしても、どんな証拠があったにしても、平然と無罪を宣告すればよかったんだ。そうして軍の指揮権を回復してやり、給金もうんとあげてだ、共和国最大の栄誉を与えてやる。つまり、みなさんがやつに絶大の信頼をおいていることを、信じこませるべきだった」

「その結果はいかがでしょうか、またわれわれを敵に売り渡すにちがいありません」

「たしかに、やつにはその気があったかもしれん。だが、しばらくはみなさんの信頼に応えようと努めただろう。あの手の連中は欲が深い。金のためならなんでもやるんだ。そこでみなさんは、ヴィテロッツォがとうてい断りきれないような美味しい条件を持ちだして、兄貴の許におびき寄せて、すっかり安心させておけば、あとは適当なときを見はからい、裁判などいっさいなし、すばやく兄弟ならべて殺せただろう」

マキアヴェリは顔を赤くした。

「そんな背信行為をしたならば、フィレンツェの名に永遠の汚点を残すことになります」使節は声をはり上げて言った。

「書記官殿、裏切り者には裏切りをもって報いるべきではないかね。国家はキリスト教の美徳をもって治められるものではない。緻密な計算と、大胆さと、決断力と、そして冷酷な意志があってこそ、はじめて治められるものなんだ」

このとき将校がひとり部屋に入ってきて、アガピート・ダ・アマリアの耳に何事かささやいた。話の腰をおられて、ヴァレンティーノ公は顔をしかめ、眼の前のテーブルを苛立たしげに指で叩いた。

「公爵閣下はお話ちゅうだ。待たしておけ」とアガピートが言った。

「何事だ?」と公爵の鋭い声がとんだ。

「はい、閣下、二名のガスコン兵が略奪の嫌疑で逮捕されました。ただいま、奪った品物とともに、警備兵が連行してまいりました」

「よし、フランス国王の臣下を待たしておいては気の毒だ。すぐに連れてこい」公爵はかすかな笑みをうかべて言った。

将校が退出すると、公爵は愛想よくマキアヴェリに話しかけた。

「つまらん用事ができたようです。すこし時間をいただけますか?」

「どうぞ、閣下、ご懸念なく」

「ところで、書記官殿、ここへこられる途中、危険なことなど何もなかったでしょうな?」

マキアヴェリは公爵の口調に話をあわせた。

「何事もありませんでした。さいわい、スカルペリアで宿屋を見つけ、美味しい食事をいただきました」

「それはよかった。アントニヌスやアウレリウスのローマ帝国では、どこを旅しても、なんの危険もなかったという。わたしは自分の領土でもそうありたいと願っている。当地にご滞在中、この町の統治のようすをよく観察していただきたい。イタリアにへばりついてた厄病神、あのケチな暴君どもは、きれいさっぱり追いはらった。これからは、わが人民が安心して豊かに暮らしていけるよう、よい政治を心がけたいと思っている」

部屋の外でどたばた足音がし、荒々しい声も聞こえた。部屋の大扉がさっと開いて、一群の人間がぞろぞろ列をなして入ってきた。最初に姿を見せたのは先刻の将校だった。そのあとに立派な服を着た男が二人つづいた。どうやら地元の有力者らしい。彼らの背後に女が二人ついている。一人はかなり年配の女で、もう一人は中年女だった。さらに、見苦しくない身なりの年老いた男の姿が見えた。それから一対の銀の燭台をもった兵士と、銀の大皿二枚と金めっきの銀製ゴブレットを抱えた兵士が入ってきた。二人とも公爵の直属兵であることをしめす真紅と黄色の制服を着ている。そして列の最後に、警備兵にこづかれ引きずられるようにして、後ろ手に縛られた男が二人連れこまれた。制服姿の兵士たちにかこまれて、得体の知れない衣服をつけたむさくるしい男たちである。一人は凶悪な顔つきの四十男で、頑強な体をしていて、顎に黒い毛をもじゃもじゃ生やし、額に赤黒い生傷をつけている。もう一人はのっぺりした土気色の顔の若者で、さかんに眼をきょろきょろさせていた。

「前に出ろ」と公爵が言った。

二人の男が突き出された。

「なんの容疑だ?」

どうやら、女たちがミサに出席している間に、何者かが家に押しいり、銀器を盗んでいったらしい。

「この品物がおまえたちの持ち物であることは証明できるのか?」

「閣下、ブリギッダ夫人はわたくしの従妹でございます」有力者らしい一人が言った。「この品物はよく存じあげております。この者が嫁入りしたさいの贈り物でございます」

もう一人の有力者もその証言を認めた。公爵は二人の女のそばにいる老人に顔をむけた。

「おまえは何者だ?」

「はい、閣下、ジャコモ・ファブロニオと申します。銀細工師でございます。じつは、この二人の男がわたくしの店へまいりまして、その品物を売りつけたのでございます。フォルリを略奪したときに、奪ったものだと申しておりました」

「この男たちにまちがいないか?」

「はい、閣下、まちがいありません」

「われわれがガスコン兵の野営地へ行って、老人に面通しをさせたところ、すぐに両人を指さしました」と将校が言った。

公爵はきびしい眼で銀細工師を見つめた。

「なるほど?」

「わたくしは、ブリギッダ夫人の家が押し入られて、燭台と大皿が盗まれたと聞きまして、これは怪しいと思いました」と老人が答えた。蒼ざめた顔をして、声をふるわせている。

「わたくしはすぐさまベルナルド様のところへまいり、二人のガスコン兵が銀器を売りにきたことを申し上げました」

「それは恐怖のためにしたことか、それとも市民の義務にしたがってのことか?」

老人はいっとき言葉を失った。恐怖で震えおののいている。

「はい、閣下、ベルナルド様は治安判事でおられます。これまでもお力添えをさせていただきました。もしそれが盗品であるなら、とても手許においてはおけません」

「閣下、この老人の申し立てにまちがいございません」と治安判事が言った。「その品物を見にまいりましたところ、すぐに盗品であることがわかりました」

「公爵様、それはわたくしの物でございます」と中年の女の方が強い声で言った。「この町の者なら誰でも知っております」

「さわぐでない!」公爵はそう言うと、二人のガスコン兵にけわしい眼をやった。「おまえたちはそれを盗んだことを白状するか?」

「うそです。そんなことやってません」と若い男が叫んだ。「何かのまちがいです。おれのお袋の魂に誓って、そんなことといたしません。この年寄りのまちがいです。この人を見たこともありません」

「こいつをひきたてろ。すこし拷問台で絞めてやったら、すぐに口を割るだろう」

若者が金切り声をあげた。

「いいえ、それはやめてください。拷問台は勘弁してください」

「連れていけ」

「公爵様、申し上げます。何もかも白状します」若者は息を切らせて言った。

公爵はふんと笑った。そしてもう一人のガスコン兵に顔をむけた。

「おまえはどうする？」

年かさの男は憤然と胸をそらせた。

「これは盗んだんじゃない。戦利品だ。おれは正当な権利を行使しただけだ。この町はおれたちが占領したんだ」

「うそつき者め、なにが占領だ。この町は降伏したんだぞ」

当時のイタリアでは戦争のルールとして、町を力ずくで攻め落としたら、兵士は手にした物をすべて略奪することが許されていた。しかし町が降伏した場合には、占領軍がはらった犠牲の代価として多額の金銭を要求されたが、生命・財産はたすかった。このルールは有益だった。市民はわが身を守るために進んで降参したし、領主に忠誠を誓って死ぬまで戦う者なんぞ、ほとんどどこにもいなかったからだ。

公爵は判決をくだした。

「わたしは命令しておいたはずだ。部隊は市の城壁外にいること、市民の身体と財産に手をふれた者は死刑に処すること、それを忘れてはおるまい」公爵は将校をふり返った。「明日の日の出とともに、この者たちを広場に連れだし、首を吊れ。そして両人の罪状と判決を高札にしるして、部隊の野営地に立てておけ。正午まで死体のそばに二名の兵を立たせ、適当な時刻を決めて、ふれ役に事件の結果をふれて歩かせろ。よいか、この地を統治する君主の正義に、いささかの恣意も疑念もないことを、市民に承知させてやらねばならん」

「いったい、なんだって言ってるんだ？」怯えた若者が相棒に訊いた。公爵は二人のガスコン兵にはフランス語で話し、将校にはイタリア語で話していた。

黒ひげの男は答えなかったが、憎悪を露わにして公爵を睨みつけた。公爵は若者の声を聞いて、あらためてフランス語で判決を述べた。

「おまえたちは見せしめのために、明日の日の出とともに首を吊られる」

少年は恐怖の泣き声をあげ、ひざまずいた。

「お許しください。お許しください」と大声でわめいた。「まだ死ぬには早すぎます。

死にたくありません。お願いです、勘弁してください」

「こいつらを連れていけ」と公爵は言った。

少年はひっぱり上げられた。支離滅裂な声をあげて、涙をぼろぼろ流している。だが、もう一人の男は憤怒で顔をゆがめ、口につばをためると、公爵の顔めがけて吐きかけた。二人はたちまち部屋から連れだされた。公爵はアガピートをふり返って言った。

「あの者たちが神の許しを得られるよう計らってやれ。いかに悪党とはいえ、悔悛の秘蹟にあずからずに、主の面前に赴くとしたら、わたしの良心も落ちつかないからな」

首席秘書官はかすかな笑みをうかべ、部屋からするりと出ていった。公爵は見るからに上機嫌なようすで、従兄弟の枢機卿とマキアヴェリの二人に言った。

「あの者たちは悪党であるばかりか、愚か者だ。盗みを働いたその町で盗品を売りこもうとは、恐れ入った大バカ者だ。すこしは頭を働かせるべきだった。ボローニャとか、フィレンツェとか、あのような大都市へ行くときまで、品物を隠しておけばよかったんだ。書記官殿、お国のフィレンツェなら、安心して盗品の処分ができたでしょう」

銀細工師がまだドアのところでもじもじしている。何か言いたいことがあるらしい。公爵はそれに気がついた。

「おまえはそこで何をしている?」

「はい、閣下、どなたがわたくしのお金を返してくださるのでしょうか? わたくしは

た。

「おまえはあの品物に大金でもはらったのか?」ヴァレンティーノ公は猫なで声で訊いた。

「はい、あの銀器に相当する額の大金を支払いました。あの悪党どもはとんでもない金額をふっかけてきました。それに、わたくしも商売柄、儲けを勘定しなければなりません」

「それは授業料とでもしたらよい。今度あやしいやつが売り込みにきたら、よほど出所がたしかでなければ、どんな掘り出し物でも買わんことだ」

「しかしながら、閣下、すべてを損失とするには、あまりにも大金でございます」

「失せろ!」と公爵が凶暴な声を発した。老人はあっと叫ぶなり、怯えたウサギよろしく、部屋からさっと走りでた。

ヴァレンティーノ公は椅子にどっかとすわり、大声で笑った。それから慇懃な口調でマキアヴェリに言った。

「とんだじゃま者がとびこみ、まことに申し訳ない。処罰は迅速、適正に行なうべし、というのがわたしの方針です。わたしが統治する領土の住民は、女子どもにいたるまで、誰でも承知していてもらいたい。もし不当な扱いを受けたら、直ちにわたしのところへくればよいのだ。そうすれば、わたしが公正な裁判官であることが、たちどころに判明

では、そうでなければなりません。それでこそ磐石の支配が生まれます」

「それはまことに賢明な政策です」と枢機卿が言った。「とりわけ占領したての領地でするだろう」

「人間は政治的自由を失っても、自分が気楽に暮らしていければ、たいていのことは我慢するもんだよ」と公爵はさらりと言ってのけた。「女たちが乱暴されたり、貴重な財産を奪われたりしなければ、自分がおかれている境遇に、誰も文句など言わんものだ」

マキアヴェリはこの出来事をしずかに観察していた。表情に出さないように気をつけたが、笑劇でも見ているようでおもしろかった。いや、事実、これは芝居にまちがいなかった。ヴァレンティーノ公がフランス国王の臣下を首吊りにするわけがない。大方いまごろ、あの二人は出演料の金をもらって釈放されているにちがいない。明日の朝になれば何事もなく、ガスコン人部隊にもどっている。公爵がいかにたくみに占領地を支配しているか、それをおれの口を通してシニョリーアに報せるために、打ってみせたケチな芝居である。だが、要点は、そのことよりも最後のセリフにあった。公爵はさりげなくフィレンツェとボローニャの名前にふれた。まちがいなく、あれをシニョリーアに報告させたいという腹だろう。マキアヴェリほどの頭があれば、誰であろうと、それは聞き捨てならないひと言、明白な威嚇だった。つまり、そちらの態度しだいでは、戦闘部隊を送りこむよ、と言うのである。

しばし沈黙が流れた。公爵はきれいな顎ひげをゆっくりと撫でながら、じっと使節の顔を眺めている。マキアヴェリは、自分が派遣された交渉相手がどういう類の男であるか、いくらか見えてきたように思った。そして、指先の爪の伸び具合でも調べるかのように両手を見下ろし、公爵の探るような視線をかわしていた。だが彼にも途惑いはあった。それがどうも不安になった。あのパオロ・ヴィテッリを死刑にするよう進言したのは、他ならぬマキアヴェリ自身である。パオロの裏切りは明白だったし、有罪はまちがいなかった。だから優柔不断な上司たちの尻を叩いて説得し、政府委員を送りこんで、すばやく兄弟を逮捕するよう計ったのも、このマキアヴェリ自身だった。弟のヴィテロッツォが逃げたのを知りながらも、あえてパオロを死刑にもした。それもこれも、みんなマキアヴェリが先導してやったことだったが、しかしどうしてその舞台裏の出来事を、ヴァレンティーノ公が知っているんだろう？　ふとマキアヴェリは思った。公爵がわれわれの犯した失敗について長々としゃべったのは、あの件でおまえが演じた役割を知っているぞ、ということを見せつけたい、ただそれだけのことかもしれない。そしておれの手際の悪さを指摘して、意地悪くほくそ笑んでいるということか？　だが、しかし、この男がなんの魂胆もなく行動するわけもない。となると、共和国書記局の動きなど先刻承知だということを、わざわざ教えてくれるだけとも思えない。これはつまり、おれの心理にゆさぶりをかけて、うまく牛耳ろうということか？　そう思うと、ひとりでに笑みが唇にうかんできた。マキアヴェリは顔をあげて公爵を見た。すると公爵は、その視線を待っていたかのように口を開いた。

「書記官殿、じつは、まだ誰にも話していない秘密を、あなたに打ち明けようと思うのだが」

「では、わたしは席をはずしましょうか?」と枢機卿が訊いた。

「いや、その必要はありません。書記官殿と同様、あなたの口の堅さは信用しておりますから」

マキアヴェリは、よしと腹をくくった。そして美男の公爵の顔を見つめて、何を言い出すか、じっと待った。

「じつは、以前オルシーニ家の連中がやってきて、しきりにフィレンツェを攻撃してくれと言っていた。まるで土下座せんばかりの頼みようだった。わたしはみなさんに対してなんの悪意もないから、その要求はきっぱり拒否した。しかし、もしフィレンツェ政府のお偉い方々に、わたしと同盟をむすぶ意志があるなら、オルシーニ一族と話をつける前に、はっきり文書として合意してもらいたい。わたしもみなさんも、フランス国王のよき友人である。となれば、当然ながら、われわれもたがいによき友人であることが、双方にとって望ましい。これは言うまでもあるまい。長い国境を接しているから、懸案の解決を容易にすることもできるし、また困難にすることもできる。みなさんはあまり信用のならない傭兵どもに頼っているが、わたしには自前の部隊がいる。どの兵士もよく訓練され、よく装備されている。隊長たちはいずれもヨーロッパ一の優秀な軍人ばかりだ」

「しかし、閣下、その隊長たちも、われわれの隊長たちと同様、あまり信用できないのではありませんか？」マキアヴェリは冷ややかに言った。

「いや、信頼できる者たちを使っている。あなたは、わたしに謀反を企てているバカ者どものことを言いたいのだろう。あのパオロ・オルシーニは大まぬけだ。ベンティヴォーリオはどうだ？　ボローニャのことばかり心配している。バリオーニ家の連中もペルージアが心配でならない。オリヴェロットやヴィテロッツォは遊びがすぎて、〈フランス病〉で寝込んでいる」

「しかし彼らは強力です。そしていま、閣下に反旗を翻しております」

「やつらの動きはみんなわたしの耳に入っている。機が熟せば、わたしは直ちに行動する。いまやつらの足もとでは、火がぼうぼう燃えはじめている。そいつを消すには、連中が抱えている人数じゃあとてもたりない。書記官殿、頭を働かせてもらいたい。わたしはウルビーノを手にして、いまや中部イタリアを支配している。たしかにグイドバルド・ディ・モンテフェルトロはわたしの友人だった。法王は姪のアンジェラ・ボルジアを彼の跡つぎの甥と結婚させるつもりだった。しかしそれにもかかわらず、わたしが彼の領土を奪ったのは、戦略上、やむをえないことだからだ。今回の作戦を遂行するには、なんとしも、あそこを奪っておかねばならなかった。わたしは私情に捉われて政治をすることはできん。わたしはあなた方を敵から守る力をもっている。もしわれわれが協力して行動するなら、つまり、わたしの軍事力とみなさんの豊かな土地と財力とを協同させ、さらに、法王猊下の精神的権威に支持されるならば、われわれはイタリアで最強の権力者となることができる。わざわざ大金をはらってフランスに保護してもらうかわりに、われわれが対等な存在であることを彼らに知らせ、敬意をはらわせることができるのだ。書記官殿、わたしと同盟するかどうか、それをいま決断してもらいたい」

マキアヴェリは度肝を抜かれた。しかし、そこはあわてず心を落ちつけ、にっこり笑って答えた。

「閣下、閣下のお話はじつに説得力がございます。そのように明快にして、山をも動かす論法は、閣下以外のどなたにもなしえないところです。閣下のように行動力ある軍人であるとともに、論理的な精神と雄弁の才をあわせもつ方は、きわめてまれな存在でございます」

公爵はかすかな笑みをうかべ、すこし恥ずかしげな身ぶりをした。しかし実のところ、マキアヴェリは、心臓がぱくぱくするくらいびくついていた。これから、公爵の思惑とはまるで異なることを言わねばならない、それを覚悟しながら穏やかに話をつづけた。

「閣下、わたくしは、ただいまのお話を書面にして、直ちにシニョリーアに報告いたします」

「なにっ？　それはどういう意味だ？」ヴァレンティーノ公の口調が変わった。「これは急を要することだ。いますぐ決着させねばならん」

「閣下、申し訳ございません。わたくしには協定をむすぶ権限がございません」

公爵は椅子から飛び上がった。

「じゃあ、おまえは何しにきたんだ？」

そのとき扉がさっと開いた。公爵の命令をすませたアガピート・ダ・アマリアがひとり入ってきただけだったが、不意に白刃が躍りこんできたような迫力があった。マキアヴェリは気の小さい男ではなかったが、これには不思議なくらいおどろいた。

「失礼ながら、わたくしがまいりましたのは、閣下がわが政府に、交渉する使節の派遣を求められたからでございます」

「だが、なんの権限もない使節ではない、交渉を決着させる全権大使を送ってよこせと言ったはずだ」

これまでの丁重な態度が一変した。眼をらんらんとぎらつかせ、こっちにむかって大股で歩いてくる。マキアヴェリも立ち上がった。二人の男が顔と顔を突き合わせた。

「シニョリーアはおれをバカ者扱いする気か！　そうか、わかったぞ。おまえを送ってよこしたのは、まさしくおまえになんの決定権もないからだ。それがいつも変わらぬやつらの手口だ。あの煮え切らないぐずぐず野郎ども、まったくもって頭にくる。我慢の限度をこえている。いったい、連中は、いつまでおれの忍耐力をためすつもりだ」

枢機卿は黙って椅子にすわっていたが、怒りの嵐をしずめようとして口をはさんだ。しかし公爵は黙っていろと言った。そして部屋のなかを荒々しく、ぐるぐる歩きまわった。獰猛な野獣のように怒っている。いまいましげに唾まで吐きちらしている。まるで自制心をなくしてしまったかのようだった。しかしマキアヴェリは動揺することなく、ましてや怯えることもなく、興味津々、公爵が動きまわる姿をじっと見まもった。ようやく公爵が椅子にもどって、どさりと腰をおろした。

「フィレンツェ政府につたえるがよい、わたしが腹の底から怒っているとな」

「閣下、わが政府は、閣下のお怒りを買うことを何よりも恐れております。あの謀反人どもが援助を求めてまいりましたが、われわれはそれをきっぱり断わりました」

「例によって例のごとし、どっちに猫が飛びだすか、ようすを見ようというのだろう」

公爵の言葉はおもしろいというより、真実をついていると思ったが、マキアヴェリは穏やかな表情をくずさずに言った。

「わが政府はオルシーニ一族にも、ヴィテロッツォにも、なんの親愛の情も抱いておりません。われわれはひたすら閣下と親しい関係を保ちたいと願っております。閣下のお考えをさらに詳しくお聞かせください。閣下がどのような協定を望んでおられるか、そのところを正確に、シニョリーアに報告しなければなりません」

「話は終わりだ。どうやらおまえは、わたしに連中の要求を容認させたいらしい。オルシーニのフィレンツェ攻撃さえ了承すれば、やつらは明日にでも矛を納めるつもりでいるんだ」

「閣下、フィレンツェはフランス国王の保護の下にあります」マキアヴェリは言葉鋭く言った。「国王陛下は、必要なときはいつでも、四百の槍騎兵と十分な数の歩兵を送ってよこすと約束されております」

「なるほど、だが、フランス国王の約束には、いつでも金袋がついてまわるぞ。しじゅう金を寄こせ、金を寄こせと催促するが、いったん現金が手に入るとどうだ、約束の履行なぞどこ吹く風、あまり乗り気にならないだろう」

マキアヴェリはもちろん、それが事実であることを百も承知していた。フィレンツェはこれまで何度となく、フランス国王の貪欲さと二枚舌に泣かされてきた。こっちがいくら緊急事態にあっても、巨額の前金を懐にしておきながら、軍勢を送ってよこす約束は屁のかっぱ、いくら催促しても先延ばし、ようやく送ってきたかと思うと、軍兵の数は約束の半分にも満たなかった。公爵の指摘は率直そのもの、まさに図星をついている。いまフィレンツェの選択肢としては、公爵が求める同盟を受けいれるか（彼が不実な友であることはイタリアじゅうが知っている）、それとも、公爵に部下の隊長たちの不満を呑み込ませ、馬首を並べて共和国に攻め込ませるか、そのいずれしかないのだろうか？　なんという威嚇だ！　情勢はきわめて切迫している。苦境に立たされたマキアヴェリとしては、いまは少なくとも、さらなる交渉の門戸を開いておくしか手がなかった。しかし公爵は、使節が口を開くより先に言った。

「書記官殿、何を待っておられる？　もうさがってよろしい」

公爵はマキアヴェリのうやうやしいお辞儀に眼もくれなかった。アガピート・ダ・アマリアが階段のところまでついてきてくれた。

「公爵閣下は、お気がみじかい。ご自分の計画に反対されると、どうにも我慢ができないのです」とアガピートが言った。

「まったく、それだけは身にしみてわかりました」マキアヴェリは酢でも飲んだような気分だった。

6

ピエロと使者が衛兵の詰め所で待っていた。城門の重い閂《かんぬき》がはずされて扉が開くと、三人は夜の広場に出ていった。使者に案内されて、マキアヴェリは金獅子亭へ行った。フィレンツェの使節殿に供するという大義名分にものを言わせて、事前にりっぱな料理が注文してあった。マキアヴェリは舌鼓をうってたっぷり食った。ワインは地産のもので、トスカーナ・ワインとはくらべものにならないが、咽がひりひりするくらい強かった。これもたっぷり飲みながら、マキアヴェリは公爵との会見を思い起こしていた。話し合いはそれほど不満足なものではなかった。ヴァレンティーノ公の怒りは彼の不安な精神状態を表わしている。あれほど緊急にフィレンツェとの同盟を望んでいるのも、公爵の現在の立場がいかに危ういものであるか、それを如実にしめしていた。マキアヴェリは無作法な扱いなど気にしなかった。そもそもこの使命を受けたときから、丁重な歓迎などまったく期待していなかった。食事をすませて、大きなげっぷを一つすると、使者に宿泊先の修道院へ案内するよう命じた。重要な身分が考慮されて、マキアヴェリには僧房がひと部屋あけられていたが、ピエロと使者は廊下におかれたわら布団ひとつに、二人で寝なければならなかった。廊下には、屋根の下で寝られる幸運を喜ぶしかない短期滞在の客人たちが、すでにずらりと寝ころんでいる。マキアヴェリは床につく前に、今夜の出来事をシニョリーアに報告する手紙を書いた。明日の夜明けとともに、それをもって使者にフィレンツェへむかってもらう。

「ピエロ、おまえもビアジオに手紙を書いたらいい。イーモラに無事に着いたことをおっかさんに知らせてくれるだろう。ああ、それから、プルタルコスを一冊、送るよう頼んでくれ」

マキアヴェリはダンテをもってきていた。あと手元にはリウィウスの『ローマ史』があるだけだった。プルタルコスがあれば楽しめる。それに助言も与えてくれる。ピエロが手紙を書きあげると、マキアヴェリはぷいっと無言で取りあげ、読みはじめた。口許にかすかな笑みがうかんでいる。ピエロはこう書いていた。〈ニッコロ様は午前中、何も話さずに黙っておられました。重要なことを思案されておられると思い、お邪魔にならないように、わたくしも黙っておりました。しかし昼食を終えられてからはすこぶるご機嫌よく、おもしろい話をいろいろと、言葉たくみに話してくださったので、スカルペリアを出立したと思ったら、いつのまにか、もうイーモラに着いておりました。ニッコロ様はわたくしの歌う声を聞いて、たいそう褒めてくださいました。リュートをもってこなかったことが残念でなりません。尚、ニッコロ様は叔父上に、プルタルコスを一冊、送るよう求められております。〉

「なかなかよい手紙だ」とマキアヴェリは言った。「おっかさんにつたえる伝言として、簡にして要をえている。ではご一同、心おきなく休むとするか。まったく長い一日だったよ」

7

マキアヴェリはあまり睡眠を必要としない男だった。日が昇るやすぐに眼を覚まし、ピエロを呼んで着替えを手伝わせた。旅装は鞍袋にしまわせ、着なれた黒い服を身にまとった。彼としては、この修道院にこのまま滞在しているつもりはなかった。すぐにでも引き払わなければならない。商売柄、秘密にすべきことがいろいろあるし、ひそかに人にも会わなければならない。そういう訪問客に応対するにも、これから外交活動をはじめるにしても、修道院ではいささか人目につきすぎる。使者はすでにフィレンツェにむかった。マキアヴェリはピエロをつれて、金獅子亭へ出かけた。

イーモラは小さい町だが、活気に満ちていた。支配者が変わってまもないというのに、そうした変化を感じさせるものが、どこにも見あたらなかった。曲がりくねった狭い街路を歩いていくと、朝からもう種々雑多な商人が熱心に働いている。そのどれを見ても、じつに元気で明るい顔ばかりである。彼らの生活ぶりが、今度の戦争によって、どこか変化したという印象がまるでない。ときおり馬に乗った男や薪を積んだロバの隊列がやってくると、通行人は文句を言うでもなく、道をあけてやりすごす。雌ロバをひいた男が、ロバの乳はいらんかあ、妊婦の体に栄養満点、おいしいロバの乳はいらんかあ、と声をはりあげ歩いてくる。すると通りの家の窓がひとつ開いて、婆さんが顔を出し、ロバの男を呼びとめる。男が足をとめて待っていると、すぐに婆さんが瓶をかかえて戸口に出てくる。耳ざわりな声で、ピンや針や、糸や布を売りあるく行商人が通りすぎる。狭い通りには商店がひしめいている。馬具商の店先に何人も客がいる。床屋では散髪している男がいる。履物屋では女が靴をためしている。あたりの空気は、けっして華やかなものではないが、町の繁栄を喜んでいる解放感にあふれていた。こうるさい乞食の姿など、どこを探しても見あたらなかった。

人混みのなかをようやく金獅子亭にたどりついた。マキアヴェリは自分とピエロに、パンとワインを注文した。ワインにパンを浸して食べる。これがなかなかうまい。器に残ったワインをすっかり飲んでしまう。こうして元気をつけると、マキアヴェリは床屋へ行って、ひげをあたらせた。床屋は短い黒髪に香りの強い香水をふりかけ、髪を櫛で梳いてくれた。ピエロが思案顔をして、しきりに顎をなでている。

「ニッコロ様、わたくしも、ひげを剃るべきだと思いますが？」

「いや、あと一、二週間はもつだろう」マキアヴェリはうっすら笑いをうかべると、床屋をふり返って言った。「こいつの頭にもその香水をふりかけて、櫛で梳いてやってくれ」

二人とも用意がととのった。マキアヴェリは床屋に、バルトロメオ・マルテッリ殿の住まいはどこか、と訊いた。その男にこれから会いに行くのである。床屋が教えてくれた道順は込み入っていてよくわからない。そこでマキアヴェリは誰か案内してくれる者がいないか訊くと、床屋は店先に出ていって、通りで遊んでいる小僧を呼んで、この人たちをご案内しろと言いつけた。少年を先に立てて、街路をぬけて町の中心の広場に出る。広場のむこうに、昨夜マキアヴェリが訪れた宮殿が建っている。今日は市の日らしく、近郊の農民たちがもちこんだ果物や野菜、ニワトリや牛肉、豚肉やチーズが、あちこちに山とつまれて売られている。行商人の屋台もたくさん出ている。真鍮類の店や金物の店、新品の着物の店や古着の店、とにかく、ありとあらゆる商品が売られていて、それを売り買いする人や見物人で、市場はごった返している。十月の明るい太陽の下、活気と喧騒に満ちた光景だった。ところが、マキアヴェリとピエロが広場に足を踏み入れたとたん、突如ラッパの音が鳴りひびいた。一瞬、まわりの騒音がしずまった。「ふれ役さんだ！」案内の小僧が金切り声をあげると、マキアヴェリの手をつかんで一目散に走りだした。「おいら、ふれ役さんの声、はじめて聞くんだ」

大勢の人が前へ、前へと押し寄せている。群衆の進む先に眼をやると、広場の一角に絞首台が立っていて、そこに男が二人ぶら下がっているのが見えた。マキアヴェリは首吊りなどめずらしくもなかったから、興奮している小僧の手をふりほどいた。小僧は自分の役目などどこへやら、群衆の興味の中心点へいっさんに走っていった。ふれ役の大きな声が聞こえはじめたが、マキアヴェリがいる場所からは、何をしゃべっているのかわからなかった。もどかしい思いにかられて、傍らの屋台で店番をしている女に訊いてみた。

「いったい何があったんです？　ふれ役がなんだって言ってるんです？」

頑丈な体つきの田舎女は、ひょいと肩をすくめて言った。

「なあに、盗人が二人、首を吊るされてるだけだよ。公爵様のご命令で、ああやってふれ役さんが正午まで、半時間おきにふれ歩いているんだ。なんでも、町の人の持ち物を盗んだとかで、縛り首になったそうだ。あいつら二人とも、フランス野郎の兵隊だよ」

マキアヴェリはかろうじて驚愕を抑えていた。そんなことはありえないと思ったが、この眼でじかに確かめなければならない。群衆を掻きわけ押しわけ進んでいって、絞首台にたどりついて、そこに吊るされている死体に眼をこらした。ふれ役は言うべきことを言いおわると、壇上をおりて平然と歩き去った。群衆が散りはじめたので、マキアヴェリは絞首台のすぐそばに寄っていった。まちがいない。死体の顔は縄が首に食いこんで、恐ろしく歪んでいるが、昨夜のガスコン兵のものだった。凶悪な顔に切り傷のある男、きょろきょろした眼つきの若者、いずれも公爵の面前にひきだされ、死刑判決を受けたやつらだ。するとあれはただの芝居ではなかったのか？　マキアヴェリはそこに立ちつくし、呆然と眼を見はっていた。すると小さな案内人の手が腕にさわった。

「ちくしょう、こいつらが吊るされるとこ見たかったなあ。いつだってこうなんだ。誰も知らねえうちに、みんな終わっちまうんだよ」

「これはおまえのような小さい子どもが見るもんじゃない」マキアヴェリは無意識にそう言った。頭のなかがぐるぐるすごい速さで動いている。

「ねえ、おじさん、これが最初で最後だなんてことないね」と小僧がにやりと笑った。

「こいつらが吊るされて、足をばたつかせるとこを見たら、チンボコがおっ立つぐらい、すごく興奮するだろうな」

「ピエロ、どこだ？」

「はい、ここです、ニッコロ様」

「さあ、小僧、さっさと、バルトロメオ殿のお宅へ案内しろ」

それからあとバルトロメオの家に着くまで、マキアヴェリは眉をひそめ、無言で歩いていた。その口許がいつにもまして、鋭く真一文字にむすばれている。これはいったいどういうことだ？　どうして公爵は、あの有用な二人のガスコン兵の首を吊ったのか、たかが銀器を二つ三つ盗んだだけではないか、鞭打ちで十分な罪ではないか……たしかに公爵にとって、やつらの命など虫けら同然かもしれないが、しかし、いかにイーモラ市民の人気を得るためとはいえ、あれではとんだ悶着を起こしかねない。ガスコン部隊の指揮官はもちろん、兵士全体の憤激をまねく危険性がある。いや、それどころか、フランス国王も黙ってはいまい。そんな危険を冒すとは……まったく信じがたいことだ。マキアヴェリは途惑っていた。わからなかった。あの場におれがいたことが、公爵の決断に影響したことはまちがいない。あの事件をみずから裁定する必要があったとしても、おれとの会談が終わったあとでもよかったはずだ。それにもかかわらず、わざわざおれの面前で、あんな場面を演出して見せたのは。いったいどういう料簡なんだ？　たとえ傭兵隊長が反乱を起こしても、自分はフランス国王から独立している、ルイの不興など恐れるにたらん、自分には十分な戦力がある、そんなことをシニョリーアに報告させたいと思ったのか？　それとも、あの演出の眼目は、やはり最後のセリフにあったのだろうか？　あの兵隊がフィレンツェへ行けば、安全に盗品を処分できたはずだ、というあのセリフ。あの皮肉な文句にこめられた共和国政府に対する明白な威嚇、それを宣言することにあったのだろうか？　いやいや、それもしかとはわからんぞ。あの冷酷で無残で狡猾な男がいったい何を考えているのか、やつの黒い腹のなかに何がうごめいているのか、それを見抜くことは、誰にもできない至難の業かもしれない。

「おじさん、この家ですよ」と少年が突然、声をあげた。

マキアヴェリが礼に銅銭を一枚やると、小僧はぴょんぴょん跳ねて走り去った。真鍮のノッカーをとり上げて、ピエロがどん、どんと扉を叩いた。だが内からはなんの応答もない。そこでふたたび扉が叩かれた。マキアヴェリはあたりを見まわし、なるほど、と思った。いかにも立派な造りの家である。明らかに、すごい金持ちの住まいだった。主の居室と思われる二階の窓に眼をやると、おどろいたことに、油紙ではなく、めったに手に入らないガラスの板が嵌められていた。それを見ても、この男の財産が尋常でないことがよくわかった。

8

マキアヴェリはバルトロメオ・マルテッリを知らなかったが、シニョリーアから、この人物に接触するよう指示されていた。バルトロメオはイーモラの重要人物の一人である。市の参事会員であり、資産家である。イーモラ近郊に土地を所有し、市内にも数軒の家屋をもっている。父親というのがレヴァント貿易で財を成し、バルトロメオ自身も青年時代に、スミルナで何年か過ごしていた。このためフィレンツェとも関わりがあった。長年にわたってフィレンツェ人は小アジア地方と交易し、あちこちの都市に住んでいる。バルトロメオの父親はこうした裕福なフィレンツェ商人の一人と手をくんで商売をしており、しかもその家の娘を妻にしていた。つまり、すでにこの世にいない母方の祖母《ばあ》さん同士が姉妹だったことから、ビアジオ・ボナコルシと親類関係にあった。ビアジオが若いピエロの同行をマキアヴェリに承知させたのも、そういう事情があったからである。マキアヴェリがこのイーモラの有力者と昵懇になるにさいして、彼とピエロの血の繋がりが大いに役立つはずだった。

実際、バルトロメオは、非常に役に立ってくれるだろう。イーモラの重要人物であるばかりか、町が戦わずして降伏するに至ったのは、彼の一派が町の世論をリードしたからだった。他人の財産ならいささかも物惜しみしない公爵は、バルトロメオの功績を認めて、没収した土地とともに伯爵の称号まで与えていた。おしゃべりな理髪師はその事実にくわえて、バルトロメオが口にはしないものの、伯爵の称号にすこぶる満足していることも話してくれた。公爵は信用することが利益になると考えれば、大いに人を信用する。したがって当然のことながら、実業界で評判の高いバルトロメオをいろいろビジネスに重用している。公爵は人に内心を語らないが、もし公爵の思惑について何か知りうる者がいるとしたら、それはバルトロメオをおいて、他に誰がいるだろうか。したがってマキアヴェリは、公爵の手先をつとめている男から、自分の知らない情報を聞きだせると考えていた。シニョリーアはバルトロメオの弱みを握っている。彼はフィレンツェに母親から相続した家を二軒もっているから、彼の行動いかんでは、その一軒が偶然の出火で燃えてしまうことも有り得るし、それでも効果がないとしたら、いまでもかなりの利益をあげている彼のレヴァント交易に、何か支障が生じるかもしれない。「実際、頼りになる友人がいるというのはいいもんだ」とマキアヴェリは思った。「それはいつでもどこでも大事なことだ。しかし、これが肝心なときに、友として働いてくれないとこまる。だからそんなときの用意に、少々痛い目にあわせる手段も確保しておかねばならん。これも大事なポイントなんだ」

扉が開いて、下僕が顔を見せた。マキアヴェリが名乗ってから、主人の在宅を確かめると、下僕はなんのためらいもなく言った。

「伯爵はあなた様のお出でをお待ち申しております」

マキアヴェリとピエロは中庭にみちびかれると、建物の外側につけられた階段をのぼり、主人が事務室に使っているらしい、こぢんまりした部屋に案内された。待つこと一、二分、どたばた足音をひびかせて、バルトロメオが入ってきた。

「これはこれは、ニッコロ殿、ご到着のお知らせを受け、先ほどからお待ち申しておりました」と賑やかな声が客人を歓迎した。

歳のころは四十くらいか、よく肥えた大男である。長い髪のはえぎわが額から後退しているが、顎ひげは黒々とたっぷりついている。赤ら顔に汗が光って、下顎の肉が二重にくびれて、堂々たる太鼓腹である。自分がゴボウみたいに痩せているせいか、マキアヴェリはふとった男が好きになれない。彼がよく口にする言葉によれば、このイタリアでふとった男になるには極意が必要である。すなわち、寡婦や幼児から金をくすねたり、貧乏人の顔を踏みつけたりすることに、すこしの躊躇もあってはならない。

「ビアジオ・ボナコルシが、あなたのお出でを教えてくれました。昨日ご使者の方が彼の手紙をもってきてくれたんです」

「なるほど、使者が出るのを知って、ビアジオはそれに便乗したようですね。ここにいる若者はピエロ・ジャコミニです。われらが共通の友ビアジオ・ボナコルシの姉の息子ですよ」

バルトロメオがうれしそうに笑った。そしてピエロの腕をとって抱擁し、太鼓腹を押しつけて、両方の頬にちゅっちゅっとキスをした。

「きみとわたしは親戚なんだよ」と轟くような声が言った。

「えっ、親戚ですか?」マキアヴェリが意外そうにつぶやいた。

「ほう、ご存じありませんか? ビアジオの祖母《ばあ》さんとわたしの祖母《ばあ》さんが姉妹なんです。カルロ・ペルッツィの娘ですよ」

「おどろきましたね。ビアジオは何も言ってませんでした。ピエロ、おまえは知っていたのか?」

「いいえ、母からは何も聞いておりません」

マキアヴェリはひどくおどろいた顔を見せたが、もちろん、そんなことはとうの昔に承知していた。惚《とぼ》けることにも意味がある。十分な理由がある場合を除いて、こっちが何を知っていて、何を知っていないか、それを誰にも教えないというのが、これまたマキアヴェリの流儀だった。ピエロが一瞬のためらいもなく、主人の言葉にならったのを見て、なかなか機転が利くじゃないか、とマキアヴェリは心のなかでにんまり笑った。

バルトロメオは二人に椅子をすすめた。部屋には暖炉がなかったが、赤々と炭火の燃える火鉢がおかれていて、部屋の空気を暖めている。商売柄ときたまフィレンツェを訪れているバルトロメオが、知り合いの消息をたずねると、マキアヴェリは自分の知っていることを話してやった。あれこれおしゃべりしているうちに、このたび共和国終身大統領に選ばれたピエロ・ソデリーニに話がおよんだ。

「大統領はわたしの親しい友人の一人です」とマキアヴェリは言った。「温厚篤実、清廉潔白、どなたからも尊敬されているお方です。わたしが今般この地にまいりましたのも、じつは大統領じきじきの要請があってのことです」

バルトロメオ殿、おれが共和国トップの信頼を得ていることをよーくご承知あれ、とマキアヴェリはキラリと眼を光らせた。

「ニッコロ殿、あなたにお会いできて、こんなうれしいことはありません。必要なことはなんなりと、ご遠慮なく、申し付けてください。ところで、ビアジオはあなたに託しませんでしたか？　じつは上等なリネンの布地をひと巻き頼んでおいたんですが」

ビアジオはいたって世話好きな男である。人の頼みはなんであれ無下に断わることがなかった。その好人物をとことん利用することにかけては、マキアヴェリほど情け容赦のない者もいなかった。

「もちろん、お預かりしております」とマキアヴェリは答えた。「ビアジオにはよくよく念を押されました。ただ、今日遅くならないと、その荷を積んだわたしの従者の一行が、イーモラに到着いたしません」

「さようですか。じつは、家内がシャツをつくってくれると言うんです。あれは尼さん仕込みの刺繡が達者で、イーモラひろしといえど、刺繡にかけては、あれの右に出る女はおりません。芸術家はだしの腕前です」

マキアヴェリはせわしく頭を働かせて、この男の人物を計っていた。ざっくばらんで元気がよくて、血の気がおおい。どうやら食うのも飲むのも達者のようだ。からから大笑いし、大きな声がよくとおる。だが、この陽気で真心のこもった態度のうらに、はたして、どんな機敏な策士の頭脳が隠されているか、それはまだわからない。何しろ抜け目のない、がめつい商売人という評判もある。マキアヴェリはイーモラの現状に話をうつした。バルトロメオは熱心にヴァレンティーノ公を褒めたたえた。公爵は降伏の条件を誠実に守ってくれた。市の占領にさいして要求された賠償金はかならずしも法外なものではなく、しかも町のいっそうの美化と繁栄のために、それを資金にされるとおっしやられた。何しろ、イーモラはいまや公爵閣下が新規に獲得された領土の首都である。閣下のための新宮殿や実業人が会合する会館、貧乏人のための病院などをつくる設計図もひかせている。町の秩序は回復し、犯罪は減少、裁判は迅速で金がかからない。貧乏人も金持ちも法の下では、まったく平等である。商売は繁盛し、賄賂や汚職がなくなった。公爵ご自身、この土地の農業資源にすこぶる関心を寄せられ、これを活用する方法をあらゆる角度から検討しろと命じられている。軍兵は市の城壁の外に野営し、市内には勝手に入れない。目下、イーモラは繁栄のときを迎えて、市民一同、大いに満足しているところである。

「イーモラ、万歳、ですな」とマキアヴェリは楽しげに言った。「ところで、もし傭兵隊長たちが公爵を放りだして、ここに乗り込んできたとしたら、あなたの立場はどうなりますか?」

バルトロメオは腹をかかえて大笑いし、腿をぴしゃぴしゃ叩いた。

「ニッコロ殿、あの連中はクズですよ。公爵なしでは、自分たちになんの力もないことを知ってるんです。そのうち泣きをいれてくるでしょう。何もかもすぐに治まりますよ」

マキアヴェリは判断がつかなかった。バルトロメオはほんとに自分の言っていることを信じているのか、それとも相手に信じてほしいと思っていることを言っているだけなのか……いや、そればかりではない。こいつがバカなのか、利巧なのか、それもまだ判然としなかった。この率直なもの言い、この熱意やあけっぴろげな態度、この笑い声や親しみのこもった眼ざし、そこに隠されているものが何かあるかもしれない。マキアヴェリは話題を変えた。

「ところで、バルトロメオ殿、あなたはご親切にも、必要なことは遠慮なく言えとおっしゃってくださった。そこで厚かましく、ひとつお願いがあります。じつは、わたしどもが滞在する宿泊所なんですが、どこか適当なところをご存じありませんか？」

「こまりましたな、他のことでしたらお力になれるのですが」とバルトロメオは陽気な笑い声をあげた。「いやはや、こまりました。この町はいま人であふれております。公爵の幕僚たちに取り巻き連中、詩人に絵描き、建築家に土木技師、貿易商やあれやこれやの販売業者、金儲けの機会を狙って他所からやってきた連中など、いまイーモラには人の住まない場所など、穴もすき間もありません」

「さようですか、ただ、わたしは当地にあまり長く滞在するつもりはありませんが、シニョリーアの重要な使命を帯びております。修道院の宿坊ではどうにも仕事になりません。ピエロと従者にも、すこしは体を伸ばせる場所を探してやらねばなりません」

「わかりました。では義理の母に訊いてみましょう。こういうことは、わたしよりも、彼女のほうがよく知っておりますから。すぐに呼んでまいります。お待ちください」

そう言って部屋を出ていったバルトロメオが、すこししてもどってくると、客人たちに、ご婦人方の部屋へお出でくださいと言った。マキアヴェリとピエロはずっと大きな部屋に案内された。壁は美しく塗装され、暖炉もあった。二人の婦人が暖炉のそばに腰をおろして針仕事をしている。見知らぬ人の到来を見て、女たちは立ち上がり、膝をかがめて挨拶をかえした。一人は押し出しのいい中年の女だった。

「こちらがわたしの義理の母、カテリーナ・カッペーロ夫人です」とバルトロメオが言った。「そしてこっちが家内です」

家内というより娘と言ってもいいくらいの若い女だった。当節の流行にならって、もとは黒であるはずの髪が金色に染められている。イタリア女の浅黒い肌はその染髪と似合わないから、顔にも首すじにも胸もとにも、こってり白粉《おしろい》が塗られており、黒玉の美しい眼が金色の髪によく映えて、絶妙の効果を発揮している。眉は余分な毛がていねいに抜かれて、細い線になっている。すんなりした小さな鼻に、赤い唇が可愛らしい。淡いグレーの服をまとい、ゆったりとしたスカートに、細い体にぴったり合った胴着、ふくらんだ袖、そして襟ぐりが大きくひろげられて、肌が雪のように真っ白く、豊かな胸がわが手を招くように息づいている。この若い女の美貌には、乙女の清純さと熟れた女の豊かさとが、不思議な結合作用を起こして、言うに言われぬ魅力をつくっていた。マキアヴェリはうんと唸った。顔にはすこしも表わさなかったが、心臓がきゅんと痛くなるような奇妙な感覚に襲われた。大した美人がいるもんだ。マキアヴェリは思わず生ツバを呑んだ。こいつはなんとしても、同衾させてもらわねばならん。

二人の女は客人に椅子をすすめた。その間バルトロメオはカテリーナ夫人に、マキアヴェリ主従のこまった状況を説明していたが、ふとピエロのことを思い出して、これまでついぞ顔を合わせたことのない親類について話しはじめた。この新たな縁者の話を聞きながら、女たちはピエロを見てにっこり笑った。マキアヴェリはバルトロメオの若い妻が、小さくてなめらかな、みごとな白い歯をしているのを見て、いよいようれしくなってきた。

「みなさま、何か軽いお食事をなさいませんか？」とカテリーナ夫人がたずねた。

夫人は娘と同様、立派な衣服をまとっているが、いくぶん地味な色合いであり、立派な家庭の年配の女は、染髪や頰紅はふさわしくないとされていたから、髪も肌も自然の造化のなせるままだった。しかし娘と同じ黒い眼をしていて、若い頃はさぞや美しかったと思わせる、香木の面影を残している。すでに食事はすませましたとマキアヴェリは言ったが、主人はワインを一杯ぐらいいいでしょうとすすめた。

「アウレリア、ニーナに言ってきなさい」

若い女は部屋から出ていった。バルトロメオは義理の母に、マキアヴェリの気の毒な事情について話した。

「それは無理でしょう。町のどこを探しても、ひと部屋だって空きはないと思いますわ。でも、ちょっとお待ちになって。こちら様はお偉い方ですし、この若い人はあなたの親類ですから、セラフィーナが下宿をさせてくれるかもしれません。あの人は、これまでいつも、下宿人を断ってきました。先日も言ってやったんです、いまこの町には、屋根の下で過ごせるなら、いくらでもお金をはらおうという人が大勢いるのに、部屋を空けておくなんて、神様に申し訳ないじゃありませんかって」

バルトロメオがセラフィーナ夫人のことを説明してくれた。彼女の死んだ夫はレヴァントでバルトロメオの代理人をしていた男で、彼女がいま住んでいる家はバルトロメオの持ち家である。僧侶になる予定の息子と、十四になる娘がいて、母といっしょに暮らしている。もし同居人をおいたら、この若い者たちがとんでもない悪習に染まってしまう危険がある、それが見知らぬ他人の同居を拒んでいるセラフィーナの理由だった。

「バルトロメオ殿、あなたが強く頼んだら、あの女も断われませんわ」

カテリーナ夫人がデブの中年男を息子扱いして話すのを聞いていると、いささか奇異の念にうたれる。どう見ても、夫人は義理の息子より二つか三つ歳がいってるだけだろうに。

「なるほど、母上のおっしゃるとおりです」と義理の息子は言った。「ニッコロ殿、善は急げ、です。さっそくご案内いたしましょう。大丈夫です。うまく話がつきますよ」

アウレリアがもどってきた。そのすぐあとから侍女が入ってきた。グラスとワインボトル、それに砂糖菓子をのせた盆をもっている。アウレリアは椅子に腰をおろし、また縫い物をはじめた。

「かわいい子ちゃん、わたしのシャツがつくれるように、ニッコロ殿がリネンの布地を持ってきてくださったよ」とバルトロメオが言った。

「あらあら、それはようございました。ちょうどあなたのシャツが入り用でしたから」とカテリーナ夫人が口をはさんだ。

アウレリアはにっこり笑ったが、何も言わなかった。

「ニッコロ殿、ひとつ家内の刺繍の腕前を見てやってください」

バルトロメオは妻のところへ行って、彼女が余念もなく仕事をしている布をとり上げた。

「いけませんわ、あなた。これは女の使うものです」

「なあに、かまわんだろう。ニッコロ殿が、まだ女の下着を見たことがないというなら、ちょうどいい機会じゃないか」

「アウレリア様、わたしは妻のいる男ですよ」とマキアヴェリは言った。そのうすい唇には、あのとっておきの愛嬌のある笑みがうかんでいる。

「ごらんください。この見事な刺繍のできばえ、上品なデザイン、いかがです」

「これはおどろきました。奥様がみずから工夫されたものとは、とても信じられません」

「ですから申し上げたでしょう、家内はイーモラ随一、芸術家はだしの腕前ですって」

マキアヴェリがそつのない感想を述べると、下着はアウレリアの膝の上にもどされた。彼女は明るい瞳に笑みをうかばせ、感謝の意を表わした。一同が砂糖菓子をつまみ、ワインを一杯飲むと、では、セラフィーナ夫人を訪問しましょうか、とバルトロメオが腰をあげた。

「この家のすぐ裏手にあるんです」

マキアヴェリとピエロは案内されるまま階段をおりると、小さな庭のなかに出ていった。庭には屋根のついた井戸があった。栗の木が一本立っていて、晩秋の初霜のあと、あたり一面に葉を散らしている。そこを通りすぎると、せまい路地裏にたっている一軒の家の裏口までできた。

「ここですよ」とバルトロメオが言った。

人気のない路地を見て、これは申し分ないとマキアヴェリは思った。これなら人目につかずに客人を迎えることができる。バルトロメオがその家の小さな戸口を叩くと、すぐにドアが開いて、痩せぎすの背の高い女が姿を見せた。皺がよった顔は青ぐろく、不機嫌そうな眼をしていて、髪が灰色だった。ドアを叩いた主が誰であるか知ると、とたんに陰気な表情が変わった。そして丁重な口調で、どうぞお入りくださいと言った。

「こちらはニッコロ・マキアヴェリ殿。フィレンツェ政府第二書記局の一等書記官で、共和国が公爵閣下に派遣されたご使節だ。この若者はピエロ・ジャコミニといってな、わたしの親類すじの者だ。わたしの親友で親戚のビアジオ・ボナコルシの甥にあたる」

セラフィーナ夫人が三人を居間に案内すると、バルトロメオはさっそく訪問した次第を話しはじめた。セラフィーナ夫人の顔がくもった。

「バルトロメオ様、ご存じのように、わたくしは下宿人をお断わりしております。家には年頃の子どもがおります。知らないお方をお泊めするのは、ちと……」

「それはそうだよ、セラフィーナ。だが、こちらはそんじょそこらの人じゃない。それにピエロはわたしの親類だし、おまえの息子のルイジだって、いい話し相手になってもらえるだろう」

話し合いはつづいた。バルトロメオはれいの陽気で太っぱらな口調で話しながら、気乗りのしない女に、この家が自分の持ち物であって、もしその気になれば、いつでも住人を追い出すこともできるし、彼女の長男が自分の商会で働いていることや、彼の昇進も雇い主の好意次第であることなど、いろいろ話してきかせた。このなかば脅しめいた説得が、親切心をこめて冗談まじりに語られるのを見ていて、マキアヴェリはひそかに感嘆の声をあげた。見かけは単純素朴だが、これはどうして、阿呆なんてタマじゃないぞ。

貧しいセラフィーナが家主の気持ちを傷つけられるわけがなく、やがて苦い笑みをうかべながら、喜んでバルトロメオ様とご友人のお役に立ちたい、という次第になった。

マキアヴェリは居間ともう一室を使い、ピエロは息子のルイジの部屋を共有することに決まった。従者には屋根裏部屋をあてがい、わら布団を用意してくれるという。要求された部屋代がいささか高額だったので、バルトロメオが思わずたしなめたが、マキアヴェリは賃料を値切るなど使節の沽券にかかわると思ったから、喜んでその金額をお支払いすると言った。人の好意を確保して思い通りに動かすには、いくらか金を盗ませておく、これが何よりも効果のあることをマキアヴェリは知っていた。もちろん、部屋の窓はガラス張りではないが、よろい戸がついているし、油紙をはったひき戸もついていたから、窓を開けはなしたり、すこし開けたりして、外気や陽射しをいれることができる。台所には暖炉があり、居間は火鉢で暖められる。セラフィーナは自分の部屋をマキアヴェリに明け渡して、一階にある娘の部屋に移ることに同意してくれた。

9

こうして下宿の件が落着すると、バルトロメオは自宅へ帰っていった。マキアヴェリはピエロを連れて金獅子亭にもどり、昼飯を食った。ちょうど食事が終わったところに、積荷と空馬をたくした二人の従者が、スカルペリアから到着した。マキアヴェリはピエロに、彼らを修道院へ案内して、昨夜からおいてある鞍袋をもってこいと言った。

「それからバルトロメオ殿の家へ行って、リネンをひと巻き差し上げてこい。どうぞ奥方様にお渡しください、と侍女に言うんだ。あの娘はまんざらブスでもない。ちょっと話しこんでおくといいだろう。それから、セラフィーナの家に行って、おれが帰るまで待っていろ」

マキアヴェリはちょっと口をつぐんでから言った。

「ピエロ、あの女はおしゃべりで、うわさ話が大好きにちがいない。台所へ行って話しかけてみろ。まず息子と娘のことをたずねるといい。それから、おまえのおっかさんのことを話題にしてみろ。それがすんだら、バルトロメオとやつの女房と義理の母親について、できるだけ訊きだしてくれ。セラフィーナはやつから恩義の重荷をしょっているから、内心、恩人たちに恨みを抱いているにちがいない。いいか、せいぜい愛想をよくして、善人づらして、世間知らずの青二才でございって顔をしておけ。あの女に信用されればあとは簡単だ、いろいろ鬱屈した気持ちを打ち明けてくるだろう。これはおまえにとって、いい訓練になる。上手にやさしく話しかければ、あの女が心に秘めている憎悪だってひきだせるかもしれん」

「でも、ニッコロ様、どうしてあの女が、バルトロメオ殿を憎んでいることがわかるんです?」

「いや、確信があるわけじゃない。あれはただのバカなお喋り女かもしれん。だが彼女が貧乏であって、彼が金持ちである、そして彼女が彼のほどこしで生きている、ということは事実だ。恩義の重荷を背負って生きるのは、これはなかなか辛いもんだ。敵からくわえられた危害なら簡単に許せても、友から与えられた恩義となると、簡単には許せないものなんだ」

マキアヴェリは冷笑をうかべて金獅子亭を去った。これから人と会う約束があった。同じフィレンツェ人の、ジャコモ・ファリネッリという男で、メディチ家の連中といっしょに追放の憂き目にあっている。会計事務に通じた男であるから、その才を生かして、いまはヴァレンティーノ公の許で働いている。しかし帰心矢のごとし、故郷フィレンツェに帰りたい、そして没収された財産を返却してもらいたいと願っていて、ぜひとも共和国のお役に立ちたいと言ってきている。そのジャコモは、午前中にバルトロメオが話したことを裏付けてくれた。たしかに、新しい領民たちは公爵の支配に満足している。施政はきびしいが、公正である。吝嗇《けち》な暴君の下で苦しんできた人民は、いまや圧制から解放されて、百年来はじめて手にする自由を心から喜んでいる。公爵は、領国内のそれぞれの家から男子をひとり徴兵し、それによって、これまで一般的であった傭兵制度ではない、はるかに信頼のおける軍隊をつくり上げた。フランスの重騎兵やガスコン兵だと、国王の都合次第ですぐに召還されることがあるし、スイス兵も同様、ほかに待遇のいい王侯がいれば、いつでもさっさと鞍替えしてしまう。ドイツ兵にいたっては、進軍する先々で略奪をほしいままにし、住民の恐怖の的になっている。しかし公爵の軍兵はちがうという。真紅と黄色のそろいの軍服に誇りをもち、給与もよいし、訓練もよくされていて、軍律もきびしく、武器も装備もすぐれている。しかもこの新式の兵士たちは、公爵のたくみな人心掌握術によって、強烈な忠誠心を注入されているというのである。

「なるほど、だが、傭兵隊長たちはどうなんです、ヴィテロッツォとかオルシーニの連中は？」とマキアヴェリは訊いてみた。

しかしファリネッリも、彼らについてはなんの情報ももっていなかった。連中がいまどうしているか、誰も何も知らないのである。

「宮殿内の雰囲気はどうでしょうか？」

「なんの心配も懸念もないようです」とファリネッリは言った。「公爵はいつもそうですが、誰にも心の裡を明かしません。このところお部屋にこもっています。秘書官たちにも、不安のたねがあるような気配は、まったく見られません。アガピート殿などは、いつになく上機嫌なようすです」

マキアヴェリは眉をひそめた。狐につままれたような気分だった。何か不穏な情勢にあることはまちがいない。しかながら、この会計官が情報を出し惜しみしているはずもなかった。さすがのマキアヴェリも思案投げ首といった表情だった。新しい宿泊先にもどると、ピエロが待っていた。

「リネンは渡したか?」マキアヴェリは訊いてみた。

「はい、お渡ししました。バルトロメオ殿は宮殿へ行かれてお留守でしたが、あの侍女にちょっとお待ちくださいと言われました。玄関口におりますと、彼女がもどってきて、アウレリア様とカテリーナ様が使いの者に会って、じかに礼を言いたいというんです。それでわたくしは二階へあがり、お二人にお目にかかりました」

「それなら侍女とは、懇《ねんご》ろにならなかったのか?」

「その機会がありませんでした」

「腕をつねってやるとか、少なくとも、きれいだねぐらい、言ってやれたはずだ。その機会もなかったのか?」

「はい、奥様方はたいへん親切にしてくださいました。果物や菓子や、ワインまでご馳走になりました。そしてあなた様のことを、いろいろとお尋ねになりました」

「なるほど、それで何を訊いたんだ?」

「その、結婚されてどのくらいになるかとか、相手はどなただとか、マリエッタ様はどのようなお方だとか……」

「それでセラフィーナはどうした？　あの女と話す機会はあったんだろうな？」

「はい、ニッコロ様、おっしゃる通りでした。あなた様のお帰りがなかったら、いつまでもしゃべっていたでしょう。まったく閉口しました。永遠にしゃべり続けているかのようでした」

「よし、聞かせてくれ」

ピエロが話しおえると、マキアヴェリは愛想よく微笑んでやった。

「よくやってくれた。思っていた通りだ。あの婆さん、すっかりおまえの若さにまいったな。その純真無垢な顔を見ていたら、なんでもかんでも洗いざらい、みんな話してしまうと思っていたよ」

ピエロはかなりの情報を仕入れてきていた。バルトロメオは公爵の厚い信任を得ており、イーモラ有数の有力者であって、誠実で親切、寛容で信心深い人物だという。いまの結婚は三度目で、最初の結婚は親がきめた縁組だった。しかしその女房は八年後に、コレラでころりと逝ったため、世間体のいい期間をおいて再婚したが、この二度目の女房も、十一年後にこの世を去った。二人ともかなりの持参金を残していったが、どちらも子どもは残していない。三年間ひとり身でいたところ、突然、いまの女房と結婚したという。そのアウレリアはアドリア海の港町シニーガリアの生まれで、父親は沿岸航行の商船を所有し、その船長でもあって、ダルマチア地方の港町と交易していた。ところが、あるとき大時化《しけ》に遭い、船もろとも海の藻くずと消えた。残された妻は貧窮したあげく、裁縫女に身を落とし日々の糧を稼いでいた。娘が三人いる。息子も一人いたが、これは父親とともに溺死した。娘のうち二人はすでに嫁にいっていて、残った一人が当時十六歳のアウレリアだった。ある日たまたま、彼女がバルトロメオの眼にとまった。そしてふとっちょの中年男は、娘の清純な美貌にぞっこん、たちまち魂を奪われてしまった。出生や財産の点から見て、イーモラ有数の資産家が結婚する相手ではなかったが、まだ若い女であるにもかかわらず、アウレリアには、確実な出産を期待させる不思議な成熟さが感じられた。

バルトロメオにとっては、子を生む能力こそ大事な要件だった。この世で彼が何よりも欲しているのは息子である。これまで、二人の妻との夫婦生活の期間にも、見苦しくない地位の若い女を何人か囲ってみたこともあったが、この婚外交渉にあっても、一人の子も生まれなかった。カテリーナ夫人が六人も子どもを生んだ（うち二人は幼くして死んだが）という事実は、この血統が豊饒・多産であることを証明している。そこでひそかに調査させた結果、アウレリアの姉たちも、すでにそれぞれ三、四人の子持ちであることがわかった。規則ただしく年に一児は生んでいる。これは健康で若い女なら当然のことであるが、しかしバルトロメオは慎重だった。石女《うまずめ》とすでに二度も結婚しているから、三度目となると、さすがに彼も二の足を踏んだ。そこで然るべき人を介して、カテリーナ夫人に提案してみた。母娘《おやこ》にかなりの額の手当てを与えて、イーモラ郊外の別荘に住まわせ、もし子どもが生まれたら認知するというのである。生まれた子が男児なら、思いきって結婚することまで仲介人に匂わせておいた。しかしカテリーナ夫人は宗教心のためか、世渡りの知恵のためか、ひどく憤慨して、断乎バルトロメオの提案を断わった。彼女の亡き夫は、小さな交易船の船長にすぎないが、名誉を重んじる男だった。そして二人の娘も、資産家とはいえないまでも、それなりの家に嫁している。だから、愛する末娘を商人の囲い女にするくらいなら、いっそ尼寺にでも入れたほうがましである。そう言われてバルトロメオは、あらためて結婚相手になりそうなイーモラ在住の女たちを吟味したが、アウレリアにまさる女はいなかった。彼の心を虜にしているうえに、熱望してやまない息子を与えてくれそうな女は、どうにも彼女以外に見あたらない。バルトロメオは商売人である。しかも抜け目のない男である。どうしても必要なものがあって、それがこちらの言い値で買えないなら、相手の言い値で買うしかないことを心得ている。そこでいさぎよく結婚を申し込んだ。申し込みは直ちに受けいれられた。

バルトロメオはただの商売人ではない。何事にも目端のきく頭のいい商売人である。アウレリアが自分より二十歳も若いことから、彼女の身辺につねに監視の眼をおく必要を忘れなかった。そこで母親のカテリーナ夫人を招いて、夫婦とともに暮らすようにさせた。

そう話しながら、セラフィーナはうすら笑いをうかべたという。

「あのバカじいさん、カテリーナのことを信用してるんですよ。でも、ごらんなさい。あれは夫に貞節をつくす女じゃありませんよ。ひと目でわかるでしょう。死んだ夫が海に出ている間、そんなに貞淑な女じゃなかったからね」

「あの女はたしかにカテリーナ夫人を嫌っているな」とマキアヴェリは言った。「だがなぜだろう？　自分がバルトロメオの妻になって、子どもたちを養子にさせたかったのかもしれん。あるいはたんに妬んでいるだけかもしれん。どうでもいいことかもしれないが、知っておいても悪くはない」

新婚生活は幸せなものだった。バルトロメオは若い女房を得て、たいそう喜んでいる。美しい着物や高価な宝石を買ってあたえた。アウレリアは夫につくし、人びとに尊敬されて、淑やかでおとなしかった。要するに、妻たる者があるべきようにふるまった。だが、結婚してすでに三年になるというのに、まだ赤ん坊は生まれなかった。生まれそうな気配すらなかった。バルトロメオにとって、これが頭痛の種だった。そして、いまや伯爵の称号まで得たからには、それを受け継ぐ息子の誕生が、これまで以上に必要だった。

「セラフィーナ夫人は、あの美しいアウレリアが欲求不満を起こして、男をつくりそうな話はしなかったか?」とマキアヴェリは微笑をうかべて訊いた。

「いいえ、そんな話はありませんでした。アウレリア様はミサに出るとき以外、ほとんど外出されないようです。たまに外出することがあっても、あの母親か侍女が、かならずついていくそうです。なんでも、たいへん信心深い女性のようです。夫を裏切ることなど、神を恐れぬ大罪とでも思っているんでしょう」

マキアヴェリは考えこんだ。

「奥様方におれのことを話したとき、マリエッタ夫人が妊娠してることを言ったか?」

ピエロが顔を赤らめた。

「何も不都合はないと思いまして」

「いや、全然かまわんよ。知られてもこまることじゃない」

マキアヴェリは意味ありげに微笑んだ。しかしその意味合いは、ピエロの理解をはるかに超えていただろう。マキアヴェリは何もマリエッタを愛していたから結婚したわけじゃない。もちろん、妻を尊重しているし、彼女の気立ての良さも、夫への献身的な態度も認めている。なかなか倹約家であるから、マキアヴェリのような低収入の男には、ありがたい資質の持ち主である。とにかく結婚してこの方、一文たりとて無駄に使ったことがない。赤ん坊が生まれたら、さだめしいい母親になるだろう。彼がいささか妻を甘やかし、優しくしてやる理由はいくらでもあるが、だからといって、自分もまた妻に対して節操を守るなんていうつもりはなかった。アウレリアを見て、たしかにその美貌に思わず息を呑んだ。しかし彼女の美貌だけが彼の心を動かしたのではない。彼の感覚をこれほどまで直接に、これほどまで激しく刺激した女は、どう記憶を探っても、ただの一人もいなかった。猛烈な情欲が不意に腹の底からわき上がって、マキアヴェリは胃がきりきり痛くなった。

「この命を賭けても、おれはあの女をものにするぞ」彼は心のなかでそう誓った。

マキアヴェリは女の心も体も十分に心得ている。これまで彼が口説いてものにならなかった女は一人もいない。おれが自分の容姿・容貌に自信があるというのではない。それにはなんの幻想ももっていないし、おれよりはるかにいい男はいくらでもいる。財産でも地位でも、ずっと優位にたつ男が大勢いる。そんなことは先刻よく承知している。だがマキアヴェリは、おのれの魅力に自信があった。おれはいつでも女を楽しませてやれる。喜ばせるこつも心得ている。おれのそばにいるだけで、どんな女も寛《くつろ》いで楽しくなる。だが彼が何よりも強みとしていたのは、自分の女を求める欲望の強さだった。これぞと狙いをつけると、彼はひたすらその女を欲求し、すべてのエネルギーを、金も暇も労力も、とにかく彼女と同衾することに集中した。そしてこの強烈な欲望が女の心を刺激して、彼の望みを受けいれることにつながった。

「いいかい、ビアジオ、女というイキモノはしょせん肉体の奴隷なんだ。ここに彼女の肉体を猛烈に求める男がいる。彼女はその欲望を体のあらゆる器官、あらゆる神経で感じとる。するともうどうにもならない。もうなんの抵抗もできやしない。他によっぽど情熱的に好きな男でもいないかぎり、その肉体を求めてやまない男の情欲に、ただ屈するしかないんだよ」といつか親友に語ったことがあった。

アウレリアがあんなに年上の、ふとっちょの夫を愛しているなんて、そんなことがあるもんか、誰が考えたって明らかだ。そもそもこの結婚自体が、いわば儲けのある商取引として、母親が推し進めたものである。バルトロメオはもちろん、公爵の宮廷に集まっている放縦な連中が市内にごろごろいることを知っている。アウレリアの美人のほどは、すでに彼らも注目しているだろう。したがって亭主は、監視の眼を強めているにちがいない。あそこの下僕は鋭い眼をしていた。ゲジゲジ眉に、骨ばった大鼻、残忍そうな口許、いかにも不機嫌な顔つき。やつが若い奥方の監視役であることはまちがいない。それにあの母親がいる。セラフィーナの話によれば、若い頃のカテリーナはかなり不品行な女だったというが、それはまちがいないと思われる。だいたい、あのいけずうずしい眼からして、昔の大胆不敵な身持ちのほどを物語っているではないか。だから、たとえ娘に愛人ができたとしても、それで母親の美徳が傷つくこともあるまいが、かなりの危険を招くことにはなるだろう。マキアヴェリはこう結論づけた。バルトロメオはうぬぼれが強い男だ。そしてうぬぼれの強い男ほど、いったんアホにされたとわかると、強烈な復讐心にかられるものだ。

マキアヴェリが目論んでいるロマンスの実現は、けっして容易なことではない。しかし彼に迷いはなかった。色事には自信があったし、立ちむかう壁の高さが高ければ、いよいよ情事はおもしろくなる。バルトロメオと親しくなり、うまく信頼を得ることができた。さて、これからは、カテリーナ夫人にご昵懇を願わなければならない。ピエロを使って、まずセラフィーナから事情を聞きだした。これはうまいアイディアだった。これで状況がいくらかわかったが、もっと知るべきことがある。もっと事情がわかってくれば、つぎに打つ手はひとりでに、自分で言うのもおこがましいが、この創造力豊かな精神にパッパ、パッパとやってくる。何も呻吟して、脳みそを苦しめることなんてない、ただ霊感のひらめきを待てばよいのだ。

「それでは夕飯にするか」とマキアヴェリはピエロに言った。

二人は金獅子亭へ行った。そして食事がすむと、下宿にもどった。セラフィーナが子どもを寝かせて、台所で繕い物をしている。マキアヴェリはピエロを息子の寝室へ行かせると、丁重な口調で、ここに腰をおろして火にあたってもよろしいか、とたずねた。たぶんカテリーナ夫人があとでやってきて、おれのことを訊くだろう。是非とも、アウレリアの母親に気に入られるような話を報告してもらいたい。マキアヴェリはその気になれば、いつでも魅力満点の男になれる。そしていまもその気になって、フランス国王の宮廷に使節として派遣されたときの経験談を話しはじめた。この話題なら婆さんの興味をひくことまちがいない。しかもおれの偉大さをいっそう印象づけることにもなる。王様や宰相の枢機卿について、まるで親友ででもあるかのように語ってみせる。貴婦人たちの淫らな情事について面白おかしく話してやる。それからちょっと話題を変えて、妻のマリエッタの話もする。彼女が妊娠していることや、そういう身重の妻を残してくる辛さをしんみり語る。花の都フィレンツェに、そして楽しいわが家に、一刻も早く帰りたい、そんな思いも打ち明ける。こうしてさりげなく、善良で献身的な夫、純朴で誠実な男の役を演じてみせる。セラフィーナがどんなに頭のいい女であっても、この演技を見抜くことはできなかったろう。彼は熱心に、同情心をもって、寡婦の苦労話に耳をかたむける。彼女が涙まじりに語る夫の病や死、楽しかった過去の日々、そしてこれから世に出ていく二人の子どもに対する責任の重さ……マキアヴェリは頷きながら聴いている。セラフィーナは思う、ああ、なんて親切な男だろう、高位の身分にもかかわらず、苦労の絶えない女の心をこんなにも和ませてくれるのか！　そこでマキアヴェリが、自分は神経質なところがあって胃の調子がよくない、妻の素朴な料理になれた体には、どうも金獅子亭の料理が合わないと打ち明ける。すると当然ながら、わたくしどもと食卓をともにしていただけるなら、喜んでお二人に食事をご用意いたしますと言ってくれた。

これはまことに都合がよい。出費を節約できるうえに、何かと便利である。こうしてマキアヴェリは思いどおりの自分の姿をセラフィーナに印象づけると、さてと、自分の部屋にひきさがった。そして蠟燭の明かりの下で、眠気がくるまでリウィウスを読んでいた。

10

翌日マキアヴェリは、朝遅くまでベッドに寝ころび、ダンテの『地獄篇』を読んでいた。この気品ある詩句はほとんど諳んじていたが、やはりいつものように心が歓喜で満たされた。ああ、なんという美しい言葉、文章だ！　読むたびにうっとりして現実界を忘れてしまう。しかし、今日の彼はそう思いながらも、どうも心が落ちつかなかった。つんとすまして刺繡に余念のないアウレリアの姿が心の奥にちらついていて、いつのまにかダンテをふせてしまい、いささか淫らな空想にふけってしまう。マキアヴェリは思案していた。あの女に会うために、さて、どんな段取りをつけたものか？　もっとも、今度会ったら、それほど気をそそられないかもしれないが、しかしそれならそれでいいんだ、かえって有り難いことかもしれん。いまは情事にふけっていられるほど暇な身分ではないからな。だが、恋の火遊びはおれにとって、心身をすりへらす政治活動からしばし解放される憂さ晴らし、言わば活力の源泉なんだ——不意に耳許で従者アントニオの声がして、マキアヴェリは情念の世界から現実界へひきもどされた。バルトロメオ様がお出でになり、階下でお待ちになっておられます、と言っている。すぐにまいるとつたえさせて、いそいで衣服をまとい下へおりていった。

「伯爵、お待たせして申しわけありません。ちょうどシニョリーアへ報告書をしたためていたところです」と嘘がすらすら口をつく。

バルトロメオは伯爵と呼ばれて、それはいけません、と手をふって見せたが、満更でもないらしく、うれしさが顔ににじみ出ている。だが、すぐにその口から驚愕の情報がもたらされた。サン・レオ要塞が陥落したというのである。これは公爵がお人好しのグイドバルドから奪いとったウルビーノ公国にある城砦で、急峻な岩山の上から四方に睨みをきかせ、難攻不落と聞こえていたが、バルトロメオの話によると、武装した農民の一団が、砦の修復工事の隙をついて城門を急襲し、城の守備隊を皆殺しにしたという。うわさは瞬く間にひろがり、他の村でも次々に反乱が発生しているらしい。この情報が飛びこんでくるや、もちろん、ヴァレンティーノ公は激怒した。明らかに、マジョーネ城の謀反人どもが陰で糸をひいている。ということは、彼らもいよいよ攻撃開始の腹を固めたにちがいない。宮殿は上を下への大さわぎになっている。

「いま公爵が使える軍兵の状態はどうなんですか？」とマキアヴェリはバルトロメオの話をさえぎった。

「ご自分の眼で確かめられたらいかがです」

「しかし公爵閣下のお許しが得られませんと……」

「いっしょにきてください。これから軍の野営地へ行くところです。ご案内しましょう」

なるほど、そうか、とマキアヴェリは得心した。バルトロメオがわざわざ親切心から言上にきたわけじゃない。ウルビーノ反乱の情報は隠しておけるものではないから、これは公爵その人が、バルトロメオを使っておれに一報をいれてきたんだ。森のなかのかすかな枝葉の動きにもじっと耳をすませる狩人のように、マキアヴェリの注意力はいっきょに高まった。しかし、その顔にはお得意の愛想のいい笑みがうかんでいる。

「さすがですね、バルトロメオ殿。軍の野営地を自由に見てまわれるとは、まことに恐れ入りました」

「いやいや、そうではありません」とバルトロメオはへりくだった口調になった。「じつは公爵に任命されて、軍に糧秣を補給する市民委員会の責任者をやっているんです」

「なるほど、けっこう儲けのあるお仕事でしょうな」とマキアヴェリは冷やかした。

バルトロメオはウワッハッハと大笑いした。

「いや、儲けなんて、微々たるもんです。公爵閣下はきびしいお方ですから、なめてかかったら大へんです。ウルビーノでは食糧の質が悪いというので、兵士たちが不満を爆発させ、反乱の一歩手前までいきました。閣下は騒ぎを知って調査を命じ、兵士の不満に理があることを知ると、たちまち市民委員が三人も首を吊られたんです」

「なるほど、それでは迂闊なことはできませんね」

二人は、市内から五キロほど離れた軍の野営地へ馬を走らせた。スペイン人の隊長の指揮の下に、それぞれ五十の槍騎兵からなる三個中隊、それに冒険や功名を求めて集まったローマ人郷士の槍騎兵が約百人、いずれも馬にまたがり、傍らにポニーに乗った小姓と徒《かち》の兵を一名ずつしたがえている。いまのところ傭兵は二千五百しかいないが、二日後には公爵自前の徴募兵が六千人くるという。公爵はすでに幕僚をミラノへ派遣して、ロンバルディア地方に散っているガスコン人傭兵を五百ばかり集める算段もしていたし、さらに千五百のスイス兵を雇うべく使者も送っていた。公爵の砲兵隊は強力だった。状態もすこぶるよかった。マキアヴェリは軍事に強い関心をもっている。失敗に終わったとはいえ、ピサ攻略にさいして多少の経験もしていたから、それなりの知識もあると自負していた。野営地を歩きまわりながら、大きく眼を見ひらいて、部隊の士気や装備の程度に注目した。将校ばかりか兵士にもあれこれ質問し、その回答をよりわけて、事実と思える話は受けいれ、ありそうもない話は斥けた。その結果、公爵の軍勢は侮りがたい力をもっている、と判断した。

市内にもどると、アガピート・ダ・アマリアから伝言が届いていた。今夜八時に公爵が会いたいと言うのである。昼食がすむと、マキアヴェリはピエロをバルトロメオの家へ使いにやり、今夜公爵に謁見することをつたえさせ、もしよろしければ、公爵との会見のあと、金獅子亭でワインを一杯やりながら、話をしたいと申し入れた。アウレリアを口説こうと思うなら、いやでも亭主の手を借りなければならない。だから彼とは親密な関係をむすんでおく必要があった。バルトロメオは誠実さを自負する男である。したがって共和国の使節がいかに信頼を寄せているか示しておけば、大いに自尊心をくすぐられて、満足することまちがいなかった。

マキアヴェリは部屋にさがって、昼寝をしようと横になった。さて、あとでセラフィーナともう一度よく話し込んでおこう。おれが話せばもっと情報をひき出せるにちがいない。あの女はバルトロメオについて、いいことしか話していないが、あれはたぶん用心してのことだ。おれが人間性について多少なりとも心得があるとしたら、セラフィーナはあまり家主に感謝の念を抱いていないはずだ。太鼓腹の男に頂戴した恩恵をありがたく思うよりも、むしろ貰えなかった分について、不満と怒りを燻ぶらせているにちがいない。そこでちょいとつついてやれば火がついて、心の奥にしまっている本心を話しだすかもしれん。そんなことを思いながら、マキアヴェリは眼をつぶり眠りに落ちた。

昼寝から覚めると、のんびり階段をおりていきながら、すこし声を大きくして、フィレンツェ流行の小唄を口ずさんだ。そして居間へ行くふりをして、台所のドアの前を通りかかった。

「おや、セラフィーナさん、おいでですか。てっきり外出されていると思いましたが」

「ニッコロ様、とてもよいお声ですね」と女は言った。

「有り難うございます。すこしおじゃましてもよろしいですか？」

「どうぞ、ご遠慮なく。じつは、わたくしの長男も、なかなかよい声をしております。よくバルトロメオ様があの子を呼んで、いっしょに唄を歌われました。あの方は、すごく低音なんです。あんなに体が大きくて、うんと力のありそうな人が、か弱い声を出されるので、ちょっと奇妙な気がいたしますわ」

マキアヴェリはぴんと耳を立てた。

「わたしの友人にビアジオ・ボナコルシという男がおります。バルトロメオ殿の親類ですが、わたしも彼といっしょに、よく唄を歌いますよ。いやいや、リュートを持参しなかったのが、かえすがえすも残念だ。あれがあれば、わたしの自作の歌を一つ二つ、あなたにお聴かせできたのですが」

「あら、リュートならございますよ。長男がおいていったものです。出張先へ持って行きたがったんですが、なにぶん高価な楽器ですから。あれの父親が――ああ、可愛そうなあの人――若い頃に勤め先の旦那様から頂戴したものです。大事な品物ですから、持って行かないように言ったんです」

「拝見させていただけますか?」

「ええ、でも、もう三年も手をふれておりません。きっと弦が切れてると思いますけど」

そう言いながらも、セラフィーナは息子のリュートをもってきて、マキアヴェリの手に渡した。象牙を嵌め込んだシダー材の逸品だった。マキアヴェリは弦の調子を整えると、ひくい声で歌いはじめた。この男は音楽を愛好しているばかりか、なかなか造詣も深かった。作詞もしたし、作曲もしている。歌いおわると、セラフィーナの眼に涙が光っていた。それを認めてリュートをおくと、マキアヴェリは優しい眼をして言った。

「申しわけありません。涙をお誘いするつもりはありませんでした」

「いいえ、つい息子のことが思われて……遠い異郷の地で、今日も異教徒にかこまれて、不安な暮らしをしていると思うと……」

「でも若者には、それもいい経験になりますよ。何しろバルトロメオ殿の後ろ盾があるんですから、何も心配されることもないでしょう。ご子息の将来は万全ですよ」

女はやつれた視線をよこした。

「ええ、そうでしょうとも、息子は感謝してるでしょうよ。お金持ちのテーブルからこぼれた落ちたパン屑をもらって、さぞや感謝の気持ちでいっぱいでしょう」

その毒をふくんだ言葉を聞いて、うむ、やはりまちがいない、とマキアヴェリは心の裡で大きくうなずいた。

「聖書の教えにありますからね、天国では、きっと立場が逆転するでしょう」

セラフィーナはふんと鼻先で笑った。

「あの人はうちの子どもが欲しくて、財産の半分を出してもいいなんて言ったこともありましたわ」

「なるほど。ですが、三人の女性と結婚しながら、一人のお子もできないというのも、へんな話ですね」

「男の方は、子どもが生まれないと、みんな女のせいにしますけど、それもへんな話じゃありません？　カテリーナ夫人だって、お飾りに頭を肩に乗せてるわけじゃありません。もしアウレリアに赤ちゃんができないとなると、二人にとっては一大事、高価な指輪も腕輪もなくなります。わたくしは昔からバルトロメオのことを知っていますけど、あれは、ただでは何も人にやらない男です。カテリーナ夫人の心配は当然ですよ。ティモテオ修道士にお金をやって、アウレリアの妊娠をひたすら祈願させているんです」

「ほほう、ティモテオ修道士ですか、それは何者です？」

「あの家の聴罪司祭ですよ。バルトロメオさんは、アウレリアに息子ができたら、聖母子像を献納すると約束しています。あの坊さんは大金をしぼりとる気でいるんです。小指の先で、あの一家を踊らせているんですわ。わたくしだけじゃありませんよ、ティモテオ修道士も、バルトロメオがインポなのを知ってるんです」

マキアヴェリは期待以上の情報を手にいれた。単純で美しい計画がパッと頭にひらめいた。よし、ここらで会話を打ち切るとしよう。マキアヴェリは何気なくリュートの弦をかきならして言った。

「セラフィーナさん、おっしゃるとおりです。これはすばらしい楽器ですよ。これを弾いていると、ほんとに楽しくなってきます。心地よい気持ちになります。あなたが息子さんに持って行かせなかったのも、当然ですね」

「ニッコロ様、あなたは思いやりのあるお方ですね。それを弾くのがそんなに楽しいとおっしゃるなら、どうぞ、ご自由にお使いください、ここにおられる間お貸しします。大事に扱ってくださることは、よくわかっておりますから」

マキアヴェリは先刻からリュートを借りだす方策を思案していたが、彼女の方からその手間を省いてくれた。これからもまちがいなく、いろいろ手を貸してくれるだろう。女たちはいつもおれに好意をもってくれる。もしセラフィーナがこんな年寄りでなく、がりがりでもなく、黄ばんだ顔もしていなければ、ちょっと楽しんでやったかもしれない。残念なことだ。マキアヴェリは心から感謝をこめて言った。

「有り難うございます。わたしは、女房の好きな唄を歌っていると、いちばん心が安まります。結婚して間がないうえに、あれはいま妊娠しているんです。でも、しかたありませんね、わたしは共和国に奉仕する人間ですから。自分の私的な感情や生活よりも、市民としての義務を優先させなければなりません」

それからまもなく台所をあとにしたマキアヴェリは、寡婦セラフィーナの心のなかで、いまや高名な人士であるばかりか、善良な夫にして誠実な友、正直で魅力的で、信頼できる人物となっていた。

11

約束の時刻がくると、公爵の秘書官が松明《たいまつ》をかざした兵士の一隊をつれて迎えにきた。マキアヴェリは従者をひとり呼んで供にして、案内者とともに宮殿にむかった。宮殿では、公爵が満面の笑みをうかべて迎えてくれた。これにはいささかおどろいた。一昨日の夜、あれほど感情をあらわにして、おれにさがれと言ったのに、今夜はことのほか機嫌がよさそうだった。なんの頓着もなく、サン・レオ要塞の陥落を口にしている。ウルビーノの反乱などどこ吹く風、すぐにも決着すると思っているかのようだった。こっちの心をくすぐるような親密な態度で――おれがお世辞に弱い男とでも思っているのか――あなたを迎えにやったのは、シニョリーアのお偉い方々に興味があると思われる情報をお知らせしたいと思ったからだ、と話しはじめた。そしてフランスにいる法王の特使、アルルの司教から届いたばかりだという手紙をとりだし、フランス国王と宰相の枢機卿が公爵に示している好意のほどをひろうした。司教の手紙によれば、ルイ王はヴァレンティーノ公がボローニャ攻撃に軍勢を必要としていることを知り、ミラノにいるショーモン殿下に、ランクレ司令官が擁する三百の槍騎兵を派遣するよう命じたばかりか、もし公爵の要請があれば、殿下みずからさらに三百の槍騎兵を率いて、即刻パルマへ進軍せよ、と命じたという。公爵はマキアヴェリに手紙を見せて、その事実のほどを保証してみせた。

なるほど、上機嫌でいられるわけである。前回、公爵がウルビーノを奪取したあと、そのままフィレンツェに進撃しなかった理由は、ただ、フランス国王がそれを阻止するために軍勢を送ってきたからだった。もし王の意志に反してフィレンツェを攻撃すれば、公爵はルイから一切の援助が得られなくなる。そのために攻撃を停止してひきさがったが、今回ルイがふたたび公爵の援助に乗りだすとしたら――援助を与える理由は推測の域を出ないが――ヴァレンティーノ公の立場はきわめて強力なものになる。

「いかがかな、書記官殿」と公爵は言った。「この手紙は、わたしがボローニャ攻撃のために求めた援助に対する返事なんだ。あなた自身がその眼で確かめられたように、あのクズどもに対処する軍事力に、こと欠くことなんてないんだよ。連中は気の毒にも、ちょうどいい頃合いに、そろって巣穴から出てきてくれた。よろしいか、いまは誰が戦うべき敵であるか、誰が友人であるか明らかになった。こんな内輪話をお話しするのも、あなたのご主人方に報せてほしいと思うからだ。わたしが嵐の到来を前にして尻込みするような男じゃない、とね。さいわい、わたしにはよい友人たちがいる。当然ながら、シニョリーアのみなさんもその数にいれてある。もちろん、いそいで同盟条約を結んでくれればの話だがね。しかしその気がないとしたら、みなさんとはもう何もかも終わりにする。たとえわたしがどんな苦境に陥ろうとも、友情などという言葉はもう金輪際、いっさい口にしないつもりだ」

　公爵の言葉には威嚇の意図が明白だったが、いかにも悠然と楽しげに話しているから、人の心を傷つけるような雰囲気がまるでなかった。マキアヴェリは、閣下が話されたことを直ちに書面にしてシニョリーアに報告しますと言った。よろしい、ではおやすみなされ、公爵はそう言って会見を終わらせた。

　金獅子亭へ行くと、バルトロメオが待っていた。二人は甘味と香料入りワインを注文した。じつは内密の話だから、絶対に口外されるなと念を押したうえで、マキアヴェリはいま公爵から聞いてきた情報を知らせた。もっとも、内密とはいっても、すでにバルトロメオは知っているかもしれないし、知らなくともやがて耳にするだろう。話に箔をつけるために、口外無用を誓わせたにすぎない。そうしておけば、話にちょいと色をつけるにもつけやすい。公爵があなたのことを大へん好意的に話していたと告げると、バルトロメオは膝を乗りだして、それを詳しく話してくれと言ったから、マキアヴェリはなんの苦もなくあれこれ賛辞を並べてやった。バルトロメオはうれしさを満面に表わしている。

「バルトロメオ殿、あなたはすでにイーモラ随一の人物ですね。これで法王が長生きされて、公爵の統治とともに国が繁栄するならば、あなたはイーモラどころか、イタリア随一の人物となりましょう」

「いやいや、わたしは一介の商人でしかありません。そんな高望みはいたしませんよ」

「しかしコシモ・デ・メディチをごらんなさい。彼もまた一介の商人でしたが、フィレンツェの支配者になったではありませんか。その息子の〈偉大なるロレンツォ〉は、王侯君主と対等の立場で交渉に臨んだものです」

バルトロメオの顔色を見ると、投矢がぴたりと的を射たことがわかった。

「ところで、ニッコロ殿、奥様がご懐妊ちゅうと聞きましたが、ほんとうですか？」

「ええ、その通りです。子どもの誕生にまさる喜びもありません。来年には時みちて出産する予定です」

「あなたはわたしなどよりずっと幸運ですよ」とバルトロメオがため息をついた。「わたしなんか、三人も女房をもったというのに、いまだに子どもがただの一人もできません」

「アウレリア様は健康で若い女性です。お子を生めない体だなんて、信じられませんね」

「ですが、他にどんな理由があるでしょうか？　結婚してもう三年になるんですよ」

「温泉にでもお連れしたら」

「もう温泉には行きましたよ。アルヴァニオのサンタ・マリア・デッラ・ミゼルコルディア教会にも、巡礼に行ってきました。あそこには石女《うまずめ》を懐妊させるという、霊験あらたかな聖母像があるんです。でも、なんの効き目もありませんでした。これがわたしにとって、どんなに屈辱であるか、ご想像いただけると思います。わたしの敵どもは口をそろえて、あいつはインポだ、不能者だなんて言ってますが、そんなバカなことはありませんよ。わたしくらい性欲が旺盛で、立派なモノをもっている男は、そうざらにはおりません。イーモラから二十キロ四方の村々へ行ってごらんなさい。わたしが生ませた私生児が一人や二人、どこの村にもいるんですから」

それはうそでしょう、とマキアヴェリは心のなかでせせら笑った。

「だいたい、三人もの石女と結婚するなんて……こんな不運を背負った男を想像できますか?」

「バルトロメオ殿、絶望されてはいけません。奇跡はいつでも起こります。あなたが、われらが聖なる教会の慈悲を受けるに値する人物であることは、誰の眼にも疑いない事実ですから」

「ティモテオ修道士もそう言っています。あの坊さんは毎日、わたしのために祈ってくれているんです」

「ほう、ティモテオ修道士?」マキアヴェリは何気ない風をよそおって、その名前を口にした。

「わが家の聴罪司祭です。ひたすら信仰心をもて、というのが口癖の男でして」

マキアヴェリはさらにワインを注文した。そしてたくみにゴマすりを織り交ぜながら、つまり、公爵と厄介な交渉をするにあたってどう対処すべきか助言を求めながら、あれこれ話していると、バルトロメオの気分も、だいぶ元気をとりもどした。そこで、取っておきのきわどい話を二つ三つ聞かせてやった。すると伯爵殿はすっかりご機嫌になり、大きな腹をゆすって大笑いし、金獅子亭で別れる頃には、こんなおもしろい男に会ったのは生涯はじめて、と得心して帰っていった。おれとしても、今夜は有意義に時間を過ごせたわい。マキアヴェリは健啖家だったが、節制も心得ていたし、ずぶとい神経をもっていたから、バルトロメオを酩酊させた何杯ものワインも、彼にはなんの影響も与えなかった。下宿の部屋にもどると、さっそくシニョリーアに送る報告書の作成にとりかかった。公爵との会見の内容を知らせ、公爵が手許に擁する兵力の数や、すぐに召集できる兵力の数についても記した。マキアヴェリのペンはなめらかに走る。文字や文章を消したり書き直したりすることがない。ようやく書きおえて、読み返してみる。長い報告書になったが、なかなかよく書けていた。

12

ヴァレンティーノ公は深夜遅くまで仕事をする習慣だった。したがって朝早起きすることがない。夜半過ぎまで忙しく立ち働く秘書官たちは、おかげでたっぷり寝坊することができた。それで翌朝マキアヴェリは、昼飯が終わるまでやることがあまりなかった。シニョリーアに報告書も発送したから、すこしのんびりしようと思い、リウィウスの『ローマ史』をとりだし、読みながら感じたことをメモにとった。それから、セラフィーナから借りたリュートを弾いて時間を過ごした。とてもよい音色を出す楽器だった。よく鳴りひびくが、心地よい音を出してくれる。はじめて弦にふれたとき、その音が自分のバリトンによく合うことにも気がついた。

よく晴れた日だった。開いた窓辺に腰をおろして、暖かい陽光を味わった。どこか近くで木を燃やしているらしく、焚き火のかおりが漂ってきて、心地よく鼻腔をくすぐった。こちらの家とバルトロメオの家をへだてる路地は、鞍の両側に荷籠をのせたロバがようやく通れるほどの巾しかない。二階の窓からあちらの小さな庭を見下ろすと、井戸の屋根と栗の木が見える。マキアヴェリは歌いはじめた。今朝はことのほか声の調子がよかった。伸びやかに響き渡っていくようだった。ふとむかい側の家に眼をやると、二階の部屋の窓が開いているのに気がついた。マキアヴェリはぞくっとした。誰であるかわからない。紙張りのひき戸を押さえている手も見えないが、しかし、あれはまちがいなくアウレリアだ、そう思ったマキアヴェリは、大好きなフィレンツェ小唄を二つばかり歌ってみた。いずれも恋の唄である。しかし三つめを歌っていると、突然、窓が閉められた。誰かが部屋に入ってきたのだろうか？　これにはマキアヴェリもうろたえた。すると窓辺にいたのは侍女だろうか？　隣家の見知らぬ人の歌声に聴きいって、家事を忘れていたところを女主人に見つけられ、あわてて窓を閉めたのだろう。しかし昼食のときに、うまく話をしむけてセラフィーナから聞きだした結果、あの窓のある部屋は、バルトロメオと若い妻がベッドをともにする部屋であることがわかった。

その日あとで宮殿へ行ったが、公爵とも秘書官たちとも会うことができなかった。いろんな人に話しかけたが、誰も彼も何をするでもなく、うろうろしているだけだった。

何か情報がないか訊ねて歩いたが、誰も何も知らなかった。ただ少なくとも、何事か事件が起きたことだけは推察できた。それがなんであろうとも、秘密は徹底的に隠されている。そうこうするうちに、バルトロメオに出くわした。公爵と会見する約束だったが、多忙のために会ってもらえなかったという。

「どうやら、わたしたちは二人とも、ここでむだな時間を過ごしているようですな」とマキアヴェリはお得意の愛想のいい口調で言った。「どうです、金獅子亭へ行って、ワインでも一杯やりませんか。トランプをしてもいいし、もしお好きなら、チェスでもやりましょう」

「いいですな、チェスは大好きですよ」

金獅子亭へ行く道すがら、宮殿でみんな忙しくしているが、何があったんですか、と訊いてみた。

「じつは、わたしも知らんのですよ。何があったのか、誰に訊いても答えてくれません」

その不満そうな口ぶりからすると、バルトロメオは事実を言っているにちがいない。この男は自分を重要人物であると自負しているから、公爵の全幅の信頼を得ていないことを知って、いささか屈辱を感じているのだろう。

「公爵は秘密にしておきたいことがあると、側近中の側近にも話さないそうですね」とマキアヴェリは言った。

「公爵は一日じゅう、秘書官たちと話し合っていました。そして使者が次々に飛びだしていきました」

「何かあったことはたしかですね」

「今朝方、ペルージアから使者がきたのは知ってます」

「使者ですか、それとも使者を装った者ですか？」

バルトロメオがさっとマキアヴェリに視線をやった。

「知りません。何か不審なことでもありますか？」

「いや、何もありません。ただお伺いしただけです」

金獅子亭にはすぐに着いた。ワインの大瓶を注文し、チェスの盤と駒をもってくるように言った。マキアヴェリはチェスがうまい。すぐにバルトロメオが自分の相手にならないことがわかったが、うんと追いつめておいて、最後のところで負けてやった。バルトロメオは得意満面だった。ワインを飲みながら、マキアヴェリがどこで指し手を誤ったか、相手の戦略の裏をかくにはどんな手があったか、そんなことをあれこれ指南してくれた。なるほど、とマキアヴェリはうなずいて、自分の読みの甘さを認めてやった。

家路につきながら、バルトロメオが思い出したように言った。

「母が言ってましたが、今朝あなたのところで、どなたか唄を歌ってたそうですね。とてもいい声だったそうです。あれはあなたですか、それともあの若いピエロですか？」

「ピエロはもっといい声をしています。あれはわたしですよ。カテリーナ夫人に笑われずにすんで助かりました。わたしは、ビアジオや友人たちとよく唄を歌って気晴らしをするんです」

「わたしも歌います。バスですが」

「ピエロはテノールで歌います。わたしたちが三人そろえば、いいコーラスになるでしょうね。もしわたしのところでよければ、いかがですか、お暇なときにいらっしゃって、われらが友セラフィーナ夫人に、ささやかな合唱を聴かせてやろうではありませんか？」

うまく釣り糸を投げてみたが、はたして魚は餌に食いついてくれるだろうか？　どうやらその気配はなさそうだった。

「それはおもしろいでしょうねえ。青春時代が眼にうかびますよ。スミルナにいた頃は、イタリア人同士でいつも歌ってましたっけ」

あせるでないぞ、とマキアヴェリは心のなかでつぶやいた。

マキアヴェリは下宿に帰ると、手垢のついたカードをとりだし、独りトランプをはじめた。そしてカードをめくりながら、バルトロメオが言ったことや、セラフィーナが話したことを、あれこれ心のなかで検討してみた。計画はできていた。うまい計画だったが、実行するには少々頭の冴えを必要とした。しかしアウレリアのことを思うと、想像の火の手はいよいよ激しく燃えあがる。バルトロメオが金銭や財宝よりも欲しがっているもの、そう、子どもを、欲をいえば男の子を、彼に提供してやるのである。そう思うと、股間のあたりがしきりにむずむずしてくる。

「自分でも快楽を味わいながら、他人にも善いことをして差し上げる、こんな機会はめったにあるもんじゃない」そう思ってマキアヴェリは、いよいよ心を躍らせた。

ここは当然ながら、まずカテリーナ夫人に取り入らなければならん。あの女の協力なしでは何もできないが、しかしその援助が得られるくらい十分に親しくなるにはどうするか、ここが頭を悩ますところだ。夫人はけっこういい体をしている。ピエロを説得して彼女と同衾させてはどうだろうか？　ピエロは若くて元気がある。あの歳の女なら、喜んでその気になるにちがいない。しかしそのアイディアはやめにした。ピエロはやはり侍女の恋人にしておこう。その方が何かと都合がいいだろう。若い頃のカテリーナは派手で、浮気な女だったという。おれの経験と知識から言うなら、男の気をひけなくなった尻軽女は、売春宿の女将《おかみ》こそ、何よりもふさわしい天職となる。つまり、自然の本能にみちびかれて、こんどは歳に不相応な快楽を想像の世界で味わうのである。となると、それでは義理の息子の面目を彼女がどれほど考慮するか、ということになるが、しかしそんな面目なんぞ、彼女にとっての人生の大事、アウレリアの懐妊の可能性を眼の前にしたら、それこそカッパの屁、とるにたらない些事でしかあるまい。

次にあのティモテオ修道士についてはどうか？　ティモテオは彼らの聴罪司祭であり、あの家の友人である。ひとつ顔を見て、どんな男か調べておく必要があろう。役に立ってくれるかもしれん。だが、丁度そのとき、窓のよろい戸をこつこつ叩く音がして、マキアヴェリは物思いからわれに返った。しかし顔をあげたが、じっとその場を動かずにいた。控え目なノックの音がまた聞こえた。マキアヴェリは窓に近寄り、よろい戸をすこし開けた。名前を名乗る声が聞こえた。

「ファリネッリです」

「お待ちください」

「お一人ですか？」

「ええ、一人です」

マキアヴェリは廊下に出て、通用口のドアを開いた。漆黒の闇のなかに眼をこらすと、かすかな人影が立っている。イーモラに着いた翌日に、シニョリーアから指示されて会ったフィレンツェ人の会計官だった。ケープにくるまり、スカーフで顔を隠している。するりとドアをくぐると、マキアヴェリのあとにしたがい居間に入ってきた。そしてマキアヴェリに体をくっつけるようにして、テーブルにむかい腰をおろした。これなら声をあげずに、ささやき声ですむ。

「重要な情報をもってきました」

「話してください」

「もしこの情報がシニョリーアの方々のお役に立ったなら、彼らの寛大な行為を期待してよろしいですか？」

「もちろんです」

「じつは今日、宮殿に早馬が到着しました。急使がきたんです。彼らがついに謀反の合意書に署名したというんです。連中はベンティヴォーリオに味方して、ボローニャを防衛することを誓っています。そして、領土を追われた領主たちを復権させること、公爵とは個々に交渉しないことも誓約しています。重騎兵を七百、軽騎兵を百、歩兵を九千集めることを決定し、ベンティヴォーリオはイーモラを攻撃、ヴィテロッツォとオルシーニ一族はウルビーノへ進撃してくるようです」

「なるほど、それは重要な情報ですね」とマキアヴェリは眼を光らせた。

こいつはおもしろくなってきた。いよいよ事態が動きだした。マキアヴェリは芝居でも見にいくような期待で胸がふくらんだ。さて、公爵はこの迫りくる危機にどう対処するか、ここは高みの見物といこう。

「ニッコロ殿、もうひとつ情報があるんです。ヴィテロッツォのことですが、やつは公爵におかしなメッセージを寄こしています。閣下がやつの領土、つまりカステッロを攻撃するつもりがないなら、公爵の許に復帰すると秋波を送ってきてるんです」

「どうしてそんなことを知ってるんですか？」

「まあ、わたしがそれを承知している、というだけで十分でしょう」

マキアヴェリは途惑った。ヴィテロッツォという男はよく知っている。いつも仏頂面をしていて、たえず疑り深い眼を光らせ、ころころ気分の変わる男だった。すぐに激怒するかと思うと、たちまち陰鬱な気分に落ちこみ、ぶすっと黙りこんでしまう。梅毒にやられているためだろうか、とうてい正気とは思えないときがある。まったく、あの腐りかかった脳みそが、どんな企みをひねり出そうとしているのか、こいつは誰にも想像できない。マキアヴェリはひとまず会計官にひきとって貰うことにした。

「ニッコロ殿、この件は絶対に口外しないでください。もしこれがわたしの口から洩れたと知れると、この命はたちどころ、あの世へふっ飛ばされてしまいます。ご理解いただけますね？」

「もちろんです。なんの心配もいりません。憚《はばか》りながらこのニッコロは、金の卵を産むニワトリを殺すような、そんなボケなすじゃありませんよ」

13

事態は急速に動きだした。ウルビーノの反乱を知った公爵は、ドン・ウーゴ・ダ・モンカーダとドン・ミケーレ・ダ・コレーラという、二人のスペイン人を指揮官とする鎮圧軍を派遣した。彼らはペルゴーラとフォッソンブローネに軍事拠点をおいて、周辺地域を荒らしまわった。町や村を略奪し、多数の住民を殺した。フォッソンブローネでは、兵士の暴行を逃れるために、女たちが子どもを抱いて川に身を投げた。公爵はマキアヴェリを召しだし、こうした乱暴狼藉を上機嫌で語っていた。

「どうやら、反乱分子にとって、この季節はいささか健康によくないようだ」と公爵は不気味な笑みをうかべている。

公爵の話では、ペルージアに滞在する法王の特使から、たったいま知らせが届いたところだった。法王が到着すると、直ちにオルシーニ家の連中がやってきて、われわれは法王猊下に忠誠を誓うものであると述べ、自分たちの行動の釈明に努めたという。マキアヴェリは、先夜ファリネッリがヴィテロッツォについて話したことを考えてみた。

「閣下、彼らのやっていることは、どうにも理解できません」

「書記官殿、頭を使いなさい、頭を。これは、まだ連中に用意ができていないということだよ。交渉の余地があるようなふりをして、時間稼ぎをしているにすぎんのだ」

数日後、なるほど、ヴィテロッツォが攻勢に出てウルビーノを占領した。公爵はふたたびマキアヴェリを呼びだした。この悪いニュースを受けて、さすがの公爵も、すこしは狼狽しているだろうと期待したが、その件についてはひと言もふれなかった。

「書記官殿、今日もまた、あなたの政府にとって重要きわまりない問題と、われわれの共通の利益について協議したい。この手紙はシエナに行かせた者から、たったいま届いたばかりだ」こう言うと、公爵は手紙を大声で読みはじめた。

その手紙は、名門の豪族オルシーニ家の私生児であるが、いまは公爵に仕えている〈騎士オルシーニ〉が送ってきたものだった。彼が反乱の首謀者たちと話し合った結果、公爵がボローニャ攻撃を断念し、そのかわりにフィレンツェの領土へともに進撃するなら、彼らは公爵と和睦して、その旗下に復帰すると言明したというのである。手紙を読みおえると、公爵は言った。

「書記官殿、わたしがあなたをどれほど信頼しているか、そしてフィレンツェ政府にどれほど期待しているか、これでおわかりいただけると思う。したがってシニョリーアのみなさんも、これまでとは態度を変えて、すこしはわたしを信頼してもらいたい。みなさんを失望させることなど、絶対にありませんよ」

その言葉がどれだけ信じられるものか、マキアヴェリは判断できなかった。フィレンツェにとって、オルシーニ一族は不倶戴天の敵だった。彼らは機会さえあればいつでも、追放中のメディチ家を権力の座に復帰させたいと思っている。いまの手紙にあるように、連中がたしかにフィレンツェ侵略を提案したかもしれないが、しかし公爵は――これはあくまで推測でしかないが――フランス国王の怒りを買うことを恐れて、おいそれと、そんな提案は受けいれないだろう。いまこうして情報を洩らすのは、シニョリーアにこれを報告させておいて、先に剣先で強制した高額の傭兵契約――危険が去ると、シニョリーアはそれを破棄して公爵を憤激させた――あれをふたたび結ばせるつもりだろう。

ところで、傭兵契約という言葉は、ある期間をかぎって傭兵隊長を雇用するさいに使われる。その契約金は雇う側と雇われる側との間であれこれ交渉されたのち決定され、傭兵隊長はこの金で部下に給与を支払い、自分も多額の金を懐にする。

その二日後、反乱軍は二人のスペイン人が指揮する公爵軍を襲撃して、これを打ち破った。ドン・ウーゴ・ダ・モンカーダは捕虜、ドン・ミケーレ・ダ・コレーラは負傷して、フォッソンブローネの要塞に逃げもどった。これは一時の後退どころの騒ぎではない、とんでもない大敗北である。したがってこの凶報はイーモラでは極秘にされていた。マキアヴェリがシニョリーアに報告しているように、公爵の宮廷では、噂にしてはならないことは、絶対に口にしてはならないのである。しかしマキアヴェリは、知るべき情報を手にいれる独自のルートをもっていたから、事態を耳にするや、直ちに宮殿におもむいて公爵に謁見を願いでた。

マキアヴェリは、好奇心で胸を躍らせながら公爵の面前へ出ていった。これまで自信満々、すこしの動揺も見せなかった公爵が、破滅の瀬戸際に立たされたいま、いったいどんな顔をしているか、それを見るのが楽しみだった。戦果に意気あがる敵どもが旧主になんの慈悲もかけないことは、公爵自身がよく知っている。ところが、どういうことだ、公爵は少しもあわてていなかった。冷静で、陽気でさえあった。そして侮蔑の色もあらわに、謀反人どもについてこう語った。

「自慢するつもりはないが、反乱の結果がどうであれ、これによってやつらが何者であって、わたしが何者であるか、その実質が明らかになるだろう。連中のことはみんなよく承知している、どいつもこいつもね。だから何も心配などしておらん。ヴィテロッツォは大へん評判が高いが、これまで勇気を必要とする行動を何かしたことがあるだろうか？　わたしは一度も見たことがない。やつはいつも〈フランス病〉を口実にして逃げている。有り体に言えば、やつはろくでなしだ。無防備の領土を荒らしまわり、抵抗する気力のない連中から奪いとる、それしかできない能なしだ。不誠実のレッテルをぽんと額に貼った友、つねに寝返ることを身上とする敵、それがやつの正体だよ」

マキアヴェリは感嘆の念を抑えられなかった。この若い君主は破滅の危機に直面しながらも、このような不屈の意気をもっている。彼がいまおかれている状況は、誰が見ても絶望的といってよい。ボローニャ一帯を支配するベンティヴォーリオ一族が北の国境に迫っている。ヴィテロッツォとオルシーニ一族は緒戦の勝利で意気軒昂、一挙に敵を粉砕せんと南から進撃してくるにちがいない。優勢な反乱軍に南北両面から攻撃されては、いかに勇猛果敢なチェーザレ軍といえども、殲滅される運命を逃れるすべはないだろう。ヴァレンティーノ公はけっしてフィレンツェの友人ではないし、公爵の没落と死はわが共和国に安堵のため息をもたらしてくれるだろう。しかしそう思いながらも、このときマキアヴェリの心中には、意志とは異なるある感情が起きていた。それは単なる感情かもしれないが、なんとかこの難局を公爵に切り抜けてほしい、そう願う友情にも似た気持ちが、勃然と起きていたのである。しばらくして公爵が言った。

「フランスから手紙がきている。それによると、フランス国王はみなさんの共和国政府に対し、可能なかぎりあらゆる援助をわたしに与えるよう命じている」

「閣下、わたくしは、まだ何も聞いておりません」

「そうかもしれん。しかしこれは事実だよ。あなたはシニョリーアのみなさんに手紙を書いて、わたしの許に騎兵を十個中隊おくるよう言ってくれ。それから、これも忘れずに報せておいてくれ。わたしがみなさんと強固不変の同盟条約をむすぶ用意があるとね。フィレンツェはその同盟関係から、わたしの力量《ヴィルトウ》と幸運《フォルトウナ》がもたらす、あらゆる利益を手にすることができるのだ」

「わかりました。直ちに閣下のご指示をつたえます」

公爵はひとりではなかった。アガピート・ダ・アマリアと公爵の従兄弟エルナの司教、それに秘書官もひとり同席していた。部屋は沈黙につつまれ、緊張感がみなぎっていた。公爵は深い湖水のような眼ざしで、フィレンツェの使節をじっと見ている。マキアヴェリほど神経の太い男でなかったら、この沈黙と凝視に会って、その場にへたりこんでしまっただろう。しかしそのマキアヴェリにしても、冷静な態度をよそおうために、必死になって心の動揺を抑えなければならなかった。ようやく公爵が口を開いた。

「いろんな筋から耳にしているが、あなたの政府はボローニャの領主どもを煽り立てて、わたしに宣戦させようとしているらしい。そうなればわたしを葬り去れるか、あるいは、もっとよい条件でわたしと同盟条約をむすべるか、どうやら、そんな思案をしているらしい」

マキアヴェリは、やや厳めしく冷ややかにした表情に、なんとかお得意の愛想のいい笑みをうかべた。

「閣下、そのような話は信じられません。シニョリーアからきている手紙は、つねに法王猊下と公爵閣下との友好関係を明言しております」

「書記官殿、わたしもそんな話は信じていないが、友好関係を明言するとしても、それに行動がともなわなければ、いささか説得力に欠けるのではあるまいか」

「わが政府はかならずや友好の意志を明確にするため、あらゆる努力をいたします」

「そうしてもらいたいもんだね。シニョリーアも、ただ時間稼ぎに腐心するのはやめた方がいいと思うよ。そしてもっと頭を使ってだね、フィレンツェの将来を見誤らないように気をつけるべきだ。そうなれば自然と、さらなる友好の意志をしめす運びになるだろう」

マキアヴェリは心中ひそかに戦慄した。こんなにも冷酷で残忍な声は、これまで聞いたためしがなかった。

14

それから数日間というもの、マキアヴェリは情報収集に奔走した。スパイを使って探らせた。バルトロメオにも、ファリネッリにも当たってみた。公爵の周辺にも探りをいれた。完全に信頼できる者は一人もいなかったし、公爵の側近が自分たちに不都合な情報を洩らすわけもなかった。しかし、何よりも理解に苦しんだのは、反乱軍の隊長たちがなんの動きも見せないことだった。公爵は至るところで傭兵を集めていたが、その主力はまだイーモラに到着していなかった。反乱地域に公爵側の要塞がいくつか確保されているとはいえ、もし連中が断固たる攻撃に出てきたら、公爵がこれに堪えうるとは思えなかった。いまがまさに、反乱軍が攻撃すべきときだった。ところが、どうしたことか、彼らは何もしなかった。マキアヴェリは途方に暮れた。思案投げ首だった。やつらはどうしてこの絶好の機会に全力で攻撃してこないのか？　するとさらに不可解なことが起きた。公爵の宮殿にオルシーニが特使を送ってきたのである。特使は夜やってきて、翌朝帰っていった。マキアヴェリは八方手をつくしたが、なぜ特使が送られてきたのか、その目的がまるでわからなかった。

すでに公爵の要求に対するシニョリーアの返事がきていた。マキアヴェリは事態の進展を知るために、思いきって公爵に謁見を願いでたが、宮殿へ行くのはいささか不安だった。公爵につたえる返事の内容があまりにも中身のないものだったからだ。フィレンツェは目下、公爵の許に派遣する兵力を有していないが、公爵に対するゆるぎない友好の意志を確約する、ただそれだけである。マキアヴェリの眼には、ヴァレンティーノ公の憤激する姿がありありとうかんでいた。これではとんでもないことになるぞ、どんな怒りの嵐が襲ってくるか、よほど覚悟を決めてかからねばならん。そう思って会見の場に臨んだマキアヴェリは、またしても仰天した。公爵はシニョリーアの返答を平然と受けとった。

「これまで何度も話してきたが、今夜もまたくり返そう。わたしは兵力も軍資金も十分にもっている。フランスの槍騎兵がまもなく到着するし、スイス人の歩兵もくる。わたしが日々、兵力を増強していることは、あなた自身の眼で確認できるだろう。法王は潤沢な軍資金をもっているし、フランス国王も同じである。たぶん今頃わたしの敵どもは、さだめし裏切りを後悔しているだろう」

公爵は微笑んでいた。冷酷で無残、狡猾きわまりない微笑だった。

「こんな情報を耳にしたら、あなたもおどろくだろうか？　じつは、連中はすでに使者を寄こして、和睦したいと言ってるんだ」

マキアヴェリはかろうじて内心の驚愕を抑えた。

「数日前のことだが、アントニオ・ダ・ヴェナフロが一味の代表としてここにきていたんだよ」

それが噂に聞いていた謎の特使の正体か？　このヴェナフロという人物は、今回の陰謀の首謀者とされるシエナの領主パンドルフォ・ペトゥルッチの股肱で、知恵者として知られている。公爵は話をつづけた。

「やっこさん、われわれは一致協力して、フィレンツェ政府を転覆すべきだと力説していた。しかしわたしとしては、あなたの政府に何か遺恨があるわけでなし、まもなく同盟条約を結ぶところだと話してやると、ヴェナフロのやつめ慌てくさって、それは絶対にやめてくれ、即刻たちもどって一同と協議し、われわれ双方の利益にかなう提案をもってくると申すから、同盟の協議はかなり進んでいるから、いまさら手を引くこともなるまい、と言ってやった。書記官殿、そこでもう一度言っておくが、わたしは連中の話に耳を貸すふりをして、いっぱい食らわせてやるつもりだ。しかし、わたしがいくらフィレンツェに手を出すまいと思っていても、みなさんがそうするように仕向けてくるんじゃあどうしようもない」

そして退出しようとするマキアヴェリに、公爵はさりげなく、しかし共和国使節の仰天する顔を期待でもするように、ぽつりと言った。

「書記官殿、パオロ・オルシーニが明日にもここにやってくるよ」

マキアヴェリは事実、仰天していた。

宮殿までついてきたピエロが、夜道を照らす松明を手に衛兵詰め所で待っていた。すでに主人の顔色が読めるようになっていたから、ひと目で、いまは主人が話をする気分でないことがわかった。二人はただ黙々と歩いていた。マキアヴェリは下宿にもどってマントと帽子をぬぐと、ピエロにペンとインクと紙をもってこいと命じ、テーブルにむかい腰をおろした。さて、シニョリーアへ手紙を書くとするか……。ピエロが文具をもってもどってきた。

「ニッコロ様、わたくしは、もう休んでよろしいでしょうか？」

「いや、ちょっと待ってくれ。話したいことがあるんだ」マキアヴェリはそう言うと、椅子の背にもたれかかった。

いったい、公爵の話はどこまで信用できるだろうか、マキアヴェリにはわからなかった。そこで報告書を書く前に、頭のなかを整理しようと思った。意識にうかぶ事柄を言葉にしてみれば、何かひらめくものがあるかもしれない。

「すっかり面食らってしまったな。何しろ相手は、どいつもこいつも、生き馬の目を抜くようなやつばかりだ。腹黒で狡猾、うそ八百を並べやがる」

マキアヴェリは公爵が話したことを、手短にピエロにくり返した。

「あれほどの気力と幸運に恵まれ、途方もない野心に燃えているヴァレンティーノ公が、はたして謀反人どもを許すだろうか？　やつらは公爵が眼をつけた領土を奪う邪魔をしただけじゃない。すでに奪った領土を手放すよう迫っている。あの連中は、自分が公爵に殺《や》られる前に、公爵をぶっ潰したいがために、共謀して反乱を起こした。ところが、いま公爵を俎上の魚にしておきながら、どうして攻撃しようとしないのだろうか？」

マキアヴェリは眉をひそめてピエロを見たが、若者は賢明にも、主人の質問が自分にむけられたものでないと知っていたから、何も答えようとしなかった。

「公爵はいまや各地の要塞を堅固にし、要衝の守備隊も増強している。毎日新たな軍勢が続々と到着しているし、法王からは莫大な軍資金が入ってきている。おまけに、フランス国王から部隊の提供も確保している。さらに公爵を優位にしているのは、これこそまさに、チェーザレ・ボルジアをして他の追随を許さない利点だが、事を決するにあたって相談する相手がおのれだけ、ということだ。一方、謀反人どもはどうだ、ただ公爵への恐怖と憎悪で結合しているだけではないか。自分たちの共通の利益がなんであるかを理解せず、私的な利益にしか眼がいかない。これではいくら団結、同盟とほざいても、すぐに破綻してしまう野合でしかない。やつらは何をするにも、つねに協議が必要だから、迅速な行動ができないし、一人の愚行や軽挙妄動でたちまち破滅に追いこまれる。しかも、仲間の誰かが自分より強力になることを恐れて、たがいに嫉妬せずにいられない。使者や特使の往来も承知しているにちがいない。公爵はそこに眼をつけているんだ――いつなんどきオオカミの前に放りだされやしないかと、連中が疑心暗鬼にさいなまれて、自然に内部崩壊するのをじっと待っているんだろう」

マキアヴェリはしきりに親指の爪をかんでいる。

「そう思えば思うほど、彼らはとうてい公爵の敵にはなれん。とても太刀打ちなんぞできやせん。やつらは絶好のチャンスを逃してしまった。となると、もはや和睦を求めるしかない、と考えるかもしれないな」

マキアヴェリは突然、ピエロに怒りの眼をむけた。先刻から黙りこくっている若者に気がついて、急に頭にきたのである。

「これが何を意味しているか、おまえにわかるか？」

「いいえ、わかりません」

「これは、つまり、やつらの兵力が公爵閣下の指揮下に入れば、そこにとてつもない軍事力が出現するということだ。その軍事力は必然的にどこかで使用しなければならない。傭兵どもに、ただ飯を食わせておくわけにはいかんからな。したがって問題は、それをどこでどのように使うか、ということになる。おれの見当では、ヴァレンティーノ公とパオロ・オルシーニの二人が会見したとき、その答えが出てくるにちがいない」

15

このイタリアには、自分の眼でしかと確かめたうえでなければ、他人を信じるような愚か者は一人もいない。安全通行証といっても、文字の書かれたただの紙切れでしかないこともよく知られている。したがって、まず法王の甥のボルジア枢機卿が進んでオルシーニの人質となった。すると二日後に、一族の当主パオロ・オルシーニが使者に変装して、イーモラにやってきた。パオロはうぬぼれの強い中年男である。おしゃべりで、愚かで、いじいじしている。でっぷり太って、頭が禿げかかっている。丸っこいつるつる顔で、細かいことに気を遣うが、それでいていやに馴れ馴れしい。ヴァレンティーノ公はこの客人を丁重にあつかった。華やかな宴会を催し、ローマの喜劇作家プラウトゥスの『メナエクムス兄弟』まで上演してやった。二人の指導者の会談は長時間におよんだが、話題がなんであったたか、マキアヴェリはその断片すらつかめなかった。これまで親しく付き合ってきた公爵の秘書官たちも、故意に顔を合わせまいとしているようだった。ようやくアガピート・ダ・アマリアが微笑をうかべて、この交渉は敵の行動を封じるために仕組んだものだと話してくれた。たしかに、どちらの軍勢もなんの動きを見せないし、ボローニャ勢も、公爵の支配地から軍をひいている。まさかフィレンツェ攻撃を画策しているのではあるまいか？　マキアヴェリは抑えようのない不安にかられ、フィレンツェから着いたばかりの手紙を口実に、公爵に謁見を願いでた。ヴァレンティーノ公はベッドに横になったまま、マキアヴェリを迎えた。シニョリーアが確約する相変わらずの友好関係の話に、いつものように上機嫌で耳を傾けてから、マキアヴェリの関心の的である話題を口にした。

「われわれは合意できると思うよ。彼らは自分たちの領土の保全しか求めていないんだ。したがっていまは、それをどう文言にするか、という段階にきている。オルシーニ枢機卿が条項・条文を考えているところだよ。われわれはその内容がどうなるか待たねばならん。ところで、書記官殿、あなたのご主人たちの利益に反することは何も行なわれないから、心配することはありませんぞ。フィレンツェにどんな危害をくわえることも、わたしは断じて許さんつもりだ」

公爵はそこで言葉をきった。それからふたたび口を開くと、甘ったれた女の気まぐれでも語るように、にこやかな口調で言った。

「可哀そうなパオロは、レミーロ・デ・ロルカにひどく腹を立てているようだった。オルシーニ家が庇護している者たちや市民を迫害したり、公金を横領したりしていると、さかんに非難していたな」

レミーロ・デ・ロルカは、公爵がもっとも信頼している指揮官である。フォッソンブローネの戦闘のあと、敗走する部隊を指揮して無事に後退させ、後日の戦闘のために兵力をうまく温存した男である。ヴァレンティーノ公はくすくす笑った。

「いつだったか、小姓が運んできたワインをこぼしたとき、レミーロは怒りくるって、そいつを暖炉に叩きこんで焼き殺したというんだよ。どうやらパオロ先生は、その小姓に何か興味があったようだ。わたしは事件を調査したうえ、もし容疑が事実なら、ご満足のいくように計らいましょうと約束しておいた」

しかしそのとき凶報が入った。どうも反乱軍隊長たちの間に悶着が起きて、とても合意どころの話ではないらしい。分別のある者はすぐに和睦の意志を表明したが、野心家は依然として戦うつもりでいるようだ。ヴィテロッツォはフォッソンブローネの要塞を奪い、その二日後、今度はオリヴェロット・ダ・フェルモがカメリーノを奪取した。これによって、これまでに公爵が奪った領土はすべて失われた。無法者があえて談合をぶち壊そうとしているらしい。パオロは憤激しているようだが、公爵はなんの動揺も見せずに平然と構えている。ベンティヴォーリオとオルシーニ一族が反乱の首魁だから、もし彼らが和睦したら残りはそれにしたがうしかない、それが公爵にはよくわかっていた。ボローニャへ行ったパオロがイーモラにもどってくると、合意はなんなく成立し、あとはパオロの兄の枢機卿が同意するのを待つだけになった。これはアガピート・ダ・アマリアが教えてくれた話である。

マキアヴェリは不安でたまらなかった。もしそれが事実なら、ヴァレンティーノ公は、謀反人どもから受けた恥辱を許す気でいるのだろう。彼らに武器をとらせた恐怖が消えるとしたら、その理由は一つしかない。つまり、第三者に対して攻撃の矛先を共同してむけることである。そしてその第三者とはフィレンツェか、ヴェネツィアしかないだろう。ヴェネツィアは強国であるが、フィレンツェは弱国である。フィレンツェを守る唯一の手段は、フランス国王の庇護しかない。フィレンツェはそれを金で買ってきたが、いまや共和国の金庫は空である。もしチェーザレ・ボルジアが和睦した隊長たちとともにフィレンツェ領土に侵入し、無防備な都市を占領する危機が迫ったとき、はたしてフランスはどんな行動に出るだろうか？

マキアヴェリはフランス人をあまり評価していなかった。フランス人は将来の利益や不利益よりも、現在の利害得失に関心をもっている。援助を求められて彼らが最初に考えることは、それが自分たちにとって利益になるか、金になるかということだ。そして、それがおのれの利益・目的に合致している間は、相手に対して忠実であろうとする。いまヴァティカンの金庫には、法王の祝祭行事による巨額の金が流れこんでいる。さらに枢機卿が死亡すると、法王は容赦なくその財産を没収し、自分が自由にできる財布のなかにいれている。こうした宗教界の君主たち——枢機卿や司教たちは、多くが高齢で死亡率が高いから、法王の懐にはひっきりなしに金が流れこんでいる。もし神の摂理が遅れがちなときは、ひそかに神に手を貸して、彼らの死期を早めてやるという噂も聞こえている。

かくして、命令を守らないと言っていくらルイ王が怒っても、法王の懐にはその怒りを宥めるだけの金が十分に蓄えられている。そしてヴァレンティーノ公には装備も訓練も行き届いている部隊がある。したがって、もし公爵がフランスの保護国に侵入したとしても、臣下でもあり友人でもある公爵に対して、ルイは救援の兵を起こすことをためらうかもしれん。ルイは欲が深くてこずるい男だから、金袋が眼の前につまれれば、その袋の数を数えながら、差し迫った危機でもないかぎりは、当面の状況をそのまま受け入れようとするかもしれん。チェーザレ・ボルジアが強大な権力をにぎる恐れがあるとしても、それは遠い将来のことだろう、そう高を括る可能性は十分にある。マキアヴェリにしてみれば、愛する祖国フィレンツェが、いま存亡の機にあると思える理由がいくらでもあった。

16

しかしながらマキアヴェリは、フィレンツェ共和国に忠誠をつくす勤勉かつ良心的な官僚であるだけでなく、同時に、当たり前の人間として肉体の欲求に身を焦がす一個の生身の男でもあった。シニョリーアから届いた手紙を注意深く検討し、毎日のように詳細で正確な報告書を書きながらも、あるいは下宿におおやけに、あるいはひそかに使者や手先やスパイを招きながらも、宮殿や市場や知人の家に出むいて議論や意見を交わしながらも、さらに、あらゆる情報や噂やゴシップまで収集して、少なくとも納得のいく判断を下そうと努力しながらも、その一方で、アウレリアを口説き落とす計画を着実に実行する暇をつくることも忘れなかった。しかしこの計画の実行には金がかかる。ところが、その肝心の金がまだ手許に届いていなかった。フィレンツェ政府はケチである。彼の給料はまさにスズメの涙、泣きたくなるほどわずかである。フィレンツェを発つときにもらった金は、すでに大半が消えていた。おれはみみっちいのがきらいなんだ。食う物だって飲む物だって、多少の贅沢はさせてもらいたい。報告書を送るんだって、しばしば急使に前金をはらっているし、有益な情報を集めるために、宮廷の然るべき人物にそれなりの手当てもしておかなければならない。さいわい、ここにはフィレンツェの商人がいて、どうしても必要な場合には出費を立て替えてくれる。しかしそれにも限度があった。ビアジオにも再三再四、とにかく金を集めて送ってくれと手紙を出していた。

そんなある日、おかしなことが起きた。例の会計官のジャコモ・ファリネッリが白昼堂々と現われて、お会いしたいと言うのである。これまでは夜ひそかに、誰にも正体を知られないように黒衣で全身を被っていたのに、これはいったいどうしたことだ？　こそこそびくびくしていた態度はどこへやら、今日は素顔を自慢げにさらし、いたって親しげに笑っている。そしてすぐに訪問した目的について話しはじめた。

「じつはあなたのご友人から頼まれてまいりました。その方はあなたの能力を非常に高く買っておられます。その気持ちの印として、これを受けとってもらいたいと言付かってまいりました」

会計官は服の隠しから袋をとりだしテーブルにおいた。ちゃん、ちゃりんという金貨の音が聞こえた。

「これはなんですか？」マキアヴェリは唇をひきしめ、冷ややかな眼でたずねた。

「五十デュカート入っています」

かなりの金額だった。いまのおれにとって、これにまさる薬はあるまい。

「どうして公爵閣下は、わたしに五十デュカートもの金をくださろうと言うんですか?」

「わたくしは、何も公爵閣下がどうこう申しておりませんよ。わたくしはただ、あなたに好意を寄せるお方から、これをお持ちしろと言われただけです。その方は名前を知らせないでくれと申しております。この贈り物に関しては、その方とわたくししか知りません。どうぞご心配なくお受けとりください」

「どうやらあなたも、その好意を寄せてくださる方も、わたしをとんだゴロツキか、愚か者と思っているようですね。これはお持ち帰りください。そして金を出された方に申し上げてください。フィレンツェ共和国の使節は、賄賂などびた一文受けとりません、と」

「ですが、ニッコロ殿、これは賄賂ではありませんよ。あなたの政治的手腕と文筆の才を高く評価されているご友人が、なんの下心もなく、ただあなたを思う好意からくだされた贈り物です」

「その気前のよい方は、いったいどこで、わたしの文筆の才を知られたんでしょうね」

マキアヴェリは辛らつな口調で言った。

「あなたがフランスに派遣されていたとき、シニョリーアへ報告書を送られましたね。たまたまそれを読まれたそうです。あなたの確かな観察力、センスの良さ、機敏な判断力、そして何よりも、あなたの卓越した文体に感嘆されたそうです」

「しかし、お話の方が、共和国書記局のファイルを覗くなんて、どうしてできるんでしょう、不可能なことですよ」

「なるほど、そうかもしれません。しかし書記局にいる人物が、あなたの報告書に興味をもってコピーし、それがたまたまお話の方の手に入ったのかもしれません。共和国の役人がもらう給料がどれほど乏しいものか、それはあなたがよくご存じでしょう」

マキアヴェリは顔をしかめた。そして口をつぐんで、ひとしきり同僚の顔を思いうかべてみた。ちくしょう、どいつがおれの報告書を公爵に売ったんだ？　たしかに誰の給料も悪いし、メディチ家をひそかに支持する連中もいる。しかしファリネッリの話は事実ではあるまい。そんな話をでっちあげるのは、いとも簡単なことなんだ。会計官が話をつづけた。

「この贈り物の主がたとえ公爵閣下であるとしても、閣下は、あなたの良心に反することをさせたいなんて、すこしも思われないでしょう。それに、フィレンツェを侵略しようなんて意図も、まったくもっておりませんよ。公爵が望んでおられるのは双方の利益です。共和国の利益と公爵の利益です。シニョリーアはあなたの判断に絶大の信頼をおいています。したがって閣下は、あなたが外交官としての良識を働かせることを望んでいるだけです」

「もうそれで十分です」とマキアヴェリは言った。そのうすい唇の端に皮肉な笑みがうかんでいる。「わたしは公爵閣下のお金を必要としておりません。わたしはこれまで通り、ただ共和国の最上の利益となることをシニョリーアに報告するだけです」

ファリネッリは立ち上がると、テーブルから金袋をとりあげ、出したところへもどした。

「フェラーラ公のご使節は、それほど誇り高くはありませんでしたね。ご主人が公爵の救援に兵を出すか否かを決するさいに、なんの遠慮もなく贈り物を懐にしていました。ショーモン殿下が急遽ミラノからフランス軍を出動させたのも、ただ国王陛下からご命令があっただけでなく、公爵閣下からたっぷり贈り物が届いていたからでございます」

「そんなことはよく知っている」

マキアヴェリは一人になると、大声で笑った。もちろん、あの金を受けとるなんて一瞬たりとも思ったことはなかったが、あれだけあれば、悪魔が大笑いするほど有効に使えただろう。しかし大笑いしながら、ふとうまい考えが思いうかんだ。そしてふたたび大笑いした。そのとおりだ、金はバルトロメオから借りたらいい。彼なら喜んで用立ててくれるだろう。亭主が出した金を使って女房を誘惑するなんて、こいつはめっぽうおもしろい。こんな気の利いた話もないぞ。フィレンツェに帰ったときに、最高の土産話になるだろう。夜の居酒屋に集まった連中が、げらげらくすくす、笑い転げるところが眼にうかんでくる。

「ああ、ニッコロ、なんてやつだ、おまえさん！　おまえさんみたいな話し上手はどこにもおらん。おかしくって腹がよじれる。洒落の名人、頓知の達人だ。芝居を見るよりおもしろいわい」

ここ二日間ほどバルトロメオを見かけなかったが、夕飯前に情報収集に宮殿へ行くと、その当人に出くわした。ふた言み言あいさつを交わしたあと、マキアヴェリは話を切りだした。

「いかがです、今晩いらっしゃいませんか？　ちょっとした音楽会をやりましょうよ」

バルトロメオは喜んだ。そんな楽しいことは考えもしませんでしたと言った。マキアヴェリはもうひと押ししておいた。

「あの部屋は小さいし、丸天井に音が反響するでしょうが、火鉢で寒気を防げますし、ワインで寒さしのぎをすれば、けっこう楽しくやれるでしょう」

夕飯を終わってまもない頃、バルトロメオの下僕が手紙をもってきた。その手紙によると、ご婦人方がそのような娯楽に与《あずか》れないのが残念であるし、セラフィーナ家の小さな寒い居間よりも、わが家のひろい部屋の方がはるかに適している。暖炉もあるから、陽気な火にあたることもできる。よろしければ親類のピエロもつれて、夜食の席にお出でくだされば、これにまさる喜びもない、というのである。はい、待ってました、とマキアヴェリはふたつ返事で承諾した。そして心のなかでつぶやいた。「まったく赤子の手をひねるようなもんだ」

さっそくひげを剃り、髪を切りそろえる。そして最上の服を身につける。膝の下までとどく袖なしの長衣、黒地に美しい文様が浮かび上がるダマスク織りだ。それに、ゆるやかにふくらむビロード地の袖がついている、おれの体にぴたりと合うジャケット。ピエロも夜会にふさわしい身なりを整えていた。淡い青色の長衣は若者らしく腿の半ばまでしかなく、紫色のベルトが腰にまかれていて、濃紺のタイツが見事な脚をつつんでいる。同じく濃紺のジャケットを着ているが、これがマキアヴェリよりさらにぴったりと体に合っている。そして紫色の縁なし帽子が、ウエーブのかかった髪の上にちょこんと愛らしく乗っている。マキアヴェリはそれを見てうなずいた。

「ピエロ、それなら十分だ。あの可愛い侍女に格別の印象を与えるだろう。あの娘《こ》の名前はなんと言ったかな？　ニーナだったか？」

「ニッコロ様、どうして、わたくしをあの娘と寝かせたいんですか？」とピエロは微笑みながら訊いた。

「せっかく旅に出たんだ。時間をムダに過ごしてはいかん。それに、あの娘と寝てくれれば、おれにとって都合がいいんだ」

「どうしてです？」

「あの娘の主人とおれが寝たいからさ」

「あなたが、ですか？」

ピエロの口調におどろきの響きがあったので、マキアヴェリは憤然として顔を赤らめた。

「おかしいか？」

ピエロは主人が気分を害したのを見て、口ごもった。

「その、ニッコロ様は結婚されているではありませんか、それに、うちの叔父さんと同じ歳ですし……」

「バカもん。良識のある女は経験の浅い若僧なんかより、人生の盛りにある男にひかれるもんだ」

「いや、おどろきました。ニッコロ様が、あの方にお気があるとは、思いもしませんでした。愛しておられるんですか？」

「愛しておられる？　ボケなす！　おれは自分の母親を愛しておられる。女房を大切に思っているし、生まれてくる子どもたちを愛するだろう。だが、アウレリアとはいっしょに寝たいんだ、セックスしたいんだよ。ピエロ、おまえにはまだまだ勉強することがたくさんある。さあ、リュートをもってこい。そろそろ出かけるぞ」

マキアヴェリはかっとなる性質《たち》だが、いつまでも根にもって怒ってはいない。ピエロのなめらかな頬をかるく叩いて、言ってやった。

「よいか、侍女というものは、秘密を守らせるのがやっかいだ。おまえがあの娘の口をキスで塞いでおいてくれたら、おれとしても、大いに助かるというわけだよ」

路地をひとまたぎしてドアを叩くと、下僕が二人を家にみちびきいれた。カテリーナ夫人は黒いガウンを着ていたが、アウレリアは金糸で織った錦の豪奢なドレスをまとっていた。その華やかな色彩が胸もとの白さを浮きあがらせ、金色にかがやく髪をひきたてている。彼女が想像していたよりも美しかったので、マキアヴェリはほっと安堵のため息をついた。なんという美しさだ、もうこの欲望はどうにもならん。それにしても、人生はなんと不条理に満ちていることか！　これほどの女を自由にしている亭主というのが、とうに盛りを過ぎたデブで、自己満足にふけっている男とは。儀礼どおりの挨拶を交わしたあと、一同は腰をおろして、夜食が用意されるのを待った。ご婦人方は縫い物をしているところだった。

「ごらんください。あなたがフィレンツェからお持ちくださったリネンで、さっそく仕事をしてくれています」とバルトロメオが言った。

「アウレリア様、お気にめしたでしょうか?」とマキアヴェリはたずねた。

「このような布地は、ここではとても手に入りません」アウレリアはそう答えながら、マキアヴェリに眼をむけた。その大きな黒い瞳に一瞬じっと見つめられて、さすがのマキアヴェリも胸がどきんと高鳴るのを感じた。この女をものにできたらもう死んだっていい、と彼は心のなかでつぶやいた。もちろん、本気でそう思ったわけではない。要するに、すごい美女に出会った、もういっしょに寝たくて寝たくてたまらない、という意味である。

「わたくしとニーナがシャツの下ごしらえをいたします」とカテリーナ夫人が言った。

「わたくしたちが寸法をはかり、裁断いたします。それに娘が刺繡をするんです。刺繡となると、わたくしの指はとんと言うことをききません。ニーナも同じです、わたくしと変わりませんわ」

「アウレリアは同じものを二つとつくらんのです」とバルトロメオが誇らしげに言った。

「さあ、そのつくり掛けのシャツのデザインを、ニッコロ殿にお眼にかけなさい」

「あら、そんな、恥ずかしいわ」と可愛らしい声が言った。

「バカを言いなさんな。どれ、わたしがお眼にかけよう」

バルトロメオが紙を一枚もってきた。

「いかがです、わたしのイニシャルがうまく取りいれてあるでしょう」

「これはすばらしい。創意と気品にあふれた傑作ですね」マキアヴェリはそんなものにまったく関心がなかったが、いかにも感嘆したかのように言った。「こんな魅力的な才能をお持ちとは、まことに恐れ入りました。家内のマリエッタに見せてやりたいものです。あれにアウレリア様の千分の一、万分の一の才能でもございましたら、亭主冥利につきるのですが」

「いやいや、お褒めにあずかって恐縮です」バルトロメオは顔をほころばせて言った。「わたしの妻は才能ばかりではありません。勤勉この上ない女ですよ」

マキアヴェリは心ひそかに思わずにいられなかった。おれは彼女の才能にも、いわんや勤勉さにも、なんの関心もないんだ。ああ、バルトロメオも世の亭主どももも、神が自分の女房に与えてくれた美質について、なんという心得違いをしていることか！

夜食がはじまると、マキアヴェリの能力はフル回転しはじめた。彼は自分の話術に自信があった。フランスに滞在中、ルイ王の宮廷に出入りする紳士淑女の方々にまつわるきわどい話をいろいろ仕入れてあった。アウレリアは話がいささか猥らな描写になると、困ったような顔をしたが、バルトロメオは腹を抱えて大笑いした。カテリーナ夫人ときたら、これまた大へんな喜びようで、話し手を煽り立てて、さらなる艶話《つやばなし》を催促する始末だった。これでおれが愉快な客であるという地位は確立したな、とマキアヴェリは思った。一同は豊富な食事を十分に楽しんだ。食事が終わると、マキアヴェリはバルトロメオの商売の状態や、もっている土地や家屋敷のことをあれこれたずねて、主人の自慢話をひきだしてやった。そして頃合いを見て、では、そろそろ歌いましょうか、と誘いをかけた。リュートの音を調えながら、陽気な小唄をちょいと弾いてみる。それから、誰でも知っている唄を三人の男が歌いだした。当時コーラスは社交上の嗜《たしな》みだった。バルトロメオのバス、マキアヴェリのバリトン、そしてピエロの軽快なテノールが室内に明るく響きわたった。ついでマキアヴェリがロレンツォ・デ・メディチ作詞の小唄をひとつ歌うと、他の二人がリフレインの部分を合唱した。マキアヴェリは歌いながら、アウレリアに視線をやって、これはあなたのために歌っているんです、と思いをこめて見つめると、二人の視線が合ったとたん、アウレリアが眼をふせたのでちょっとうれしくなった。この女、おれの気持ちが通じたようだ。まずはこれが第一歩。

夜がしだいに更けていった。退屈な日々を過ごしている女たちにとって、今宵の催しはまたとないご馳走だった。アウレリアの喜びが美しい眼にあふれている。その黒玉の瞳を見れば見るほど、マキアヴェリの思いはつのっていく。ここにまだ悦楽に目覚めていない女がいる、肉体の奥でひそかに情熱の炎を燃やしている女がいる。おれがその欲望の火に油をそそいで、その眼をぱっちり覚ましてやるんだ。マキアヴェリには秘策があった。夜会が終わって別れの挨拶をする寸前まで、じっと胸に納めておいた。自惚れるつもりはないが、これは余人には思いもつかない独創的アイディア、まさに天才の発想ではあるまいか、そう思いながら、マキアヴェリはおもむろに口を開いた。

「バルトロメオ殿、あなたはご親切にも、必要なことはなんなりと、遠慮なく申せと言ってくださった。そこでひとつお言葉に甘えたいことがあるんですが」

「ニッコロ殿、共和国政府の使節殿のためなら、なんであろうとお役に立ちます」バルトロメオは快活に答えた。だいぶワインをきこし召していたから、酔っぱらってはいないとしても、かなり酩酊しているようすだった。「とりわけ大の大の親友、わがニッコロ殿のためとあらば、ひと肌どころか、ふた肌でも、み肌でも、いくらでも脱いでごらんにいれましょう」

「有り難うございます。じつはシニョリーアから依頼されて頭を悩ましているんです。来年フィレンツェの大聖堂で行なわれる四旬節の説教のことなんですが、ただいまシニョリーアは、その重要な説教をしてくださる敬虔・雄弁な僧を探しております。わたしにも指示がありまして、公爵閣下との折衝のあいまに、このイーモラにふさわしい人物がいないか、当たってみてくれと言うんですよ」

「ティモテオ修道士がおりますわ！」とカテリーナ夫人が叫んだ。

「母上、おしずかに」とバルトロメオがたしなめた。「これは、男たちが熟慮を重ねて決する重要な事柄です。ことと次第によっては、わが町の名誉どころか、大へんな不名誉ともなりかねません。うかつに名前をあげてはいけませんよ。わたしたちはその役目に最もふさわしい人物を、ただひとり推薦するんですから」

しかしカテリーナ夫人は黙らなかった。

「バルトロメオ殿、お忘れですか？　今年この町の教会で、あのティモテオ修道士が四旬節の説教をされたとき、いかがでした？　町じゅうの人間がこぞって、お話を聴きに集まったではありませんか。あの方が地獄に堕ちた人間の苦悶のようすを話されたとき、大の男たちが人目もはばからず号泣し、女たちが次々と気絶したではありませんか。それればかりか、産み月に入ったばかりの哀れな女が、急に産気づいて、耳をつんざく金切り声をあげ、教会の外へ連れだされたではありませんか」

「母上、それはおっしゃる通りです。頭のかたい商売人のわたしでさえも、子どものようにむせび泣きました。たしかに、あのティモテオ修道士は雄弁家です。修辞法もよく心得ています」

「どなたですか、そのティモテオ修道士といわれる方は？」とマキアヴェリはたずねた。

「なかなか興味ぶかいお話のようですが。われらフィレンツェ市民は、あの大斎の季節が大好きでして、その時期になると誰も彼も、大いに悔い改めたくなるんです。十分に悔悛しておけば、あとの一年、なんの良心の咎めもなく、近隣諸国の同胞からいくらでも儲けることができますから」

「ティモテオ修道士はわが家の聴罪司祭です」とバルトロメオは、すでにマキアヴェリの知っていることを口にした。「まあ、個人的な話になりますが、彼の助言なしでは、わたしは何事も行ないません。ティモテオひとりが有徳の僧というわけではありませんが、たしかに賢明な人物です。そうそう、つい二、三カ月前のことです。レヴァントで香辛料をひと船買い付けようとしたところ、ティモテオ修道士がやってきて、その買い付けをやめろと言うんです。なんでも枕許にパウロ聖人が現われて、当の船はクレタ島の沖合いで沈没する、とおっしゃったそうです」

「それで船は沈没したんですか？」

「いや、沈没はしませんでした。しかし、香辛料を満載したカラベル船が三艘もリスボンに入港したんです。その結果、香辛料市場は大暴落、あやうくわたしは大損するところでした。だから、予言が的中したのと同じです」

「なるほど、聞けば聞くほど興味がわいてくる僧侶ですな」

「午前中に教会へ行けば会えるでしょう。もし見かけなかったら、寺男に訊いてみてください」

「あなたのご推薦を得てまいったと申してよいでしょうか？」マキアヴェリは丁寧な口調で言った。

「いやいや、あなたは大都市フィレンツェ共和国のご使節。それにくらべてイーモラはちっぽけな町です。こんな町の哀れな商人の推薦など、どうして必要がありましょう」

「ところで、アウレリア様、あなたはいかがでしょうか、このティモテオ修道士をどのように思われますか？」とマキアヴェリは美人の奥方に話をむけた。「バルトロメオ殿のような地位も見識もそなえられた名士のご意見や、カテリーナ様のような経験と分別に恵まれたご婦人のお考えばかりでなく、美しい情熱にあふれた若い女性の、純真にして素朴、いまだ世の悪徳にさらされていない方のご意見も、ぜひ伺っておきたいのです。シニョリーアへ推薦する説教僧は、罪びとを悔悛させるだけでなく、罪びとの心に内在する美徳をも喚起する力がなければなりません」

なかなか説得力のある演説だった。

「ティモテオ様は悪いことなど何一つなさいません。そんなこと見たこともありません。わたくしは何事によらず喜んであの方にお導きいただいております」

「わたしも同じ意見だ」バルトロメオがつけくわえた。「おまえがティモテオ修道士のご指示にしたがっていることを、わたしは大いに喜んでいる。あの僧はおまえのためにならんことは、けっして助言しないからな」

すべてがマキアヴェリの目論見《もくろみ》どおりに進んでくれた。下宿にもどると、彼は心から満足して眠りについた。

17

翌日は市の立つ日だった。早起きしたマキアヴェリは、ピエロをつれて市場へ行くと、イタリア全土で珍重されているリミニ特産の香気あふれるイチジクをひと籠、ふとったウズラをふたつがい買い、それに挨拶の言葉をそえて、ピエロにバルトロメオの家へ持って行かせた。イーモラは各地からやってきた人間であふれ返り、食料品は品薄、値段は高騰していたから、この贈り物は大いに歓迎されるにちがいない。それからマキアヴェリはフランチェスコ派の教会にむかった。そこに付属している修道院に、くだんのティモテオ坊主が住んでいる。教会はバルトロメオの家からそれほど離れていなかった。けっこう大きな建物だが、建築学的にはなんの価値もない代物だった。教会のなかはひっそりしていた。祈禱している女が二、三人、床を掃いている寺男らしい平信徒が一人、それに祭壇の近くに修道士が一人うろついているだけだった。はは あ、あれがティモテオだな、とマキアヴェリは合点した。いかにも忙しそうにしているが、カテリーナ夫人からすでに一報を受けて、おれの到来を待ち受けているにちがいない。そこで近寄っていって、丁寧に腰をかがめて声をかけた。

「神父様、失礼いたします。こちらの教会に、霊験あらたかな聖母像が祭られていると伺ってまいりました。ただいま、わたくしの愛する妻が懐妊しております。聖母マリア様のお助けによって、家内が無事に出産できますように、祭壇にお灯明を捧げたいと思いますが」

「なるほど、それはよいお心掛けです」と修道士は言った。「こちらがその聖母マリア様です。ただいまヴェールをお取り代えするところです。お姿をいつも美しくしておくよう教会員にお願いしておりますが、なかなか気をまわしてくれません。それでいて信徒の方々がマリア様に信仰を捧げないと言って、おどろいているのですから。以前は祈願がかなったと申して、何十もの奉納物が捧げられておりましたが、いまはごらんのように二十もありません。と申しましても、これは結局のところ、わたくしどもみずからの不徳のいたすところでございます」

マキアヴェリは大ぶりの蠟燭を一本えらび、気前よくフィオリーノ金貨を一枚だして僧侶に渡した。坊主はうやうやしく鉄製の燭台に蠟燭を立て、火をともしている。それが終わるのを見て、マキアヴェリは言った。

「神父様、じつは、わたくし、ティモテオ修道士様におりいって、お話ししたいことがございます。どちらへお伺いしたら、ティモテオ様にお会いできるでしょうか?」

「はい、わたくしがそのティモテオでございます」と坊主は言った。

「これはおどろきました。まるで神の御手が働いたかのようです。ここにきて最初にお会いした方が、探しもとめるご当人とは、いやはや、これはまことに奇跡としか思えません」

「神のご意志は広大無辺、わたくしども人間には、とうてい計り知れないものでございます」とティモテオ修道士は神妙な顔をして言った。

坊主は中背で、ほどよくふとっている。この体つきから見ると、フランチェスコ教団の規則が求めるほど断食はしていないようすだが、大食の悪徳にふけっているようでもない、とマキアヴェリは冷ややかな眼で観察した。頭の形も悪くない。際限ない権力や贅沢三昧の生活が堕落させる以前の、あるローマ皇帝の頭部をほうふつさせる。その皇帝の美しい容貌には、やがて彼の暗殺の引き金となる残酷な肉欲を感じさせるものがあった。ティモテオ修道士はマキアヴェリが知らないタイプの人物ではなかった。豊かな赤い唇やふとい鉤鼻や、美しい黒い眼のうちに、図太い野心や狡猾な知性、飽くなき欲望がうごめいている。そして善良で素朴な信仰心の仮面が、それをたくみに隠している。なるほど、バルトロメオにも、女房や義理の母親にも、絶大な影響力を及ぼしていることもうなずける。マキアヴェリは本能的に感じとった、これはおれが得意とする相手である、と。彼はそもそも坊主がきらいだった。坊主というのは、たいてい愚か者か悪人である。たぶん、こいつは悪人の部類に入るやつだろう。しかし事はなんであれ、慎重に進めなければならない。

「神父様、じつはあなたの評判について、親友のバルトロメオ・マルテッリ殿からいろいろ伺っております。バルトロメオの話では、あなたは人徳、力量ともに類まれなお方だそうです」

「バルトロメオ殿はまことに信仰心の厚い方です。この修道院はまことに貧しいところでして、バルトロメオ殿の少なからぬ喜捨のおかげで、かろうじて体面を保っております。ところで失礼ながら、あなた様はどなたでしょうか？」

もちろん、おれのことはよくご存じでしょう、と内心つぶやいたが、重々しい口調で答えた。

「自己紹介させていただきます。フィレンツェ市民ニッコロ・マキアヴェリと申します。共和国第二書記局に勤務する書記官です」

修道士は深々と腰をかがめて、頭をさげた。

「これはこれは、天下のフィレンツェ共和国のご使節に、お言葉をかけていただきまして、まことに光栄に存じます」

「神父様、そのように申されては困惑いたします。わたしとて人間です。人間に刻印されたあらゆる弱点をもっております。まことにお恥ずかしい次第です。ところで、どこか二人だけで、お話ができる場所はないでしょうか？」

「ここではいかがでしょう？　あの寺男は門柱同然の聾者ですし、ロバも同然の頭しかありません。あそこの三、四人の女は祈りに専念しておりますから、こちらの話が聞こえる心配はありません。たとえ聞こえたとしても、話の内容が理解できるような女たちではありません。無知蒙昧のやからです」

二人は礼拝堂の祈願用の椅子に腰をおろした。マキアヴェリはシニョリーアから依頼されている来年の四旬節の説教の件について話したが、端正な古代ローマ人の顔は、いささかの感情も表わさなかった。しかし、内心ひどく緊張しているようすは感じられる。なるほど、昨夜のバルトロメオ家の会話は、十分につたわっているようだ。そこでシニョリーアが提示している条件というのを話しはじめた。

「当然ながら、政府は神経質になっております。ジロラーモ・サヴォナローラ修道士のときに犯したような過ちを、二度とくり返したくないのです。市民が年に一度、悔い改めることはまことに歓迎すべきですが、何しろフィレンツェの繁栄は商売の繁盛いかんですから、悔悛の情によって社会の平穏が乱されたり、商売に支障があったりしてはいけません。過度の美徳は過度の悪徳と同様に、国家にとってすこぶる有害なものとなります」

「おっしゃる通りです。わたくしの記憶するところでは、たしかアリストテレスも同様の意見をお持ちでした」

「いや、おどろきました。あなたはまことに教養のあるお方ですね。そんじょそこらの神父様とは大ちがいです。まさに教養こそ善に至る道でございます。フィレンツェ人は機敏で批判的な意見の持ち主ですから。どれほど弁舌がたくみであっても、教養・学問のない説教僧は容赦いたしません」

「その通りです。わたくしの同胞・兄弟たちにも、おどろくほど教養に欠ける者がすくなくありません」ティモテオ修道士はご満悦の体で答えた。「お察しするところ、あなたは、このイーモラでわたくしがこれはと思う説教僧を推薦してほしいのでしょう。これは熟慮を要する問題です。十分に考慮しなければなりません。慎重に調べてみなければなりません」

「そうしていただければ大へん助かります。あなたがまれに見る洞察力の持ち主であり、廉直無比の方であることは、バルトロメオ殿はじめご婦人方からよく伺っております。あなたなら、公平無私なご意見をくださるものと確信いたしております」

「バルトロメオ殿のご婦人方は、わたくしに大へん好意をお持ちくださっております。お二人とも信仰心の厚い貞淑な人たちです」

「ほんとですね。わたしは、セラフィーナ夫人の家に滞在しております。バルトロメオ殿のお宅のすぐ裏手にある家です。明晩もしご都合がよろしければ、わたしたちのささやかな夕食の席にお出でくださいませんか、そのおりにさらに話の詳細を検討いたしましょう。セラフィーナ夫人も、あなたと食卓をともにできれば、どんなにか喜ばれるかと思います」

ティモテオ修道士は会食を承諾した。マキアヴェリは帰途についたが、途中バルトロメオの家に立ち寄り、借金を申し込んだ。イーモラで使節の役目を果たすために多大の出費をしいられているが、シニョリーアからくるはずの資金がまだ到着していない、まことに困っていると説明した。フィレンツェ政府の渋ちんぶりを長々と述べ、使節の地位に見合った尊厳を維持したり、自腹を切って情報収集に金を使ったりしている、と愚痴をこぼしてみせた。しかしバルトロメオはそんな釈明をさえぎって、いつもの朗らかな声で言った。

「ニッコロ殿、何をくよくよ心配なさる。ここの宮廷ではなんであろうと、たとえ犬のくそでも、無料《ただ》では手に入りませんぞ。シニョリーアのためであろうと、あなたのためであろうと、わたしはいくらでもご希望の額をご用立ていたします。いったい、いくらお望みですか？」

マキアヴェリはおどろきつつも、安心した。

「二十五デュカートお願いしたい」

「ええっ、そんな額でいいんですか？　わかりました。では、少々お待ちください。すぐに持ってまいります」

バルトロメオは部屋を出ていくと、すぐに金を持ってもどってきた。マキアヴェリは後悔した。もっと大きく吹っかけてやればよかった。

「ニッコロ殿、お金が必要なら、いつでも遠慮なく言ってください。わたしをあなたの銀行とでも心得ていただきたい。よろしいですね」そう言ってバルトロメオは相好をくずし、ウワッハッハと笑った。

「まったくもって、愚か者には金銭身につかず、とはよく言ったもんだ」マキアヴェリは下宿にもどりながら、そうつぶやいた。

18

兄弟ティモテオ修道士が夕食にやってきた。マキアヴェリはセラフィーナに、イーモラで最上の料理を求めるよう命じておいた。修道士にあまり勧める必要はなかった。慎みながらも舌鼓をうって、出された料理をもりもり平らげた。マキアヴェリはワインがたっぷりカップに満たされるのを眺めていた。食事が終わると、話のじゃまが入らないように、兄弟を居間に連れていった。そして従者にワインの大瓶をもってこいと命じた。

「さて、商談に入りましょうか」とマキアヴェリは言った。

ティモテオ修道士が口を開いた。この件について慎重に考慮した結果、当地でしかるべき評判の僧侶が三人いると述べ、その名前をあげると、真摯な口調でそれぞれの僧の長所を並べてみせたが、その美点を弁舌たくみに述べながらも、じつに効果的に、いずれも推薦するにはやや欠点があることも指摘していた。その巧妙な話しぶりに、マキアヴェリは内心、膝をうって感心した。この坊主なかなかの玉だ、そう思いながら、穏やかな笑みをうかべてこう言った。

「あなたは思っていた通り、まことに公平無私なお方ですね。あなたの誠意あふれるお口から伺った三人の方が、じつに立派なお坊様であることがよくわかりました。しかし残念ながら、あなたは、才能の点でも、信仰の点でも、三人をはるかにしのぐ僧侶の名前をあげられておりません」

「はて、ニッコロ殿、それはいったい、どなたでしょうか?」

「われらが兄弟、ティモテオ修道士です」

坊主はいかにもおどろいたというふりを見せた。

ふん、どうしてどうして演技も大したもんだ、とマキアヴェリは感心した。説教僧には演劇的な天分もなくてはならん。ほんとにシニョリーアに頼まれていたら、このイカサマ坊主を推薦したくなりそうだ。

「ご冗談を……」

「いやいや、冗談など申すべき事柄ではありません。わたしとしては悠長に構えていられないんです。イーモラの歴史上、あなたが本年の四旬節に行なった説教ほど市民に大きな感銘を与えたものはない、と伺っております。あなたが古今東西まれに見る雄弁の持ち主であることも聞いております。こうしてお話を伺っていても、あなたの声は美しく、心地よく耳にひびいてまいります。あなたの態度は堂々としています。ごいっしょにお話するこのわずかな時間の間であっても、あなたが知性にすぐれ、人の心の機微を心得、教養豊かな人物であることがわかります。わが教会の教父たちに関するあなたの知識は、あなたの古典の学識に劣らず、豊富であることを確信せざるをえません」

「これはたいそうなお褒めをいただき、まことに恐縮いたします。しかしシニョリーアが求められる説教僧は、世間で評判の高い修道士でしょう。わたくしごときは、この田舎町のうらぶれた修道院にいる、貧しい坊主でしかありません。名門の生まれでもなく、有力な後援者もございません。あなたがご親切にも、そのようにわたくしを評価してくださり、なんとお礼を申し上げてよいかわかりません。しかしながら、わたくしはあなたのご推薦に値する僧侶ではありません」

「いや、神父様、あなた以上にあなたを知る者こそ、真の判定者ではありませんか」

マキアヴェリは楽しくてならなかった。ティモテオ修道士の謙虚を装おういじらしい演技を堪能した。そしてその心の奥をするどい眼針で探りまわり、そこにうごめく貪欲な野心を見いだしていた。それを餌にして鼻先にぶらさげてやれば、こっちの思いどおりに動いてくれることまちがいない。

「わたしとてフィレンツェ共和国のしがない官僚でしかありません。わたしの役目はただ助言するだけです。最後に決定するのはシニョリーアにいるお偉方です」

「いやいや、あなた様はヴァレンティノワとロマーニャの公爵閣下の許に派遣されたご使節です。そのような方の助言が、軽々しく扱われるはずがございません」ティモテオ修道士は追従笑いをうかべて言った。

「たしかにこのたび、共和国の終身大統領に就任したピエロ・ソデリーニはわたしの親友です。それにあえて申し上げれば、大統領の弟ヴォルテッラの司教も、多少なりとも、このわたしの誠意と判断力を信頼されております」

マキアヴェリはこう言って、ソデリーニ司教に随行してウルビーノに赴き、チェーザレ・ボルジアに会見して、ヴィテロッツォのアレッツォ攻撃に抗議したときの話をした。そこから話は自然にピサ攻略のさいの活動にうつり、さらにフランス国王の宮廷における外交交渉にもおよんだ。もちろん、こうした活動における自分の役割を小さく見せるように注意しながらも、陰で糸をひいていたのが、かくいう自分であることを十二分にほのめかした。そしていつものように、王侯貴族や枢機卿や、将軍たちについて面白おかしく物語り、このマキアヴェリこそ、イタリアでもフランスでも、政府の要職にある人たちに話を聞いてもらえる人間であることを、微妙な言いまわしで、聞き手の心に印象づけた。国家の機密は自分にとって、なんら機密なんてもんじゃない、おれ様はいま話している以上のことを知っている、それを疑うような者は度しがたい阿呆でしかあるまいと匂わせる。ティモテオ坊主は煙にまかれて、ただ感心するばかりだった。

「いやあ、ニッコロ様、まったく恐れ入りました。あなたのように聡明で経験豊富な方とお話できるとは、わたくしにとって、生涯はじめて味わう重大な経験です。まことに有り難いことです。いわば約束の地をかいま見る思いでございます。このなんの変哲もない小さな町に暮らしていると、外の世界のことなど何一つわかりません。ここには一人の教養人も著名人もおりません。わたくしどもの機知や機転の才も、もちろんそれがあるとしての話ですが、ただの一度も用いられることなく、埋もれ錆びついてしまいます。無知蒙昧のやからとともに過ごす日々に堪えるには、まさに苦行苦難の人、あのヨブの忍耐力が必要です」

「神父様、あなたのご苦労はよく理解できます。あなたほどの才能ある方がこの地にむなしく埋もれてしまうなんて、あってはならないことです。残念至極なことです。聖書の譬え話にあるように、神たる主人からお預かりした金貨を地に埋めておくことほど、愚かなこともありません。神から受けたる才能を朽ち果てさせる者に災いあれ、です」

「わたくしも、しばしばその譬えを考えてしまいます。あなたのおっしゃる通りです。

わが主より委ねられたる大事な金貨を、わたくしはただ地に埋めているだけなんです。それを何に使ったかと主に問われたとき、何一つ満足に答えることができないでしょう」

「しかし、神父様、よろしいですか、どなたであっても、仕事をする機会を提供することはできますが、それ以上のことはできません。その機会を活かすかどうか、それはご本人が考えなければならないことです」

「しかしながら、この名もない僧侶に、どなたが機会を与えてくださるでしょうか？」

「神父様、わたしはあなたの友人です。わたしの影響力など取るにたらないものですが、なんとかあなたのお力になりたいと思っております。あなたの名前をヴォルテッラの司教の耳にささやけば、あなたは、たちまちそれなりの有名人です。と申しても、あなたのような方が、みずから表舞台に出られるのはよろしくないでしょう。しかしうまいことに、ここにわれらが親友バルトロメオ殿がいらっしゃる。彼がこの問題を提示しても、なんの不都合もありません。いかがでしょう、わたしから彼に話をして、フィレンツェの有力な知り合いの商人に手紙を書いてもらうというのは？」

ティモテオ修道士はにっこり笑った。

「ああ、われらが親愛なるバルトロメオ！　あの方は善意を絵に描いたような人物です。しかしあえて申せば、いささか純朴に過ぎるかもしれません。純真な鳩の心はございますが、狡猾な蛇の心を欠いております」

　こうしてマキアヴェリは一歩、また一歩と、狙いを定めた的の中心に話を進めていった。ティモテオの碗が空になるのを見ると、すぐにワインを注いでやった。火鉢では赤々と、心地よく炭火が燃えている。

「たしかにバルトロメオは立派な人物です。しかしなんですね、商人というのはおかしな人種です。よくおどろかされますよ。一方では、巧妙に商売をして大成功をおさめながら、その一方で、この世のつまらん小事になると、まるで知恵が働かないんですから。もちろん、バルトロメオ殿がどうこう言うんじゃありませんよ。むしろわたしは、彼と彼の一家の幸福と繁栄を心から祈っているんです。神父様、あなたは彼に非常に大きな影響力をお持ちですね」

「いや、わたくしの助言をすこし評価してくださるだけです」

「なるほど、それで彼は何事にも適切な判断がくだせるわけですか。それにしても、お気の毒ですね。あれほどすばらしい人格者であり、神の栄光に浴すること当然の人物が、何よりも望んでいるただ一つの願望を叶えられずにいるとは！」

　ティモテオ修道士が探るように、きらりと眼を光らせた。その眼にむかってマキアヴェリは言った。

「あなたもご存じでしょう。彼は息子が生まれてくれたら、財産の半分をやってもいいと思ってるんです」

「ええ、まるで執念ともいうべき願望です」修道士はため息をついた。「口にすることといえば、それだけです。わたくしどもも、われらが奇跡の聖母様に再三お祈りを捧げて、彼の切なる願いの成就を求めてまいりましたが、いっこうに効果がありません。すると彼は怒りくるって、お子ができないのは、わたくしどもの祈りのせいだ、とまで言いだす始末です。しかしながら、それはとんでもない言いがかりなんです。実を申せば、あの男には気の毒ながら、子種がないんでございます」

「神父様、わたしはフィレンツェ郊外のサン・カシアーノというところに、小さな土地をもっております。なにぶんシニョリーアからいただく給金がとぼしいものですから、それを補うために、森の木を切って売ったり、畑を耕したりして金を稼いでおります。牛も飼っておりますが、ときたまどういうわけか、どう見ても健康そのものの牡牛が、われらが友バルトロメオ殿と同じ不運な障害をもっていることがあります。そういう場合わたしたちは、その牡牛を殺して肉屋の肉にし、新しい牡牛を買うことになります」

ティモテオ修道士はにっこり笑った。

「しかしながら、人間は、そういうわけにはいかないでしょう」

「そうです。またその必要もありません。きわめて効果的な方法があるからです」

修道士は一瞬、マキアヴェリの言葉をいぶかったが、すぐに理解した。そしてまたにっこり笑った。

「ですが、アウレリア夫人はきわめて道徳心の高い女性です。それに、母親や夫の眼できびしく監視されております。バルトロメオとて、それほど愚かではありません。若い美貌の妻が町じゅうの男たちの色欲の眼にさらされていることをよく知っています。カテリーナ夫人もたえず注意をはらって、おかしな虫が飛んでくるのを警戒しています。何しろ、あの方は長い貧乏暮らしに苦しんできましたから、娘の無分別な行為によって、いまの快適な家庭生活を失うことをひどく恐れているんです」

「ところが、その無分別な行為が一転して、きわめて分別ある善行となるかもしれませんよ。カテリーナ夫人はいかがでしょうか、もしもですよ、娘に可愛い男の子でもできたら、それこそ彼女の地位は磐石となるのではありませんか」

「それは否定いたしません。公爵閣下が伯爵の称号とともに所領もくださったいま、バルトロメオ殿はこれまで以上に、跡つぎが欲しくてたまらんでしょう。カテリーナ夫人たちは、彼が二人の甥っ子を養子にしようかと思案していることを知りました。バルトロメオには夫をなくした妹がフォルリにおります。もし兄が息子たちにたっぷり財産をくれるなら、喜んで養子に出す気でいます。ただ息子たちとは別居したくないので、母子ともどもひきとってくれることを条件にしています」

「なるほど、母親としては当然、そのように思うでしょうな」

「その通りです。しかしこれは、カテリーナ夫人とアウレリア夫人にとって、きわめて由々しき事態となります。彼女たちの地位が脅かされるからです。アウレリア夫人には持参金などありませんでした。バルトロメオは意志薄弱の、愚かな男ですから、養子についてくる母親、コンスタンツァといいますが、これがアウレリアを石女《うまずめ》だと言いたてて、じきに女主人の座を奪いとってしまうでしょう。カテリーナ夫人はひどく心配しております。先日もわたくしの許にまいりまして、義理の息子が自分たちを不幸に追いやるような決定をしないよう説得してくれと、しきりに懇願しておりました」

「バルトロメオはあなたに相談されましたか？」

「ええ、もちろんです」

「それで、どのような助言をなさいました？」

「さよう、まあ、幸運を願っての、時間稼ぎですね。フォルリにいるコンスタンツァの聴罪司祭はドミニコ派です。もしあの女が当地にやってきたら、ドミニコ派の修道士を聴罪司祭にするでしょう。わたくしどもは、ドミニコ派の連中と親しくしておりませんし、バルトロメオ殿から多大の喜捨をいただいております。したがって、コンスタンツァ夫人がわたくしどもの祈願の不首尾を利用して、彼の好意を他所の教会にむけさせようとされれば、この教会にとって、大へん不幸な事態となるでしょう」

「神父様、まちがいなく、あなたのお立場は深刻なものになります。したがって、問題の解決は、わたしが提示している方法によるしかありませんね」

「しかしニッコロ様、それをなさるにしても、その、なんというか、罪悪感というか、そんな意識はないのでしょうか？」修道士はおもねるような笑みをうかべて言った。

「神父様、それは小さな罪です。その罪から生ずる大きな善にくらべれば、微々たるものでしかありません。尊敬に値する男に至福をもたらし、あなたの教導の下で信仰を深めている二人の女性に平安を与えるのです。しかも、あなたの教会の兄弟たちに、寛大な寄進者の恩恵をたっぷり確保してやれるのです。修道士たるあなたに、聖書の言葉を申し上げるのは失礼な振る舞いですが、あえて申し上げましょう。もしあのサマリアの女が姦淫の罪を犯さなかったなら、われらが宗教の創始者は、われら悲惨なる罪人にとって計り知れない価値となっている、あの寛容と赦しの教訓を述べられる機会を、ついに得られなかったのではないでしょうか」

「なるほど、それは重要な指摘ですね」

「わたしも人間です。アウレリア夫人の美貌がわたしの心にかき立てる激しい情熱を隠すつもりはありません。この思いを遂げるためなら、死をも辞さない覚悟でおります」

「おどろきましたね。あなたが、ただそのような親切心から、バルトロメオの幸福と二人の婦人の平安を願っているとは、まったく想像しませんでした」ティモテオ修道士は皮肉たっぷりに言った。

「神父様、あなたの修道院はあまり豊かでありませんね。さぞや人びとの慈善の心を必要としているでしょう。もしあなたが好意を見せてくださるなら、二十五デュカート差し上げてもよろしい」

僧侶の黒い瞳に貪欲の光がきらりと見えた。

「いついただけますか？」

「もちろん、いま、です」

マキアヴェリはそう言って、懐から金袋をとりだし、無造作にぽいとテーブルの上においた。木の板にあたって、ちゃん、ちゃりんと金貨が快い音を立てた。

「あなたの魅力ある話術と優雅な態度にはかないません。よろしゅうございます。わたくしの善意を差し上げましょう。しかし、これがどのようなお役に立つのか、どうにも合点がいきません」

「ご安心ください。あなたの良心が痛むようなことは何一つお願いいたしません。ただカテリーナ夫人とわたしが、二人だけで話ができるよう、計らってくだされぱいいのです」

「それなら簡単なことです。しかしお二人で話したところで、なんの成果も得られませんよ。バルトロメオは愚か者ですが、抜け目のない商人ですから、不必要な危険を犯したりいたしません。仕事のために家を留守にする場合でも、下僕が眼を光らせていて、不埒な男たちがアウレリア夫人に近づくのを防いでいます」

「承知しております。しかしながら、われらが善良なるバルトロメオ殿は、あなたに絶大なる信頼を寄せています。美しい妻をつれて、女の不妊をなおすという温泉や、霊験あらたかな聖人をまつる聖堂を巡礼しておられます。そこで、もし彼があの忠実な下僕をつれてラヴェンナへ赴き、サン・ヴィターレ聖堂の聖遺物が入っている石棺の前で、誠心誠意、祈願の一夜を過ごすならば、まちがいなくアウレリア夫人は懐妊されます」

「サン・ヴィターレ様はたしかに偉大な聖人です。それゆえにあのような立派な聖堂が建造されております。しかし、その聖人の遺骨が男の生殖能力の欠陥を治癒する力があるとは……いったい、あなたは、どこからそんな情報を見つけてきたんですか？　あなたの勝手な思いつきですか？」

「サン・ヴィターレ、その名前がいいんですよ。いかにも〈生命力《ヴィタ》〉を感じさせるじゃありませんか。バルトロメオにしても、あなたやわたしと同様、聖人の遺骨にそんな力があるなんて、すこしも思っちゃいません。溺れる男は藁をもつかむ、です。ラヴェンナはイーモラから三十キロほどのところです。われらが善良な友も、年来の願望をとげるためなら、ちょっとした旅行をためらうこともないでしょう。いかがですか、神父様？」

「では、わたくしにも、ひとつ質問させてください。どのような理由があって、あの敬虔で大人しいアウレリア夫人が、あなたの誘惑になびくと思うのです？　あなたの気持ちがすでに先方につたえられているのですか？」

「いいえ、あの方とはすこし言葉を交わしただけです。しかし彼女がふつうの女性なら、わたしの気持ちをすでに察しているはずです。女の心は二つの弱点によって支配されているんです、好奇心と虚栄心の二つに」

「いずれもささいな罪ですね」と修道士は言った。

「しかしながら、そのささいな罪があるおかげで、美しい女たちは美徳の小道をすりぬけて、情熱の世界に身を投げだすことがあるんです」

「有り難いことに、この天職があるおかげで、わたくしはそういう世界と無縁でいられます」

「しかし、神父様、あなたがその比類なき才能によってふさわしい地位にのぼられ、人びとの運命を左右するような力をもたれたら、十分に納得されるのではないでしょうか。つまり、人間の美徳を高めてやるとか、あるいは反対に、悪徳を奨励してやるとか、そういうことで人間の心を支配できるものではありません。むしろ、彼らの弱点を認めてやってですね、それにうまく調子を合わせてやる、そうすることの方が、ずっと大きな影響力を発揮できるし、悪い結果を避けることもできるんです」

「恐れ入りました。じつに巧妙な計画です。いいでしょう、カテリーナ夫人を説得して、あなたを援助させることを請け合います。甥を養子にしようとするバルトロメオの意志を阻止するためなら、彼女はなんでもやりますよ。しかしアウレリア夫人はどうでしょうか、あの方は母親やあなたがなんと言おうと、姦淫の大罪を犯すとは思えません。非常に敬虔な方ですから」

「いいえ、大丈夫です。遠くから見ると、不愉快で恐ろしいことでも、近くに寄ってみると、自然で、気楽で、道理にかなっていることがよくあるものです。アウレリア夫人がふつうの女性より賢いと思うわけではありませんが、未来に確実な善と不確実な悪が存在するとき、不確実な悪を恐れるあまり、確実な善を避けることがいかに不合理であるか、あなたがそれをよく説明して差し上げれば、彼女の心も動くと思います。よろしいですか、確実な善とは彼女が懐妊することであり、かくして永遠の魂を創造することです。そして不確実な悪とは、密通が発覚することですが、その危険性は適切な処置によって消すことができます。さらに罪ということですが、罪を犯すのは意志であって肉体ではありません。したがってこの場合、罪など存在しないのです。夫に不愉快な思いをさせたら罪になるかもしれませんが、この彼女の行為は夫に喜びを与えるだけのものです。いかなる場合でも、まずは結果を考慮しなければなりません。そしてこの結果によって、夫は望んでやまない願望がついに成就され、彼女もまた天国において栄誉ある地位が約束されるのです」

ティモテオ修道士はじっとマキアヴェリを眺めていたが、何も言わなかった。こいつめ、笑いを堪えるのに必死になっているんじゃなかろうか、とフィレンツェ人は思った。修道士は視線をそらすと、テーブルの上の金貨の袋をじっと見つめた。そして長い沈黙ののちに、ようやく口を開いた。

「なるほど、シニョリーアがあなたを公爵閣下の許に派遣された理由がよくわかりました。本来なら、このような提案は非難すべきでしょうが、いやはや、恐れ入りました。あなたの心の深さには、ただ感嘆するばかりです」

「いや、わたしこそ。どうもお世辞には弱いもので」

「すこし時間をください。あらためて考えてみたいのです」

「しかし神父様、その瞬間の心の動きを信じることが、いつでも最上の判断につながります。でも、まあ、ちょうど尿意を催してきましたから、お許しをいただいて、すこし庭に出ていましょう。この地のワインは、どうも利尿作用に効果があるようです」

マキアヴェリが部屋にもどると、修道士はもとの席にすわっていたが、テーブルから金貨の袋が消えていた。

「カテリーナ夫人は金曜日に娘をつれて、懺悔のために教会にまいります」修道士はそう言いながら、きれいに手入れした手を眺めている。「アウレリア夫人が告解室にいる間に、カテリーナ夫人とお話しできるでしょう」

19

求愛の機会がくるとなると、マキアヴェリはぐずぐずしていない。このところ必要に迫られないかぎり早起きなどしないのに、ティモテオ修道士と話し合った翌日には、陽がのぼるとすぐにベッドから起き上がり服を着た。台所にはセラフィーナの用意した粗末な朝食が待っている。それをすまして庭へ行って、井戸から水をくみ上げて、震えながら顔と手を入念に洗った。それから部屋にもどると、これはと思う書簡用紙をとりだし、それから窓を開いて空模様をうかがった。すると不意に、侍女のニーナの姿が眼に飛びこんできた。バルトロメオ家の屋上に椅子と足のせ台を並べている。このところ天気は曇りがちで、秋雨がときどき降っていたのに、今朝は雲ひとつない大空から、陽光が燦々とふりそそいでいる。ニーナの行動を見ていて、これはと思っていると、まもなくアウレリアの姿が屋上に現われた。キルトの部屋着に体をつつみ、大きな麦藁帽子を手にしている。やはり予想していた通りだった。この晴れた日を利用して、髪を乾かそうとしている。主人が椅子に腰をおろすと、侍女はその長い髪を手にとって、帽子の縁の外に出している。帽子にはてっぺんがなくて、いやに大きなつばがついている。侍女はそのつばの周りに、アウレリアの髪をひろげて陽光にあて、金色に染めた髪の輝きを増そうというのである。

マキアヴェリはすぐに計画を変更した。恋文を出すのは、またべつの機会にしよう。すぐにリュートを手にして階段を駆けあがり、セラフィーナ家の上階のバルコンへ行った。バルコンに出てみると、家事でもしに行ったのか、侍女の姿は見あたらず、アウレリアがひとり椅子に腰をおろしている。巾のひろいつばのおかげで、こっちの姿は見えないようだ。どうやら髪の色合いを完璧にすることしか頭にないらしく、身動き一つすることなく、じっと晩秋の陽光を浴びている。だからマキアヴェリが歌いだしたときには、びっくり仰天、帽子のひさしをあげて、両家を隔てるせまい空間ごしに視線をよこした。しかしその視線を捉えるより先に、彼女は顔をふせてしまった。マキアヴェリは素知らぬふりをして、ひとり音楽を楽しんでいるかのように、恋の小唄を歌っていた。唄のテーマは当世の流行《はや》りにしたがい、愛の神クピドーとその黄金の矢、愛する者の眼で射られた残酷な傷、四六時ちゅう恋人を思わずにいられない苦悩。細工は流々、クピドー殿も、仕上げをよーくごろうじろ。おれはいまあの女の心を思いのままに動かしている。恥ずかしさから消え入りたいと思うかもしれないが、久しぶりの太陽の光は髪の色艶を保つために貴重である。慎み深さのために容姿・容貌を犠牲にするような女は女ではない。これまでおれの思いに気がつかないでいたとしても、いまははっきり感じているだろう。それにしても、こんな好機はそうざらにあるもんじゃない。ここはいちばん、ミスのないようにしなければならん。以前フェニーチェという女に惚れたとき、セレナーデをつくったことがあった。〈いざ、愛しき人よ、花のかんばせ際だたせ〉からはじまり、彼女の世にもまれな美貌を称えて、その愛らしく麗しい魂を謳いあげた作品だった。韻律をみだすことなく、〈ただ、フェニーチェのみ〉のくだりを、〈ただ、アウレリアのみ〉と変えたらいい。マキアヴェリはリュートの弦をつまびくと、ちょいと調子をつけながら、旧作のセレナーデを歌いはじめた。アウレリアはじっと椅子にすわっている。長い髪と帽子のつばに隠れて顔こそ見えないが、秋空にひびく歌声に聴き入っているらしい。それがマキアヴェリの狙いだった。ところが、二節も歌わないうちに、突然アウレリアが鈴を鳴らした。これはまずいぞ、明らかに侍女のニーナを呼んでいる。マキアヴェリはセレナーデを中止した。すぐにニーナの姿が屋上に現われた。アウレリアが立ち上がり、侍女がべつの場所へ椅子を運んでいった。主人がそこに腰をおろすと、ニーナも足のせ台にすわって、何やら二人で話しはじめた。どうやらおれが退散するまで、侍女をあそこに留めておきたいらしい。よし、本日はこれにて終わり。しかしマキアヴェリはすこしも失望していなかった。部屋へおりていって、錠をかけた箱を開いて、なかから書簡用紙をとりだして、すぐにシニョリーアに送る報告書の作成に没入していった。

まずは順調な船出である。

20

マキアヴェリは教会の礼拝に行くような男ではなかった。だから金曜日の夜教会へ出かけたが、夕べの祈りが終わるまで外で待っていた。やがてまばらな会衆が出はらったあと、建物のなかに入っていった。ちょうどティモテオ修道士が告解室に姿を消すところだった。すぐにアウレリアが後につづいていく。カテリーナ夫人は礼拝室のなかにすわっていた。マキアヴェリはそこへずいと入っていった。すると夫人は彼を見ても、すこしもおどろくようすがなかった。よし、ティモテオ坊主からしかと話は通じている、おれがくるのを待っていたんだ。いずれにせよ、遠まわしに話をする必要はなかろう。マキアヴェリは単刀直入ずばりと、自分がアウレリアに身も心も奪われている、なんとかこの思いをとげさせてほしいと言った。カテリーナ夫人は憤慨するよりも、むしろおもしろがっているようすだった。そして、これまでにも娘に言い寄ってきた男は何人もいるが、首尾よく望みをとげた者は一人もいないと言った。

「ニッコロ様、わたくしはあの娘《こ》をきびしく躾けました。そしてバルトロメオ殿の褥に、

おります」

純真無垢な処女として差し上げた夜いらい、あの娘は貞淑で忠実な妻として夫に仕えて

「しかしカテリーナ様、わたしが得ている知識によれば、アウレリア様はそれ以外のことをなさる機会に、一度として恵まれていないようですね」

カテリーナ夫人は声をおさえて、オホホッと笑った。どこか淫らな感じのする笑いだった。

「ニッコロ様、あなたもそれなりのお歳ですから、ひとたび妻が不義をしようと決意したら、それを防ぐ手段など、どこにもないことぐらいご存じでしょう」

「カテリーナ様、おっしゃる通りです。人類のあらゆる歴史がそれを証明しています。それにお話を伺っておりますと、あなたは率直にお話ができる方ですね。それがよくわかりました」

夫人は小首をかしげて、マキアヴェリを真剣な眼ざしで見つめた。

「ニッコロ様、わたくしはずいぶんと不幸な目に遭ってまいりました。嵐の海に翻弄されてきました。いまようやく安全な港にいるのですから、二度とふたたび自然の猛威にさらされたくありません」

「お気持ちはよくわかります。しかしあなたの錨はたしかですか、とも綱はぴんと張っていますか？」

カテリーナ夫人は答えなかった。その沈黙に不安の気配を感じとって、マキアヴェリはつづけた。

「もしアウレリア様が近々懐妊されることなく、バルトロメオ殿の渇望が実現されないとしたら、彼はコンスタンツァ夫人の息子を養子にするのではありませんか？」

これにもカテリーナ夫人は答えなかった。

「カテリーナ様、そのような場合に、あなたとアウレリア様の立場がどうなるか、あなたほど世間をご存じの方なら、よくおわかりでしょう」

カテリーナ夫人の頬を涙の玉がふた粒ころがり落ちた。マキアヴェリは夫人の手をやさしく叩いた。

「緊急の事態には、緊急の対策を執らなければなりません」

夫人は悲しげに肩を落とした。

「アウレリアの恐怖を除くことができたとしても、うまくいく見込みなどありませんわ」

「アウレリア様にとって、わたしが不愉快な存在であるとでも、おっしゃるんですか？」

「いいえ、あなたのお話を聞いていて、アウレリアは笑っております」カテリーナ夫人は微笑んだ。「冗談や軽口は美しい容貌より女心を捉えるものです」

「カテリーナ様、あなたはすてきな女性ですね。わたしの心にぴったりです。いかがでしょうか、もしわたしたち二人で、発覚の恐れなど一切ないようにできるなら、あなたのご助力を期待してよろしいですか？」

「発覚の恐れだけではありませんわ。あの娘《こ》の心から罪悪感を消さなければなりません」

「あなたの良識をもってしても、それが一掃できないとしたら、聡明なティモテオ修道士にお願いしたらいかがでしょう。あの僧はドミニコ派の連中とちがって、なかなか融通がきくようですから」

カテリーナ夫人はひくい声で、またオホホッと笑った。

「ニッコロ様、あなたは魅力的な男性ですね。わたくしにまだ色香があって、もしあなたがお望みでしたら、すこしも躊躇いたしませんわ」

この老いぼれ牝牛め、とマキアヴェリは心のなかで罵ったが、力をこめて彼女の手をにぎると、大きな声で言った。「アウレリア様にこんなにぞっこん惚れていなければ、すぐにでもあなたのお言葉を信じたいところです」

「娘がまいりましたわ」

「では、わたしはこれで……」

マキアヴェリはこっそり教会をあとにすると、その足で銀細工師の店へ行って、銀メッキのネックレスを買った。金メッキのものを買うにはいささか金がたりなかった。それでもなかなか見事な細工の品物だった。そして翌朝ピエロを市場にやって、カテリーナ夫人が大好きだと言っていた甘いイチジクをひと籠買ってこさせると、籠の底にネックレスをしのばせ、これをカテリーナ夫人にお届けしろと命じた。このイチジクはマキアヴェリ様からの贈り物です、イチジクの下にちょっとした物をいれてありますから、どうぞ主人の好意の印としてお納めください、そう申し上げろと言っておいた。カテリーナ夫人とは十分な了解ができていると思ったが、その了解をさらに強固にするには、ささやかな贈り物をしておくにかぎる、ということをマキアヴェリは心得ていた。

21

数日後、バルトロメオが先日の夜食と音楽の会をまたやろうと言ってきた。非常に楽しかったというのである。夜会は前回と同じように、愉快な会話と音楽で進行した。アウレリアは普段でもあまり話をしない性質《たち》だが、今夜はいつにもまして寡黙だった。マキアヴェリはぴんとくるものがあった。いつものように朗らかに一座の人に話していると、彼女がうれしそうにうなずいている。まちがいない、おれの執心と求愛について、すでに母と娘で話し合っている。あの探るような視線は、愛人としてのおれの能力を計っているんだろう。女どもを口説き落とす魅力がおれの容貌にないことなどよく知っている。おれが女をたらしこむ魅力はなんだ？　おれの楽しい座談、当意即妙の言葉、女たちを気楽にして、すっかり警戒心をといてしまう心安い態度ではないか。そこでマキアヴェリはエンジン全開、もてる力をフルに使った。女に皮肉や風刺はつうじないが、単純な冗談や、漫談、奇談の類なら、心から楽しんでくれる。そしてそういう話なら、いくらでも在庫がある。奇妙きてれつな話を聞いて、一座がどっと笑い声をあげると、マキアヴェリはいよいよ調子に乗った。自分でもかつてないくらい楽しかった。しかし当然ながら、注意もおさおさ怠りなかった。与太話の達人とだけ思われてはならない。それにもまして、心優しい男、親切で気がおけなくて、何事でも気楽に相談ができる男、そしてここが肝心要なところだが、ちょっと遊んでみたい気にさせる男、でなければならない。ときおりちらりとアウレリアの視線を捉えると、その瞳にマキアヴェリ様に無関心ではないことを物語る優しい微笑の光が見えたが、これは逆上《のぼ》せあがったおれの眼の錯覚だろうか？　いやいや、まちがいあるまい。あの微笑の光はいままで何べんとなく、大勢の女たちの目許、口許に見てきたものだ。とかく女は奇妙なイキモノである。男の心にその気を起こしておきながら、慈悲深い神が人類最初の双親《ふたおや》をエデンの園から追放し、その代償としてくださった快楽をいざ味わおうという段になると、プイと気のない顔をして事を複雑にし、手間のかかるものにしてしまう。だがそれはそれで楽しいこともある。マキアヴェリの頭にふとマリエッタの顔がうかんだ。あの女は両親の取り決めによって、おれの顔も知らずに嫁にきたが、それがいまはどうだ、おれにすっかり首《くび》っ丈《たけ》、瞬時もおれなしではいられないといった有様だ。あれは善良な女であり、おれもちゃんと愛しているが、だからといって、おれの首根っこをエプロンの紐で縛りつけておくわけにはいかんのだ。

その夜会の日から数日間というもの、使節としての仕事に忙殺されて、私事には手がまわらなかった。それでも、なけなしの金をはたいて、レヴァントから入荷したての薔薇の香油をひと瓶、ピエロにもたせてアウレリアに献上した。彼女は快く受けとったという。これはいい兆候だ。贈り物は誰にも知られずに渡したというので、大いにピエロを褒めてやった。そして銀貨を一枚あたえて、これを使ってニーナをうまく口説けとはげました。

「彼女とはどのあたりまで進んでいるんだ?」

「わたくしを嫌ってはいないようです。しかし、使用人のなかに彼女を好きな男がいて、そいつの眼を気にしているようです」

「そのくらいは察しがつく。だが躊躇してはならんぞ。もしおまえと寝る気があれば、あの娘はいくらでも方法を見つけてくる」

そして午後は雨になった。するとバルトロメオが使いをよこして、よろしければチェスでも指しにお出でくださいと言ってきた。よし、やりかけの仕事はあとにしよう、そう決断して出かけると、バルトロメオが書斎で彼を待っていた。暖炉はないが、火鉢がなんとか暖を保っている。

「ここの方が、女たちのおしゃべりに邪魔されないで、ゆっくりチェスを楽しめますから」とバルトロメオが言った。

マキアヴェリはアウレリアを拝顔できると思ってきたから、ちょっと気落ちしたが、丁重に答えた。

「女はおしゃべりが商売ですからね。しかしチェスとなると、集中力が必要になります」

二人はチェスをはじめた。マキアヴェリの注意力が散漫になっていたためか、バルトロメオはなんなく一番をものにした。そしてワインをもってこさせた。マキアヴェリが次の勝負の駒を並べていると、バルトロメオは椅子の背にもたれかかって言った。

「ニッコロ殿、じつは、お越しいただいたのはチェスのためだけじゃないんです。少々お話ししたいことがありまして……その、あなたの助言をいただきたいんです」

「どうぞ、ご遠慮なく」

「あなたはサン・ヴィターレの話を聞かれたことがあるでしょうか?」

よし、お出でなすった、とマキアヴェリは、うすい唇からかすかな息をもらした。坊主め、うまくやってくれたな。

「はあ？　あのラヴェンナの教会のことですか？　あそこにはサン・ヴィターレの聖遺物が納められておりますね。だいぶ前のことですが、あの聖人の話で、一時フィレンツェじゅうが大騒ぎしましたよ」

「ほほう、それはどういう話ですか？」

「いやあ、人類の愚かさには際限がありませんね。潑剌たる知性と批判精神を誇るわがフィレンツェ市民にしては、まったく信じられない話です」

喉から手の出そうなバルトロメオの顔を見て、マキアヴェリは、ここはすこし焦らしておこうと思った。

「信じられない話って、どういう話ですか？」

「いや、ばかばかしくって、お話しするのが恥ずかしいくらいです。わが市民諸君は元来、聖なる教会の定める範囲のなかで、健全なる懐疑精神の持ち主として知られています。眼に見えない物とか、嗅いだり触れたりできない物を、軽々しく信じたりいたしません」

「さよう、その精神があるからこそ、みなさんは、あのような立派な商売人になれるんです」

「まあ、そうでしょうね。しかしときおりそんな人たちが、とんでもない迷信・迷妄の虜になるんですから、まったく驚愕してしまいます。正直なところ、わが同胞のお恥ずかしい話は、とても披露する気になれませんね」

「そう申されては、いよいよ聞かずにおれません。わたし自身、フィレンツェ市民同然の人間と思っております。ニッコロ殿のお話はいつでも楽しいものです。今日のような鬱陶しい日にこそ、大いに笑わせていただきたい」

「わかりました。じつはこういう話なんです。フィレンツェにジュリアーノ・デリ・アルベルテッリという市民がおります。資産家で、男盛りで、市内に洒落た家もあり、しかも、ぞっこん惚れた美人の女房までいます。こう申しますと、幸福そのものの人物に思えるでしょうが、運命のいたずらか、可哀そうにも、子宝にただの一つも恵まれません。そしてこれが、ジュリアーノの最大の悩みの種なんです。それというのも、彼は弟と大へん仲が悪くて、たえず口論ばかりしているので、いつか自分の財産がみんなこいつやこいつの息子たちに相続されるかと思うと、いてもたってもいられないんですね。女房をつれて温泉に行ったり、いろんな聖地にお参りしたり、医者に相談することはもちろん、不妊症の女に効能がある薬草を煎じるという婆さんの噂を聞けば、どんな遠くでも出かけていったりしましたが、まるで効果がありません」

バルトロメオは深いため息をついた。そして自分の生死でもかかっているかのように、じっと話に耳をかたむけた。

「ところが、ある僧侶が聖地を巡礼して帰国する途中、たまたまラヴェンナに立ち寄ったところ、サン・ヴィターレ教会の聖人には、子種のない男に子種を与える奇跡的な力がある、という話を聞いたそうです。そしてフィレンツェにまいったときに、それをかのジュリアーノに話したんです。ジュリアーノはその気になって、友人たちがみんな反対するのを押し切って、ラヴェンナへ出かけて行きました。たちまち風刺・戯文が書きたてられて、手から手へとまわりました。当の本人がもどってくると、人びとは笑いを堪《こら》えるのに大へんでした。まともにジュリアーノの顔を見られませんでした。ところが、彼がもどった日から数えて十カ月後のある日、やつの女房が四千グラムもある男児を出産したんです。今度は大笑いするのはジュリアーノでした。フィレンツェじゅうが呆気にとられました。信心深い連中は、奇跡だ、奇跡だといって大騒ぎしてました」

バルトロメオの額に汗が光っている。

「それが奇跡でなかったら、いったいなんだと思いますか?」

「バルトロメオ殿、まわりを壁で囲まれているこの部屋のなかですから、あえて申し上げましょう。はっきり申して、奇跡の時代は過ぎ去ったと思います。もちろん、われわれ自身が奇跡を受けるに値しない罪深い身となったからでしょう。しかしながら、ジュリアーノの事例には、そういうわたしも非常に困惑しております。あなたと同様に、それが奇跡でないとしたら、いったいなんだ？　と問うしかありません。わたしはただ事実をお話ししているだけです。それをどう考えるかは、あなたご自身の問題でしょう」

バルトロメオはごくごくとワインを飲んでいた。マキアヴェリはティモテオ修道士の霊験あらたかな聖母像に、もう一本ろうそくを捧げることに決めた。やつのおかげで計画はうまくいっている。

「ニッコロ殿、あなたは信頼できるお方です」バルトロメオはしばらくして口を開いた。「わたしは人間というものをよく知っております。そしてあなたが分別・良識の方であることもわかっております。あなたからサン・ヴィターレの話を伺ったからではありません。しかし、わたしが入手したての情報を、あなたが即座に裏付けられようとは思いもしませんでした」

「なんだか、謎解きのようですね」

「あなたはよくご存じでしょう、わたしがどんなに跡取り息子を欲しがっているか！　このわたしの幸運や土地や家屋敷を、そして公爵閣下からいただいた爵位や所領を、どんなに自分の息子に譲りたいと思っているか！　じつは、わたしには妹がおります。夫をなくした女ですが、これに息子が二人もいるんです。わたしは先のことを思案して、その甥っ子たちを養子にしようかと考えていました。ところが、本人のためになる話だというのに、妹はどうしても息子たちと別れようとしません。養子にするのはいいが、親子三人、ここでいっしょに暮らしたいと言い張るんです。わたしと同じ強情な性格でして、人の言いなりにならない女なんです。わたしの場合は、それが幸いして、いっぱしの男になれましたが、女の場合はちがいます。こんな気の強い妹がわが家に入ってくるかと思うと、おちおち夜も眠れません。同じ屋根の下で、やかましい女ども三人に囲まれて暮らすんですよ。もういまから眼の前に、毎日がみがみやり合う光景がちらついています」

「たしかに、そういう事態が起こるかもしれませんね」

「一時の平安もなくなりますよ」

「たしかに地獄の苦しみでしょう。八つ裂きにされかねません」

バルトロメオは深いため息をついた。

「それで、わたしの助言を必要とされるというのは、その問題ですか?」とマキアヴェリは訊いた。

「いや、ちがいます。つい昨日のことですが、この厄介な問題をティモテオ修道士に話したところ、おどろいたことに、彼の口からサン・ヴィターレ教会の話が出たんです。わたしは、その、自分の子種に関して、何も自信をなくしたわけじゃありません。ですが、かりにもせよ、聖人の聖遺物にお話のような奇跡的な力があるとしたら、ラヴェンナに滞在中、ちょっと試してみるのも悪くはないだろうと思うんです。ちょうどラヴェンナに商用がありますから、肝心の商売の話がうまくいかなくても、むだな旅行にはならないわけです」

「それでしたら、ためらうこともないでしょう。得することはあっても、損することは何もないんですから」

「ええ。しかし、ティモテオ修道士は信仰心の厚い善良な男ですが、俗界のことは何も知りません。それでちょっと奇妙な気がするんです。もしもですよ、あの聖人の聖遺物にそんな効能があるとしたら、その評判はとうの昔に世に知られているはずじゃありませんか、そう思いませんか?」

一瞬マキアヴェリは答えにつまった。しかし、それもほんの一瞬だった。

「バルトロメオ殿、男は誰にしても、子どもができない原因は女のせいにして、自分に子種がないなんて認めたがらないものです。聖人のご利益《りやく》を求めてひそかに出かけていった男が、信心のかいあって妻が出産したときに、どうして懐妊の次第を世間に吹聴するでしょうか?」

「なるほど、それは考えませんでした。しかしですよ、わたしがのこのこラヴェンナまで出かけていって、そのあげく、なんのご利益もなかったことが世間に知れたらどうなります、イーモラじゅうの笑い者にされてしまいます。自分のインポを認めることになるんです」

「しかし、どうしてそんなことになるんです？　ティモテオ修道士が何をしろと言ったんです？　ジュリアーノの話では、聖人の聖遺物の前でひと晩、ただ祈りを捧げて、黙想にふけるだけだそうですよ」

「しかし、どうしてお堂のなかにひと晩じゅういられるんですか？」

「寺男に心づけをやるんですよ。そうすれば、夜教会堂に鍵をかけるとき、あなたを堂内にいれておいてくれます。夜が明けたら朝のミサに出て、朝食をいただいて終わりです。あなたの場合は、そのあと商用をすませて、期待でわくわくされている奥方の許に、お帰りになればいいんです」

バルトロメオはマキアヴェリの顔を見て、にっこり笑った。

「ニッコロ殿、わたしがそれを試してみても、大ばか者とは思わんでしょうな？」

「バルトロメオ殿、神のご意志は広大無辺、われわれ人間の才知では、とうてい窺い知ることなどできません。わたしはただジュリアーノ・デリ・アルベルテッリに起きたことをお話ししただけです。それが奇跡であるかどうか、どうしてわたしにわかるでしょうか？」

「これが最後の頼みの綱です」とバルトロメオが言った。「よし、やってみます。ジュリアーノ殿が成功したというなら、どうしてこのバルトロメオ・マルテッリが、成功しないわけがあるでしょうか！」

「その通りです、成功しないわけなんてありません」とマキアヴェリは断言した。

22

それから一週間というもの、マキアヴェリの感情はめまぐるしく変化した。まるで赤や青、ピンクや黄色のパッチワーク、奇妙きてれつなクレイジーキルトだった。希望が見えたかと思えば、とたんに絶望させられる。こいつはいいぞと喜ぶと、すぐにこんちくしょうと怒りくるった。期待でわくわくしていると、たちまちがっくり、奈落の底に突き落とされた。それもこれも、肝心のバルトロメオの決心がつかないからだった。商人の心のなかでは、行きたい気持ちと行きたくない気持ちが同居して、右に左にゆれている。危険千万な事業に大金を投資したい誘惑にかられながら、大損する恐怖と儲けたい食い意地とで、胸が引き裂かれんばかりだった。よし、行くぞと決心するが、翌日には、いやいや、だめだと中止した。もともと繊細なマキアヴェリの消化機能は、これでいよいよおかしくなった。これほど苦心さんたんして、大金までつぎこんで、そのあげく、最高の美女をものにするチャンスをフイにしてしまうのか、そう思うと、神をも呪う大罪を犯してしまいそうだった。体調を整えるために自分の手で瀉血したし、下剤も飲んだ。喉を通るものといえば、水っぽいスープだけだった。すると体調の悪化に追い討ちをかけるように、にわかに政治活動がせわしくなってきた。

公爵と反乱軍首脳との交渉がまさに山場を迎えていた。マキアヴェリはいそがしかった。シニョリーアに次々と報告書を書き送った。スパイに指示を与えた。宮殿へ出むいて情報を収集した。各国からきている要人も訪問した。とにかく体がいくつあっても足りなかった。しかしついに、幸運の女神が彼に微笑みかけてくれた。ラヴェンナ在住の商人がバルトロメオに手紙をよこし、直ちに取引を決着させないなら、他の相手の申し出に応じるつもりだと言ってきた。これでバルトロメオもようやく踏ん切りがついた。

マキアヴェリの胃の痛みも消えた。この前バルトロメオと話し合った夜の翌日、すでにティモテオ修道士に会っていて、出張する商人に与える指示を事こまかく教えておいた。打つ手はすべて打ってある。そこでマキアヴェリは、ぼろ儲けを狙ってイーモラにきている商人どもの店に出かけていって、芳香を薫きこめた金糸の刺繡入り手袋を買った。もちろん、アウレリアの歓心を買うためである。けっこう高い買い物だったが、いまは金をケチるときではない。手袋はピエロにもっていかせたが、使用人に不審の念を抱かれないように、まずカテリーナ夫人に面会を求めるよう指示し、ご都合のよいときに主人マキアヴェリが教会でお会いしたいと申している、と連絡させた。帰ってきたピエロの報告を聞いて、マキアヴェリの心はおどり上がった。カテリーナ夫人が娘を呼んで手袋を渡すと、アウレリアは高価な贈り物にすこぶる喜んでいたという。あの種の手袋はちょっと手に入らない珍品なんだ。マントヴァ侯爵夫人にでもお眼にかけたら、フランス王妃に差し上げても、すこしも恥ずかしくない品物だ、と太鼓判をおすだろう。

「あの人のようすはどうだった？」とマキアヴェリは訊いた。

「アウレリア様ですか？　ええ、ご満足のようすでした」

「とんちんかん！　間抜けたことを言うんじゃない。美しかったかどうか、それを訊いてるんだ」

「はい、いつものように、お美しゅうございました」

「ばかもん！　それでカテリーナ夫人はどうした？　いつ教会にくると言っていた？」

「今日の午後です。夕べの祈禱にお出でになると言われました」

その夜、カテリーナ夫人との会談を終えたマキアヴェリは、しごく満足していた。そして家路につきながら、つくづく思ったものである。「人間はなんと気高いイキモノなんだ。大胆で、知恵があって、それに金があったら、この世で不可能なことなんて、なんにもないぞ」

最初アウレリアは怖じ気づいて、話を聞くのもいやがったらしい。しかし母親が諄々と道理を説いていくにつれて、ようやく納得するようになった。まったく論駁《ろんばく》しようのない、完全無欠な論法だからな、とマキアヴェリはほくそ笑んだ。それは当然だよ、おれがこの手で書きあげた台本なんだ。おまけに、ティモテオ坊主の穏やかながらも峻厳な忠告がくわわっている。アウレリアは分別のある娘である。母親の話をよく聞き分けてくれた。大きな善がなされんとするときに、小さな悪を恐れて怯むなんて、いかに道理をわきまえない愚かなことか、と言われれば、なるほどそうか、とうなずくしかあるまい。結論を言えば、バルトロメオが確実に町を出たのがわかったら、マキアヴェリ様のお気持ちを快く受けいれるという。

いったん決心すると、バルトロメオがぐずぐずしている理由はなかった。すぐに下僕と馬丁をつれて、翌日の午後にはラヴェンナさして旅立った。マキアヴェリはいつものように礼儀正しく、しばしの別れの挨拶を交わし、遠征旅行の成功を祈った。侍女のニーナは実家に帰されて、その夜は両親の許で過ごすことになった。侍女も去ってしまうと、マキアヴェリは獲りたての川魚や、まるまる太った食用雄鶏を二羽、うまそうな果実や老舗の砂糖菓子、イーモラ産の極上ワインの大瓶、つまり豪勢な晩餐の食材をたっぷり買いこんで大籠にいれ、ピエロにもたせバルトロメオ家に送っておいた。計画は慎重にねられている。マキアヴェリは日没後、三時間ほど下宿で待機する。九時の鐘が鳴るまでにセラフィーナは寝室にひき上げて寝てしまう。そこでマキアヴェリがバルトロメオ家の裏庭に出て勝手口に行くと、カテリーナ夫人が待っていて、家のなかにいれてくれる。そして三人で楽しい食事をしたあと、カテリーナ夫人は頃合いを見計らい、自分の寝室にひきさがり、マキアヴェリは愛の対象とねんごろ二人っきりになるのである。しかしカテリーナ夫人は固い約束を求めていた。夜明け前にはかならず退去すること、これだけは絶対に守ってくれと言っている。ピエロが食材の籠をとどけて帰ってきて、カテリーナ夫人の最後の連絡をもってきた。夫人は教会の九時の鐘が鳴ったら、勝手口のドアの背後にひかえている、マキアヴェリ様ご本人であることを確認するため、ドアを二度すばやく叩いてくれ、すこし間をおいてもう一度叩く、それからまた間をおいて二度叩く、そうしたらドアを開けるから、黙ってお入りくださいと言うのである。

「やはり経験のある女はちがう」とマキアヴェリは感心した。「いかなる不測の事態にも備えている。何が起ころうとも、火の用心、すこしのミスにも気をつけてるわい」

マキアヴェリは従者を呼んで、お湯をひと桶、寝室にはこばせると、入念に全身を洗った。体を洗うなんて、マリエッタと結婚した初夜いらいのことだった。あのときはおかげで風邪をひいてしまい、当然ながら、それが新婦にも移ってしまって、二人でゴホゴホ咳をしながら、ベッドに寝込んでしまったっけ。マキアヴェリは体の洗浄が終わると、アウレリアに贈った薔薇の香油とともに求めておいた香水を体にふりかけた。そしていちばん上等な服を出して身にまとった。すばらしい食事が先に待っている。食欲をそこなわないように、セラフィーナが用意してくれた慎ましい夕食は断わった。もちろん、彼女の心を傷つけないように、フェラーラ公の使節と会食するからと言っておいた。

九時にはまだたっぷり時間がある。本を開いて読みはじめたが、気が高ぶっていて、どうにも文字に集中できない。リュートをもちだして、ボロン、ボロンと弾いてみたが、これもうまく指が動かなかった。そういえば、プラトンが〈対話篇〉で自慢げに語っていた、「快楽は、苦痛がまじれば、完全なる善ではなくなる」と。その言葉は一考する価値があると思ったが、いまは永遠のテーマについて思索にふけることもできなかった。とても時間つぶしにはならん。哲学的思索には、それにふさわしい時があるということだ。

今回の計画を実現するにさいして遭遇した困難や、それを克服したみごとな工夫を思い返して、マキアヴェリは腹のなかで大笑いした。このすばらしい頭の良さ、これをみずから認めないなら、それこそとんだ偽善というもんだ。こっちの意志に屈服させるために、おれぐらい相手の利害や感情や弱点を、巧妙・機敏に利用できる男が、はたしてどこにいるだろうか――すると教会の鐘が八時をうった。さあ、あと一時間。マキアヴェリはピエロを呼んで、時間つぶしにチェッカーをはじめた。いつもなら簡単に勝てる相手なのに、今夜はミスを連発して、やってもやってもピエロに負けた。待つ時間は際限なくつづくかのようである。しかし突然、運命の鐘が鳴りだした。マキアヴェリは飛びあがった。すぐさま外套をひっかけて、通用口のドアをひき開けると、闇のなかに眼をこらした。よし、と思って、路地に一歩ふみ出そうとした。すると、どういうわけだ、丸石を踏む人の足音が聞こえてくる。それも一人や二人の足音ではなかった。あわててドアを閉めたが、すこし隙間を開けておいた。どこのどいつか知らないが、人の恋路を邪魔するやつめ、通り過ぎるまで待たねばならない。だが、足音は通り過ぎなかった。それどころか、戸口の前でぴたりととまり、ノックまでしはじめた。かんぬきを懸けていないから、叩かれるままドアが開いた。男たちの手にした松明が、廊下に立っているマキアヴェリの姿を赤々と照らしだした。

「やあ、ニッコロ殿」と男が言った。ひと目で公爵の秘書官であることがわかった。

「お迎えにまいりました。そのごようすでは、宮殿にこられるところでしたか？　公爵閣下がお呼びです。重要な情報があるとおっしゃっております」

さすがのマキアヴェリも、今度ばかりは平常心を失った。会見を遠慮する弁解の言葉がとっさに口に出てこない。このように外出する現場をつかまれなければ、病気で寝ていてお伺いできないとでも伝言を頼むところだが、この身なりを見られたら、とてもそんな口実は使えない。それに、すみません、ちょっと取り込み中でしてなんて、公爵閣下に言えるわけもない。しかも重大な情報があるとしたら、どうしてそれを無視することができようか、フィレンツェの安危に関わることかもしれんのだ。マキアヴェリはがっくり肩を落とした。

「少々お待ちください。家来に、ついてこないでよいと申してきますから」

「ええ、お供の必要はありません。お帰りのさいは、警護の兵が無事にお送りいたします」

マキアヴェリは居間にもどると、念入りにドアを閉めた。

「よいか、ピエロ。公爵閣下がおれに迎えの兵をよこした。閣下には、腹痛がひどいと言って、すぐに会見を切り上げてもらうが、カテリーナ夫人を待たさなければならん。おまえはあそこの勝手口に行って、おまえが言われたとおりにドアをノックしろ。そして何が起きたか夫人に話して、おれが一刻も早くもどってくると言っておけ。そして、よいか、おれがもどったらすぐにドアが開けられるように、おまえを庭で待たせてくれと頼んでおくんだ」

「わかりました」

「それからこうもつたえてくれ。主人はひどく落胆している、悔しくて、悲惨で、悲嘆にくれて、怒りで気が狂いそうだ、しかし半時間後には、かならずもどってくるからと、そうつたえてくれ」

それからマキアヴェリは警護の兵とともに宮殿へ行った。控えの間に案内されると、秘書官は閣下に使節の到着を知らせてくると言って姿を消した。マキアヴェリは待った。時間は刻々と過ぎていく。五分が過ぎ、十分が過ぎ、そして十五分が過ぎると、ようやく秘書官がもどってきて、公爵の謝罪の言葉をつたえた。先刻、法王から急使が到着し、いまエルナの司教とアガピート・ダ・アマリア殿とともに密室にこもられて、届いた書簡の内容を検討している、手があき次第すぐに呼んでくれるという。マキアヴェリはまたひとり控えの間に残された。ちくしょう、どこまでおれの忍耐力をためすつもりだ。どうにもじっとしていられない。椅子の上で体を左右にゆらした。指の爪をかんだ。立ち上がって部屋のなかを歩きまわった。いらいらしてくる。皮膚がちりちりしてくる。頭がかっかしてくる。どうにも我慢ができなくなって、マキアヴェリは部屋を飛びだし、迎えにきた秘書官を見つけだすと、つとめて冷静な口調で、公爵閣下はわたしの参上をお忘れではないかと訊いてやった。

「いまわたしは腹が痛くてたまらんのです。もし閣下のご都合が悪いなら、明日あらためて参上いたします」

「まことに申しわけありません。何か緊急事態でも起こらないかぎり、このようにニッコロ殿をお待たせすることもないでしょう。わたくしの推測では、シニョリーアにとって非常に重大なお知らせがあるようです。もうすこしお待ちください」

マキアヴェリはなんとか癇癪をおさえて、手近の椅子にどさっと腰をおろした。秘書官があれこれ話しかけてきたが、いつも如才のないマキアヴェリにしてはめずらしく、ええとか、ああとか、気のない返事をするだけだった。しかし相手は気分を害するようすもなく、いっこうに話をやめてくれなかった。このおしゃべりやろう、そのがま口を閉めておけ、マキアヴェリは、そう怒鳴りつけたい思いをこらえるのに苦労した。頭に去来する思いはただ一つ、ああ、こいつらがあと一分遅れてきたら、こんな悲惨な思いをせずにすんだのに、だった。ようやくアガピート・ダ・アマリアがみずから姿を現わして、どうぞお出でください、公爵閣下がお会いになられる、と言った。たっぷり一時間は待たされた勘定だ。ピエロのやつめ、裏庭に立たされて、さぞや寒くて震えているだろう。マキアヴェリは、ざまあみろ、と腹のなかで笑ってやった。苦痛を覚える者がわが身ひとりでないと思うと、いくらか心が慰められた。

アガピートとともに部屋に入ると、そこに公爵の従兄弟エルナの司教の顔も見えた。ヴァレンティーノ公は優しく穏やかな口調ながら、一切の挨拶ぬきで話しはじめた。

「書記官殿、わたしはいつもあなたに率直に接してきたが、今夜はわたしの立場をはっきりさせたい。あなたがシニョリーアの指示によって表明されている友好の意志に、わたしはまったく満足していないのです。法王はお歳だから、いつ亡くなられるかわからない。わたしが自分の領土を維持しようとするなら、まずはわが身の安全を確保する手立てを講じなければなりません。フランス国王とは同盟関係にあるし、わたしの手には、イタリア随一の軍事力もある。しかしそれだけで十分とは思っていない。わたしは近隣諸国と友人でありたいと願っている。ボローニャ、マントヴァ、フェラーラ、そしてみなさんの国フィレンツェとも」

マキアヴェリは、いまはいつもの共和国の友好の意志をくり返すときではないと思い、眼だけ光らせて黙っていた。

「フェラーラに関しては、すでにわが妹ルクレツィアとの婚姻によって、公爵の友誼を得ている。法王は娘に巨額の持参金を与えているし、公爵の弟を枢機卿に任命している。マントヴァに関しては、目下二つの事項で交渉している。侯爵の弟に枢機卿の帽子を与えることが一つ。それによって、侯爵と弟御は四万デュカートの金を法王庁の金庫に預託する。そしてもう一つは、わたしの娘を侯爵の息子に娶《めあ》わせることだ。この婚姻が成立すると、四万デュカートの金が持参金としてあちらに返金される。書記官殿、いまさら申し上げるまでもないが、相互の利益こそ友情を持続させる最大の基盤なんだよ」

「閣下、それに反論するつもりはありません」とマキアヴェリはにっこり笑った。「それでボローニャはどうなりますか?」

ボローニャの領主ジョヴァンニ・ベンティヴォーリオは反乱軍首脳の一人である。そして彼の軍勢は、公爵の領土の国境から撤退したとはいえ、すこしも臨戦体制をくずしていない。ヴァレンティーノ公はきれいに手入れした三角形の顎ひげをしごいていたが、にやりと笑った。意地の悪そうな笑みだった。

「わたしはボローニャを奪うつもりはない。あの国には協調関係だけを求めたいと思っている。わが友ジョヴァンニ殿は、国から追いだしてしまうよりも、あそこにいてもらった方がいいんだ。ボローニャを占領しておくのは困難だし、下手したらこっちの命取りともなりかねない。それに、フェラーラ公は用心深い方だから、わたしがボローニャと和平合意をしないなら、援軍をよこさないと言ってるんだ」

「しかし、閣下、ジョヴァンニ殿は反乱軍の合意書に署名しておられますよ」

「書記官殿、今度ばかりはあなたも、ガセネタをつかまれましたな」と公爵は上機嫌で言った。「ジョヴァンニ殿は、合意書の事項が自分の利益にかなっていないと考えて、同意するのを拒んでいる。わたしは彼の弟の法王庁書記官と話し合ったが、その結果、事態はわれわれ双方を満足させる方向に進んでいる。もしわれわれが合意に達すれば、法王庁書記官殿は枢機卿の帽子をもらうか、それとも、わたしの従兄弟に僧職をわたして、ボルジア枢機卿の妹を嫁にもらうかするだろう。われわれ四カ国の戦力は、しかもフランス国王の支援も受けて、強力無敵なものになる。そこで、あなたのご主人たちはどうなさるかな？　わたしがみなさんを必要とする以上に、みなさんはわたしを必要とするんじゃないだろうか。何もみなさんに悪意を抱いているとは言ってやしない。だが情勢は大きく変わった。もしみなさんに明確な条約を結ぶ意志がないというなら、それはそれでよいだろう。わたしとしては、自分にとって最善と思える行動をとるつもりだよ」

平和の衣の下から、鎧が姿を現わしたというわけか——マキアヴェリはしばし思考をめぐらせた。アガピートとエルナの司教がこっちをじっと見まもっている。

「閣下、はっきり申して、わたくしどもにどうせよとおっしゃるのですか?」マキアヴェリはできるかぎり平静な顔をして言った。「どうやらヴィテロッツォやオルシーニ一族とは、すでに話がついておられるようですね」

「いや、まだなんの署名もしていないが、わたしとしては、そもそも署名するような事態になることを望まなかった。実のところ、オルシーニ一族を粉砕する気などないんだよ。そんな計画などまったくない。法王が亡くなられた場合を考えると、ローマに有力な友人を確保しておくことは必要だろう。パオロ・オルシーニがここにやってきたとき、さかんにレミーロ・デ・ロルカの振る舞いに不満を述べていた。わたしは、ご満足のいくように対処すると言っておいた。もちろん、約束は守るつもりだ。しかしヴィテロッツォはべつだ。やつは邪悪なヘビだ。わたしがオルシーニ一族と意見の相違を調整しようとする努力を、やつはことごとくじゃましている」

「閣下、失礼ながら、ご希望をもうすこし明確にしてくださると有り難いのですが」

「よろしい。じつは、書記官殿、シニョリーアに手紙を書いてもらいたいのだ。みなさんが無分別にも破棄したわたしとの傭兵契約の回復をフランス国王に命令してもらい、それにしたがうことが賢明である、と報告してもらいたいのだよ。もっとも、他国に強制されてではなく、みずから進んでそうしてくだされば、もちろん、それが一番いいがね」

マキアヴェリはすこし間をおいて、心を落ちつかせた。これからおれが発する言葉は、その一語一語に非常な危険をともなうだろう、そう腹をくってから、彼はいかにもへりくだった口調で話しはじめた。

「閣下は軍勢を集められるにも、友人をつくられるにも、まことに慎重に行動されますが、しかし傭兵契約となると、いかがでしょうか？　あの傭兵隊長どもは、わが身とわずかな兵隊を売るしか能のない連中です。どうしてそのような輩と閣下を同列におくことができましょう。閣下はイタリアの大君主のお一人です。したがって閣下とは、傭兵契約をむすぶよりは、同盟関係をむすぶことこそ、ふさわしいことではないでしょうか」

「いや、傭兵契約も名誉あるものと思っている」と公爵は穏やかな声で答えた。「さあ、さあ、書記官殿、いまはおたがいの利益に適うようなことを考えようではないか。わたしはプロの軍人だ。フィレンツェ共和国とは友情の絆でむすばれている。わたしの要求を拒否するというのは、みなさんがわたしを軽蔑していることにもなるんだ。しかし、まあ、よく考えてもらいたい。わたし以上にみなさんに奉仕できる者が他にいるだろうか」

「閣下、あえて申し上げれば、わが国の兵力の四分の三が閣下のお手許におかれるとなると、これはわが政府にとって、かならずしも安全であるとは申せません」

「つまり、わたしの誓約を信用できないというのかね？」

「とんでもございません」とマキアヴェリは心に感じてもいない熱意をこめて言った。

「しかしわたくしの上司たちは慎重です。慎重にならざるを得ないのです。後々後悔する恐れのある、そういう政策を決定することはできません。シニョリーアはあらゆる人びとと平和共存することを第一に願っております」

「しかし、書記官殿、あなたは賢明だから、よくご存じと思われるが、平和を確実にする唯一の方法は、戦争に対して備えておくことなんだ」

「もちろん、わが政府も必要とあらば、そうした準備をいたすでしょう」

「他から傭兵隊をつれてくると言うのか？」公爵が鋭い声で言った。

待ってました、とマキアヴェリは思った。ヴァレンティーノ公は激怒にかられやすい。そしていったん怒りをぶちまけると、軽蔑心をあらわにして、憤慨の的となった者をすぐに退出させる癖がある。マキアヴェリは一刻も早く会見を終わらせたいと思っていたから、公爵の怒りを買うことなど気にしなかった。

「まあ、そういうところでしょうか、いろいろお噂もありますから」

するとおどろいたことに、公爵はハッハッハと笑いだした。椅子から立ち上がって、暖炉の火に背中をむけると、いかにも楽しそうに、ユーモアたっぷりに話しだした。

「なるほど、シニョリーアのみなさんは、この不安定きわまりない情勢のなかで、中立を保っていられると思っているらしい。しかし実際には、もうすこし分別があるだろう。書記官殿、ここに二つの国があって、たがいに戦争をおっぱじめたとする。一方の国はこれまであなたの国と友好関係にあったから、この国家存亡の危機、ともに力をあわせて戦おう、そう言って援助を求めてくる。そのときあなたの国が、わが国は中立国でございますと言って、援助の要請を断ったとしたらどうなる。断られた国は深い恨みを抱くだろうし、一方、その敵国は臆病者の意気地なしと嘲って、みなさんを大いに軽蔑してくるだろう。つまり、一方の国にとっては、なんの役にも立たない友人となり、他方の国にとっては、恐るるに足らない敵となりさがるんだ」

「書記官殿、中立国であるということは、実際には、どちらの国に対しても援助をしてやれる立場にあることなんだ。そして最初は進んで参戦する気がなくても、最終的には、いかに不本意ではあろうとも、参戦せざるをえない立場にある、ということなんだ。よろしいか、書記官殿。躊躇なくどちらかに味方すること、それがいつでも賢明な国策となるんだよ。どっちが勝つにしても、あなたの国は勝者の餌食にならざるをえない。中立をきめこんで傍観していた国を、いったい、どこの誰が助けにきてくれる？　かつての友邦が戦争に勝っても、信用できない友人なんぞ、もういらんと言うだろうし、負けたらいよいよ何もできない。たとえできても、何もしようとしないだろう。つまり、頼れる戦力があったときに、ひたすら厳正中立、なんの援助もしてくれなかったからだ」

マキアヴェリは公爵の中立論議を拝聴している気などなかった。こっちにも言い分がある、それを言わせてくれと思ったが、公爵はそのきっかけをくれなかった。

「戦争がもたらす損害がどれほど大きいものであろうと、中立主義がもたらす損害ははるかに大きくなる。中立を守ったために、あなたの国は憎悪と軽蔑の対象になってしまう。そして遅かれ早かれ、こいつは美味しいご馳走だと思う国が現われて、あなたの国はそいつの餌食になってしまうんだ。しかし勇敢に一方の側に与《くみ》して、そこが勝利をおさめたら、そこがいかに強国であっても、あなたの国に畏敬の念をもつかもしれんし、それを梃《てこ》にしてさらなる同盟の絆を固めることもできるだろう」

「しかしながら、閣下のご経験から見ていかがでしょうか？　過去の恩義を感謝する気持ちがいくら大きいからといって、いったん勝利を手にしたら、平気で恩人を犠牲にして、権力の行使に踏み切るのではないでしょうか？」

「いや、そんなことにはならんね。助けてくれた友人を粗略に扱えるほどの決定的な勝利は、誰にも絶対に手に入らないからだ。だから友人に対して公正であること、これが勝者の最上の利益になるんだよ」

「では、閣下、敗北した側に与したとしたら、どうなりますか？」

「そのときは敗北した同盟国にとって、あなたの国はいよいよ大事な存在になる。彼らは精いっぱいあなた方を援助しようとするし、ふたたび上昇気運に乗ったときには、無二の友人として尊重してくれるだろう。したがって、いずれにせよ、中立主義というのは愚の骨頂ということになる。わたしの言いたいことはそれだけだ。もしあなたが賢明であれば、このささやかな政治的教訓をシニョリーアのみなさんにくり返してくれると思う」

こう言いおわると、公爵は椅子に腰をおろして、燃えあがる暖炉の火に片手をかざした。マキアヴェリがお辞儀をして退出しようとすると、公爵はアガピート・ダ・アマリアをふり返って言った。

「ところで、書記官殿のご友人ブオナローティがまだフィレンツェにぐずぐずしていて、こっちにくるのが遅れていることはお話ししたか？」

アガピートは首をふった。

「閣下、わたくしはそのような者を存じませんが」とマキアヴェリは言った。

「そうか、知らないか、彫刻家なんだよ」

公爵は眼を笑わせながらこっちを見ている。マキアヴェリはハッと思った。友人のビアジオに手紙で送金を頼んでおいたが、たしか、彫刻家のミケランジェロという男に金をもたせるという返事をもらっていた。その名前にはなんの意味もなかったが、どうやら、公爵はその名を口にして、おまえの持ち物はみんな調べてあるよ、とでも言いたいらしい。セラフィーナが手引きをしているにちがいない。用心、用心、火の用心。重要書類を安全な場所に隠しておいてよかった。下宿にはとるにたらない書類しかおいていない。そこにビアジオの手紙がまじってたんだ。

「閣下、フィレンツェには石工が大勢おります」マキアヴェリは冷ややかに言った。「わたくしとても、その者たちの名前をすべて知っておくことはできません」

「なるほど。ところで、このミケランジェロという男はなかなか頭のあるやつらしく、大理石でクピドーの像をつくり、地中に埋めておいたそうだ。あとで掘りだして、年代物に見せるつもりだったらしい。サン・ジョルジオ枢機卿がそれを買って大事にしていたところ、贋物だとわかって、売り主に突き返した。それが回りまわってわたしの手に入ったので、骨董好きのマントヴァ侯爵夫人にさっそく献上しておいた」

ヴァレンティーノ公はさも愉快そうに話した。マキアヴェリはその話を聞きながら、なんとなく愚弄されているような気がしてきた。このおれをバカにしているのか、そう思うと持ち前の癇癪の抑えがきかなくなった。もうこうなったら黙っていないぞ。情事の約束を守るためにも、ここはいちばん、表現・行動の自由を主張してやろう。

「なるほど。それでは、閣下は、レオナルドがミラノ公のために制作した騎馬像の向こうをはられて、そやつに、ご自分の彫像をつくらせるとでもおっしゃるのですか?」

矢羽がするどく空気をふるわせた。秘書官たちが驚愕して、公爵の方に視線を走らせた。怒りの爆発はまちがいなかった。ところで、いま話題になったフランチェスコ・スフォルツァの大騎馬像はレオナルドの傑作とされていたが、トリヴルツィオ元帥がミラノを占領したときに、フランス軍兵士によって破壊されてしまった。制作の依頼主フランチェスコの息子ロドヴィーコ・イル・モーロは、チェーザレ・ボルジアと同類の簒奪者だったが、いまはミラノから追放されて、フランスのロシュ城に幽閉されている。マキアヴェリの発言は、ヴァレンティーノ公に対する辛らつな当て擦りであるとともに、いま公爵自身がおかれている立場の危うさを指摘しようとするものだった。しかし公爵は声をあげて大笑いした。

「いや、ミケランジェロには、彫像をつくらせるよりも、もっと重要な仕事をやらせるつもりだ。この町の防衛体制はまったくなっていない。そこであの男に図面をひかせて、防御工事をやらせようと思っている。しかし、せっかくレオナルドの話も出たから、やつが描いてくれたわたしの似顔絵を見てもらおうか」

公爵が合図すると、秘書官のひとりが部屋を出ていった。そしてすぐにもどってきて、大きな書類入れを手渡した。マキアヴェリは公爵の顔のスケッチを次から次へと見せられた。

「閣下のお顔であると申されませんと、これがどなたを描いたものか、どうにも判断がつきません」

「可哀そうに、レオナルドのやつ、似顔絵を描く才能はないようだ。だが、けっして価値のない絵とは思っていない」

「そうかもしれません。しかし、あれだけ才能のある男が、絵を描いたり彫像をつくったりして、時間を浪費しているかと思いますと、いささか残念な気がいたします」

「しかし、書記官殿、わたしの許にいるかぎり、あやつが時間を浪費するなんてことはないよ。以前ピオンビーノへ派遣して、沼沢地の排水をやらせたことがあった。最近はチェゼーナとチェゼナティコに行ってもらい、運河の開削や港の整備にあたらせている」

公爵はスケッチを秘書官にもどすと、まことに優雅に、威風堂々、フランス国王顔負けの物腰で、書記官殿、ご苦労であった、さがってよいと言った。マキアヴェリはまたしても酢でも飲まされた気分になった。公爵の執務室を出ると、アガピート・ダ・アマリアがついてきた。この一カ月あまりイーモラに滞在中、この首席秘書官の信頼を得るために、マキアヴェリはあれこれ手をつくしてきた。アガピートはローマの大貴族コロンナ家の親戚である。したがってコロンナ、オルシーニ両家が犬猿の間柄にあるから、オルシーニの仇敵であるフィレンツェにいくらか好意を抱いてくれると思っていた。ときおり重要な情報をくれたが、その真偽のほどは必ずしも定かでなく、他の情報と勘案して判断するしかなかった。式典や行事に使用される謁見の間を通りながら、首席秘書官はマキアヴェリの腕をとって小声で言った。

「わたしの部屋にお出でください。お眼にかけたいものがあります。きっと興味をもたれますよ」

「今夜は遅いし、じつは腹が痛くて……明日まいります」

「さようですか、じつは、公爵と反乱軍首脳との間で交わされた合意書を、お見せしようと思いましたが、まあ、腹痛ではやむをえませんね」

マキアヴェリは一瞬、心臓がとまった。たしかに、合意文書がイーモラにきている。マキアヴェリはあらゆる手段・方法を駆使して、それを一見しようとしたが、うまくいかなかった。どのような条件で合意が成立しているのか、その情報をとることは、フィレンツェの存亡にかかわる重大事だった。シニョリーアの首脳はひんぱんに書簡をよこして、使節の怠慢に不満を鳴らしている。これまで集めた情報はすべて報告したと言っても、彼らは納得しなかった。公爵の宮廷では秘密が厳重に守られているし、公爵の意中は彼が行動に踏み切るまで誰にもまったくわからない、そうくり返しつたえても、連中はいっこうに承知しないのである。するとこのとき鐘が鳴った。ああ、なんということだ、アウレリアをもう二時間も待たしている。魚のフライは冷えきり、肥えた鶏の焼肉は消し炭になってしまったか。ちくしょう、やけに腹がへってきたぞ。当たり前だ、昼から何も食ってないんだ。性欲と食欲は人間の根源的な欲望であると言われている。

だから、これに屈したからといって、いったい、誰におれを非難できるか？　しかしマキアヴェリはため息をついた。これはフィレンツェの安危・存亡に関わることである。花の都の自由が危機に瀕しているのである。

「では、まいりましょう」マキアヴェリは顔をしかめて決断した。

自分の国の利益のために、これほど大きな犠牲を強いられる男が、いったいどこにいるだろうか、にがにがしい思いを抱きながら、彼は秘書官のあとにしたがった。

アガピートは階段をあがり、扉の鍵を開けると、小さな部屋にマキアヴェリを導きいれた。部屋には一方の壁にベッドがおかれ、オイルランプの火があたりを薄ぼんやり照らしている。首席秘書官はランプから獣脂のろうそくに火をうつし、マキアヴェリに椅子をすすめた。それから自分も椅子に腰をおろし、背もたれに寄りかかって、心地よげに足をくんだ。時間の経過などすこしも念頭にないようだった。傍らのテーブルを見ると、書類が無造作におかれている。

「残念ながら、この合意事項のコピーを差し上げることはできません。フェラーラ公国の密使にも、他のどなたにも、まだ差し上げておりません。公爵閣下とパオロ・オルシーニは、双方が納得できる草案をつくりました。パオロ殿はそれを一味の隊長たちに見せにもって帰りました。もし彼らが草案に同意するなら、パオロは公爵の代理人として、文書に署名するという了解ができています。そのために公爵の代理権も与えられています。ところが、パオロ殿が出立されたあと、あらためて草案を検討された公爵は、フランスの国益を考慮すべきという一項をいれる必要があると思われました」

マキアヴェリは話を聞きながら、いらいらしていた。講釈はいいから、はやく草案を見せてくれと思った。できることなら手にとって、持ち逃げしたい心境だった。しかしここは我慢のしどころである、そう思ってマキアヴェリは相手の話に全神経を集中した。

「その一項が起草されるや、公爵のご命令で、わたしはすぐにパオロ殿のあとを追いました。閣下は、新たな条項に同意しないなら、合意書に署名できないとおっしゃるのです。パオロ殿に追いついて、公爵の意向をつたえますと、にべもなく拒否されましたが、しばらく話し合った結果、いちおう一味の隊長たちにつたえるが、彼らは同意しないだろうと言われ、帰っていかれました」

「その条項の要点はなんですか？」

アガピートの返事には笑いがまじっていた。

「もし連中がそれを受けいれるなら、われわれが条約からすり抜けられる窓を開くことになるし、もし受けいれないなら、われわれが大手をふって入っていけるドアの鍵を開けることになるんです」

「どうやら、公爵閣下は、国家に危機をもたらした連中には、和平よりも復讐が望ましい、と思われているようですね」

「おっしゃるとおりです。公爵はご自分の意志に反することを絶対に認めません」

「合意書を見せていただく約束でしたね」

「これですよ」

マキアヴェリは眼をこらして読んだ。合意書の条項によると、公爵と反乱者は以後、和平をむすび、意志を一致させ、共同してことにあたる、以前と同額の給金をもらって公爵の指揮下に入る、そして友好の証として嫡出の息子を人質として公爵にさしだす、とある。しかし合意書の調印以後は、二人以上の傭兵隊長が同時に公爵とともに陣立てしてはならない、また公爵が認める期間以上、陣地にとどまっていてもいけない、とも明記されていた。反乱軍側は、公爵にウルビーノとカメリーノを返還し、かわりに公爵は、法王猊下とフランス国王陛下を除いて彼らを攻撃する者があれば、彼らの領土を防衛する責務を負うとなっている。この最後の部分がヴァレンティーノ公が主張した一項だった。アガピートが言うように、これによって条約そのものが無価値になることぐらい、幼児にもわかることではないか。ボローニャのベンティヴォーリオとシエナのペトゥルッチはいまそれぞれ個別に法王との協定に署名しようとしている。マキアヴェリは眉間に皺をよせながら、もう一度、念をいれて文書を読んでみた。そして読みおえたとたん、思わず大声をあげてしまった。

「連中はどうかしている。自分たちがくわえた侵害を、どうして公爵が赦してくれると思ってるんだ？　やつらのために追い込まれたあの絶体絶命のピンチを、どうして公爵が忘れてくれるなんて思えるんだ？」

「神々ノ王ゆぴてるハ、マズハ滅ボサント欲スル輩ノ頭脳ヲ狂ワサレル」とアガピートが愉快そうに微笑みながら、ラテン語の文章を引用した。

「アガピート殿、これをちょっと拝借させてください。お願いします、ちょっと筆写させてくださいな」

「いや、いけません。一瞬たりとも、この部屋の外に出すことはできません」

「約束します、明日かならずお返ししますから」

「それはむりです。公爵がいつもってこいと言われるかわかりません」

「公爵はフィレンツェに対する友好の意志を一度も否定されたことがありませんよ。わが政府はなんとしてもこの合意書を確認しなければなりません。お願いします、アガピート殿、わが政府はあなたの好意に最大限の敬意をはらうでしょう」

「お言葉ですが、わたしも、政界にはうんざりするくらい長らく関係してきましたから、君主や政府の感謝など当てにしたことはありませんよ」

　しかしマキアヴェリは懇願しつづけた。平身低頭、言葉をつくして頼みこんだ。するとよくやくアガピートが言った。

「ニッコロ殿、あなたのためなら、このアガピート、ひと肌でもふた肌でもぬぐつもりです。それというのも、あなたの知力を心から尊敬し、あなたの高潔な態度にいたく感服しているからです。いささか懸念がないわけではありませんが、この場で合意書を筆写されるなら、黙って横をむいておりましょう」

マキアヴェリはウッと息を呑んだ。合意書を筆写するには少なくとも三十分はかかる。時は刻々と過ぎていく。ああ、人類史上、こんな苦境に立たされた恋の奴がいるだろうか？　だがどうしようもない、ただ運命を甘受するしかない。アガピートがテーブルの横に席をつくり、新品の鵞ペンと真っ白い紙をおいてくれた。そして、必死にペンを走らせるマキアヴェリの姿をベッドから、横になって眺めている。ようやく最後の行を書きおえたとたん、時刻を告げる夜警の声が聞こえた。つづいて教会の鐘が鳴りひびいた。真夜中の零時だった。

アガピートが階下までついてきてくれた。そして宮殿の中庭にくると、警備兵をふたり呼んで、帰途につくマキアヴェリの足許を照らしていくよう命じた。冷たい雨が降っている。夜の寒気が骨の髄まで浸みこんでくる。下宿につくと、マキアヴェリは丁重に礼を述べて兵士を帰し、戸口のドアの鍵を開けると耳をすませて、遠ざかる兵士の足音が完全に消えるのを待った。それからあらためてドアに鍵をかけて、そっと庭に忍びでて、路地を通っていって、隣家の勝手口にたどりついた。胸をなでおろし、手筈どおりに、静かにドアをノックした。だがなんの応答もなかった。そこでまた最初から叩いてみた。二回叩いて間をおいて、一回叩いてまた間をおいて、そうして二回叩いてじっと待った。無情の風が路地をわたって吹いてくる。雨がばらばら顔に吹きかかる。十分に厚着して、冷たい夜気から肺を守るためにマフラーで口を被っていたが、寒くて寒くて体がブルブルふるえた。待ちくたびれて寝てしまったなんて、そんなことがあるか？いったい、ピエロのやつ、どこにいるんだ？　おれがもどるまで庭で待っていろと、あれほど強く命じておいたのに……やつはこれまでおれの期待を裏切ったことなど一度もない。おれが遅れる次第をご婦人方によく説明したはずだ。だが、どんな理由があろうとも、この機会がおれにとって必死の事態であると同様、あの女たちにとっても、将来の生死にかかわる緊急・切実なことではないか。宮殿からの帰りに、バルトロメオ家の前を通ったとき、たしか灯火は一つも見えなかった。よし、家の裏側はどうだろう、明かりが見えるかもしれん。もう一度ドアをノックしたが、やはり応答がなかったので、下宿にもどっていそいで寝室に上がっていった。そこの窓から眺めたら、裏庭ごしにバルトロメオ家の窓が見える。しかし闇夜に眼をこらしたが、灯火はもちろん、何一つ見えるものはなかった。ピエロのやつ、あまり寒いのでワインでも一杯やりに行って、いまごろ庭にもどっているかもしれん。マキアヴェリはふたたび残酷な夜の闇のなかに出ていった。勝手口のドアを手筈どおりにノックして、じっと待った。もう一度ノックして、また待った。さらにノックして、また待った。手足はまるで氷だった。歯ががちがち鳴っている。

「ちくしょう、これじゃ、風邪で死んじまうぞ」とマキアヴェリはつぶやいた。

不意に凶暴な怒りが沸騰し、あわや両手で思いきりドアを叩こうとしたが、なんとかその衝動をおさえた。近所の連中をおどろかせたところで、事態が改善されるわけでもなかった。もはやあきらめて、布団をかぶって寝るしかない。マキアヴェリはやむなく下宿にもどっていった。みじめだった。寒かった。おまけにひどく空腹だった。なんともやりきれない気分だった。

「いやはや、まいった。これじゃあ、風邪で死なずにすんでも、明日はまちがいなく腹痛だぞ」

マキアヴェリは台所へ行って食い物を探したが、セラフィーナは毎朝、その日の分しか食品を買わない性分だし、何か残り物があったとしても、戸棚にいれて鍵をかけておく。だから結局、何も食い物は見つからなかった。火鉢は居間から片づけられている。ひどい寒さだが、いまは布団をかぶって寝る慰めも得られなかった。テーブルにむかって腰をおろし、公爵との会見の報告書を書きはじめる。重要な部分は暗号にする必要があったから、だいぶ時間がかかってしまった。それをすませて、今度は報告書に同封する合意文書のコピーにとりかかる。すべてが終わると、もう夜明け近くになっていた。信書の送達は急を要する。金貨を一、二枚出せば、信頼できる臨時の急使を雇えるが、そいつを探している暇がなかった。それでガタピシ階段をあがっていって、屋根裏部屋に寝ている二人の従者を起こして、より信用のおける方に、すぐに馬に鞍をおいて、城門が開き次第、即刻フィレンツェへ出発しろと命じた。従者が身支度を終えると、表通りのドアから送りだし、それからようやく寝に行った。

「ああ、なんてこった、愛の一夜になるはずが――」マキアヴェリはナイトキャップを耳までひきさげると、いまいましげにつぶやいた。

23

睡眠は浅く、落ちつかなかった。遅くまで寝ていたが、目覚めてみると最悪の事態が現実になっていた。すっかり風邪をひいている。ドアのところへ行って、大声でピエロを呼ぶと、声がまるでカラスの鳴き声だった。現われたピエロに、マキアヴェリはうめき声で言った。

「おれは病気だ。熱があるんだ。死にそうなんだ。すぐに熱燗のワインをもってこい。それから食い物ももってこい。熱で死ななけりゃあ、飢えで死んじまうぞ。火鉢ももってくるんだ。じゃんじゃん炭を燃やしてくれ。骨の髄まで凍えてるんだ。そうだ、このボケなすめ、昨晩おまえはどこにいたんだ？」

ピエロが話しだそうとすると、マキアヴェリはさえぎった。

「いや、いまはいい。あとだ、あとだ。とにかく、はやく熱燗のワインをもってこい」

熱いワインを飲んで物を食べると、いくらか気分がよくなった。そこでマキアヴェリはしかめ面をしながら、ピエロの釈明に耳をかたむけた。若者が言うには、自分はニッコロ様の言いつけどおり、一時間以上、庭で待っていた。雨に降られて、衣服はびしょぬれ、それでも庭に立っていると、カテリーナ夫人が顔を出して、ひとまず家に入れと言ってくれたという。

「何があったか話したんだろうな？」

「もちろんです。あなたがおっしゃられた通りのことを話しました」

「それで、女たちはどうした、なんて言ったんだ？」

「それはお気の毒に、と申されました」

「なにっ、それはお気の毒に、だと！」マキアヴェリは怒りでしわがれ声をふるわせた。

「なんてことだ！　全能の神は、男を助ける者として女を創造されたんだ。それなのに、それはお気の毒に、と宣《のたま》ったのか。ヘクトルが死んでトロイが陥落したあのときに、あそこの女どもの口からは、いったいどんなセリフが飛びだしたか、ひとつ聞いてみたいもんだ」

「どうしても家に入れと言われて、わたくしも仕方なくいれてもらいました。寒くて、寒くて、歯がガチガチ鳴ってました。ご婦人方は、台所にいても、十分ノックの音は聞こえると申されて、それで、わたくしは外套をぬいで、火にあたらせてもらいました」

「なるほど、それで魚と雄鶏の肉はどうした?」

「ずっと温めておられましたが、これでは不味《まず》くなるだけだから、食べた方がよいとカテリーナ様がおっしゃいまして……みなさま、おなかをすかしておりましたから」

「おれだって、空腹だったんだ」

「もちろん、あなた様の分は残しておきました、魚を数匹、それに鶏肉を半分」

「ふん、思いやりのあるこった」

「教会の鐘が鳴るのが聞こえました。やがて二度目の鐘も鳴りました。そうしたら、アウレリア様は寝室へ行ってしまいました」

「なんだと?」マキアヴェリは舌がもつれた。

「もちろん、もうすこしお待ちになるよう、わたくしはカテリーナ様といっしょに説得しました。もうすぐにもお出でになられます、と言ったんです。しかしアウレリア様は、どんな殿方であろうと、二時間も待ったら十分、もしお仕事が楽しみより大切だと言うのなら、いくらニッコロ様と親しくなっても、それほど楽しみは得られないでしょう、と申されまして……」

「それはヘリクツというもんだ」

「それに、こうもおっしゃいました、もしニッコロ様がおっしゃる通りに、わたくしを愛しておられるなら、何か理由を見つけだして、公爵様との会見を打ち切られるはずです、と。もちろん、カテリーナ様もわたくしも、懸命に説得いたしました」

「懸命にやれば、女を説得できるというのか！」

「でも、だめでした。アウレリア様はお聞き入れなさいませんでした。カテリーナ様もとうとう諦められて、わたくしに、待っていてもむだだと言われ、ワインをもう一杯くださって、帰りなさいと申されました」

だが、おかしいぞ、ピエロのやつ、鍵をもっていないはずだ、とマキアヴェリは思った。

「ところで、おまえはどこで夜を明かしたんだ？」

若者はにやりと笑った。茶目っけたっぷり、いかにも愉快そうな笑みだった。

「ニーナのところですよ」

「なるほど、おれよりはずいぶんと楽しい一夜を過ごしたわけか」とマキアヴェリは陰気な声で言った。「だが、ニーナは親許へ行ったんじゃないのか？」

「ええ、カテリーナ様にはそう申し上げたそうです。でも、わたくしたちは二人で段取りをつけておいたんです。ラ・バルベリーナに頼んで、あそこの館の一室を借りておいたんです。そして役目を解かれたその足で、すぐに彼女といっしょになりました」

ラ・バルベリーナというのは、イーモラで繁盛している売春宿の女将だった。マキアヴェリはしばらく黙っていた。おれはこのまま敗北を受けいれる男ではないぞ。

「ピエロ、よく聞くんだ」十分に考えを巡らせてから、マキアヴェリは言った。「あの老いぼれのバルトロメオは夕暮れ前に帰ってくる。いいか、迅速に行動しなければならん。神々の王ユピテルは、あの美しいダナエの愛を得ようとしたときどうした？　彼は黄金の驟雨に姿を変えて近づいたんだ。商人のルカ・カッペリのところへ行ってこい。アウレリア夫人に献上した手袋を買った店だ。あそこに青い絹のスカーフがおいてある。この前おれに見せてくれた銀糸の刺繡がしてあるやつだ。そいつを買ってこい。代金はフィレンツェから送金があり次第、すぐに支払うと言っておけ。それからその品物をもってカテリーナ夫人に会って、それをアウレリアに渡してもらい、おれが彼女に恋い焦がれて死にそうだ、ドアの外で待たされて風邪をひいてしまったが、回復したらすぐにお伺いして、アウレリア様とわたし自身の願望を実現する新計画を考えると申し上げろ」

マキアヴェリはじりじりしながらピエロの帰りを待っていた。ようやくピエロがもどってきて報告した。

「アウレリア様はスカーフを大へん喜んでおられます。とてもきれいだとおっしゃって、いくらしたかと尋ねられました。お値段を申し上げると、いよいよお喜びのごようすでした」

「もちろん、そうだろう。それで?」

「ニッコロ様が宮殿を離れられなかった理由をご説明すると、それは大したことじゃない、もう気にしないでください、と申されました」

「なんだと!」とマキアヴェリは叫んだ。すっかり頭にきていた。「女というやつは、まったくもって、この世でもっとも無責任なイキモノだ。自分の将来が危殆に瀕していることもわからんのか? それで、おれが一時間も雨のなかで待っていたことを話したか?」

「はい、申し上げました。すると、それはたいそう無分別な行ないです、とおっしゃいました」

「まぬけ、おたんこなす、ちょうちんやろう! いったいどこの世界に、分別のある恋人がいるというんだ? 嵐が猛りくるっているときに、海に静まれというようなもんだ」

「申し訳ありません。それからもう一つ、その、くれぐれもお体にお気をつけくださいい、とのことです」

24

マキアヴェリは数日間、寝込んでいたが、下剤と瀉血のおかげで回復した。床を離れるとすぐに、ティモテオ修道士に会いに行って、悲劇的物語を聞かせた。坊主は同情してくれた。

「そこで、神父様」とマキアヴェリは言った。「わが友バルトロメオ殿にじゃまされない方法を、二人の知恵をあわせて、新規に考えてみましょう」

「ニッコロ様、わたくしは最善をつくしました。これ以上のことはできません」

「神父様、われらが公爵閣下がフォルリを攻撃して反撃・撃退されたとき、やられたからといって包囲をといたでしょうか。閣下は知恵をしぼり、あらゆる戦略を考えて、ついに攻略したではありませんか」

「バルトロメオ殿にお会いしましたが、あの方は指示通りのことをすべてきちんとなされたそうです。サン・ヴィターレ様のご利益《りやく》をあれだけ念押しされましたから、ラヴェンナから喜び勇んでもどった晩に、アウレリア様がご懐妊なされたものと確信されております」

「あの男はバカ者だ」

「ニッコロ様、わたくしは信心深い男ですが、それほど無知でもありません。バルトロメオ殿の確信が正しいか、正しくないか、それが判明するには多少の時間がかかるでしょう。それくらいのことはわかります」

マキアヴェリはすこし頭にきた。この坊主、思っていたほど役に立たん。

「まあ、まあ、神父様、わたしまで愚か者扱いしないでください。聖人の聖遺物にどんな霊験があるにしても、子種のない男に子種を与える霊験がないくらい、おたがいよく知っています。あの話はわたし自身がでっち上げたものだし、そこにみじんの真実もないことは、あなたもよくご存じでしょう」

ティモテオ修道士は穏やかな笑みをうかべると、思いのほか熱のこもった声で言った。

「神のご意志は深遠です。いったいどなたに、神の御業を見通せるでしょうか？　ハンガリーの聖女エリザベスの話を聞かれたことはありませんか？　貧者の飢えを救うことを無慈悲な夫に禁じられていた彼女が、貧しい同胞にパンを与えようと街を歩いていて、たまたま夫に出くわしました。自分の命令に服していないと察した夫が、手にしている籠の中身を問いただすと、彼女は薔薇の花だと答えました。夫が籠をとり上げて、ふたを開けると、ハレルーヤ、まさに彼女の答えた通りでした。籠にあったはずのパンの塊が不思議にも、甘い香りを放つ薔薇の花に変わっていたんです」

「それは美しい話ですね」とマキアヴェリは冷淡な口調で言った。「しかし、お話の要点がわかりませんが」

「つまり、こういうことです。信心深いバルトロメオの熱心な祈りを、天国にいるサン・ヴィターレ様がお聞きになったかもしれません。そして、あなたが保証した奇跡の力を哀れな男のために用いられたかもしれません。そういうことがありえないと言えるでしょうか？　信仰は山をも動かす、と聖書が教えているではありませんか」

マキアヴェリに強い自制心がなかったなら、とっくに怒りを爆発させていただろう。さらなる援助を坊主が拒んでいる理由はわかっている。修道士は二十五デュカート分の仕事は約束通りすませた。計画が失敗したのは自分の責任ではない。つまり、まだやる気なら、もっと金を寄こせということだ。だが、いまはその金がなかった。カテリーナ夫人にやったネックレスや、アウレリアに献上した手袋や薔薇の香油やスカーフで、予備の現金はすべてなくなった。バルトロメオに借金をしているし、他にも何人もの商人に金を借りている。シニョリーアがくれる金はいまの政治活動の支出をまかなう額でしかない。この坊主にやれるものは、いまや口約束しなかった。しかし、もはや口約束がティモテオに通じるとも思えなかった。

「神父様、あなたの雄弁と信仰心は噂に聞いていた通りのものです。もしシニョリーアに送るわたしの推薦状がわたしたち二人の望む効果をあげるなら、フィレンツェ市民にとって、まちがいなく大きな精神的恩恵となるでしょう」

修道士は威厳をもって頭をさげたが、その気になっていないことは明らかだった。マキアヴェリは言葉をつづけた。

「賢者はもてる卵をすべて一つの籠にいれておきません。計画が一つ失敗したら、次の計画をこころみます。現実を見失ってはいけません。もしバルトロメオの希望が失われたら、彼は妹の息子を養子にするでしょう。そしてその結果、彼の愛する妻と義理の母は不幸の身となり、ひいてはこの教会の損失ともなるのです」

「キリストの僕《しもべ》として、すべての関係者に諦めを勧めることがわたくしの義務であるとしたら、それはまことに不幸なことです」

「神はみずから助くる者を助く、と言うではありませんか。これまでわたしをケチな男とは思わなかったでしょう。これからもケチな男と思わんでください。バルトロメオの希望が打ち砕かれないことは、二人のご婦人のためだけではありません。神父様、あなたご自身のためでもあるんですよ」

一瞬、ティモテオ修道士の古代ローマ人を思わせる顔に、かすかな笑みがうかんだ。

「ニッコロ様、もちろん、あなたのような政府高官のお役に立てることは光栄のいたりですが、もし善良なるバルトロメオの希望がまたもや成就しないとした場合、では、いかなる方法によって、わたくしたちはみずから助けることによって、神の助けが得られるとお考えですか?」

マキアヴェリはうまい考えを思いついた。あんまりおもしろいアイディアだったから、大笑いしそうになった。

「神父様、俗世の人間と同様に、あなたも下剤を使うことがあるでしょう。夜アロエを服用しておいて、朝ひとつまみ塩を飲んでおくと、効果はてきめん、通じはいっそうよくなります。つまり、バルトロメオのサン・ヴィターレ巡礼をより効果あらしめるために、たとえばリミニなどに、さらに巡礼するというのはどうでしょうか? それなら、新たに二十四時間、この町を留守にしてもらえます」

「ニッコロ様、あなたには感服いたします。じつに欲望の多い方ですね。しかしその案はいかがでしょうか、ちと時期を失していると思います。バルトロメオ殿は愚か者かもしれませんが、彼をさらに愚か者であると考えるなら、わたくしの方が彼よりずっと愚か者になってしまいます」

「ですが、バルトロメオに対するあなたの影響力は絶大です」

「だからこそ、それを失いたくありません」

「では、あなたの協力は得られないということですか?」

「そうは申しておりません。ひと月お待ちください。改めてお話しいたしましょう」

「神父様、恋する男にとって、ひと月は百年ですよ」

「お忘れなさってはいけません。われらが父祖ヤコブはラケルを得るために、七年も待ちましたよ」

こいつめ、おれをばかにしているな、とマキアヴェリは思った。おれが十分な報酬をやらないかぎり、こいつは何もしてくれんだろう。腸《はらわた》が煮えくり返る思いだったが、ここで腹を立てたらおしまいだ。これまでの努力がみんな泡となって消えてしまう。マキアヴェリは自制心を発揮して、ここは愛嬌を言って別れることにした。懐からなけなしのフィオリーノ金貨を一枚出して、真顔になって修道士に言った。どうぞこれで霊験あらたかな聖母様の祭壇に蠟燭を灯してください、そしてバルトロメオ殿の願いが叶えられますよう祈ってくだささい、と。きっぱり敗北を認めると、もうなんの痛痒も感じなかった。

25

アウレリアに近づく方法は、いまやカテリーナ夫人の協力を求めるしかなかった。あの巧みに仕組んだ計画が挫折した不運を、あの女はおれ以上に悔しがっているにちがいない。おれにとっちゃあ、ただ可愛い女をものにしたいだけだが、彼女には将来の生活がかかっている。もはや坊主は当てにならないが、しかしおれとカテリーナは私利私欲でむすばれた同盟者だ。この世に私欲でむすばれた同盟の絆ほど強いものはない。マキアヴェリは彼女の女としての強さを高く評価していた。女というイキモノにとって、男を欺くことが日々の食べ物、飲み物である。おれたちの計画を成功させるためなら、彼女はなんでもやるだろう。それが何よりも彼女の幸福を保証することになるんだから。マキアヴェリはカテリーナ夫人と会う段取りにとりかかった。あの女たちは世間から離れて暮らしているから、おいそれと会って話すことができない。だがうまい具合にピエロがいる。やつを仲介人にするとしよう。あの若者にニーナを口説かせておいてよかった。この先見の明にはわれながら感心する。

翌日、マキアヴェリは市場でみごとな魚を買うと、バルトロメオが商用で外出しているときを見計らい、ピエロにそれを持たせてカテリーナの許に行かせた。うまく彼女ひとりに会って、約束を取り付けなければならない。いつもの通りちゃんと任務を果たしてもどったピエロは、カテリーナ夫人がすこしためらいながらも、三日後のかくかくしかじかの時刻に、聖ドミニコ派の教会で会うことに同意されました、と報告した。なかなかいい場所を選んでいる。女の直感でティモテオ修道士がもはや信頼できないと察したにちがいない。それにあの二人に同時に会うのは、こっちにとっても気まずいものがある。

マキアヴェリは聖ドミニコ教会へ出かけるにあたって、とくに思案があったわけではないが、不安はなかった。きっとカテリーナ夫人の方から、何か提案があるだろう。気がかりはただ一つ、経費の問題だけである。これ以上金がかかってはたまらない。しかしそれも多少のことは仕方がないと思った。最悪の場合には、またバルトロメオに借金をすればいいんだ。これはつまり、やつに対する奉仕でもあるんだから、本人がその代価を支払うとしても、なんら不都合なことじゃない。

教会には人っ子ひとりいなかった。マキアヴェリはカテリーナ夫人に、約束を守れなかった次第を話した。勝手口の外に立って、冷たい雨に濡れて、ひどい風邪をひいたことも話した。

「ええ、よく承知しております」とカテリーナ夫人は言った。「ピエロが話してくれました。わたくしたち、ほんとに悲しく思いました。アウレリアはくり返し、可哀そうなニッコロ様、お亡くなりになったらどうしましょう、心配で心が痛む、と申しております」

「ご心配なく、死ぬつもりなんてありませんよ」とマキアヴェリは言った。「たとえ天国の門前に立たされたとしても、アウレリア様のことを思ったら、この世にすぐに飛んでもどったことでしょう」

「ほんとに不運なことでしたわ」

「過去を考えるのはやめましょう。もうこのように元気回復、全身に力がみなぎっています。いまは未来のことを考えましょう。あの計画は失敗しましたが、新たな方策を考えようではありませんか。あなたは聡明な女性です。わたしたち全員の望みを満足させる方法があるはずです。あなたもまだ諦めてはいないでしょうね」

「ニッコロ様、じつは本日、わたくし、ここにはきたくなかったのです。でも、ご家来のピエロが、なんとかお願いすると言うのでまいりました」

「ええ、ためらわれたということは聞きましたが、どうしてです？　理解できませんね」

「悪い知らせをつたえるのは、誰にしてもいやなことですわ」

「それはどういう意味ですか？」とマキアヴェリは声をあげた。「バルトロメオが疑いをもつなんてことはありえませんよ」

「いいえ、そんなことではありません。アウレリア自身のことなんです。わたくしはいろいろあの娘《こ》を説得いたしました。膝をついて頼みました。でもどうしようもありません。この頃の娘たちは、わたくしどもの若い頃とちがいます。昔は、親の言いつけに逆らうなんてことありませんでした」

「奥さん、遠まわしなもの言いはやめてください。何を言いたいんですか？」

「じつは、アウレリア本人がもういやだと言うのです。あなたのお望みにそえないと言うのです」

「しかし、その結果がどうなるか、よくよくお話しされたんでしょうね？　もしバルトロメオが甥たちを養子にして、その母親のコンスタンツァ夫人がやってきたら、アウレリア様とあなたの立場がどうなるか、十分にお話ししたんでしょうね？」

「ええ、何もかも話しましたわ」

「しかし理由がわかりませんね。いかに女であっても、おのれの行為には何か理由があるはずです」

「あの娘《こ》は、神様の特別なお計らいによって、地獄へ送られるべき大罪を免れたと信じているんです」

「大罪ですって？」マキアヴェリは思わず叫んでしまった。自分が神聖な場所にいることを忘れてしまうぐらい興奮していた。

「ニッコロ様、わたくしを責めないでください。いくら母親でも、娘の良心がいけないと命じる行為を、どうして強いることができましょう」

「奥方殿、こう申しては失礼ですが、あなたはじつにくだらんことを話しているんですよ。あなたは経験のあるご婦人だし、一方、娘さんは世間知らずの女です。二つの悪に直面したら、罪のすくない悪を選ぶことが道理にかなっているし、神ご自身もそうするよう命じられるでしょう。良識と分別のある人間ならば、判断に迷うことなどありません。大きな善がもたらされる、そのために小さな悪を、しかも大きな快楽をともなう悪を犯す、それをどうして拒むんでしょうか？」

「ニッコロ様、何を申しても、むだでございます。わたくしは娘の性格をよく知っております。いったんこうと決めたら、まるでロバのように頑固です。母親のわたくしも、もはやどうすることもできません。アウレリアは、あなたが自分に抱いてくださった好意の記念として、いつまでもあの上品な手袋と青い絹のスカーフを大事にしたいと思うが、もうこれ以上の贈り物はいただくつもりはありません、あなた様も寄こさないでください、と申しております。そして今後、直接的にせよ、間接的にせよ、二度とお眼にかかりたくないとも言っております。わたくしとしては、あなたのご親切をけっして忘れることはありません。もし女としてのわたくしに、たとえなんであろうとも、あなた様のご落胆を埋め合わせできるようなことがあれば、と思うのですが……」

カテリーナはすこし間をおいたが、マキアヴェリはなんの返事もしなかった。

「わかりました。あなたのような人知才能にすぐれた方に、あえて申し上げるまでもないでしょうが、女というものは気まぐれなものです。心がころころ変わるものです。もし時宜にかなっていれば、いかに貞操堅固な女でも、愛人の抱擁を受けいれるでしょう。しかし時を逃せばそれまでのこと、たとえ浮気な女でも、男を袖にするものですよ。では、ニッコロ様、失礼いたします」

カテリーナ夫人は、片足を後ろにひいて膝をかがめると、貴婦人よろしく挨拶した。その優雅な女の物腰は、見る者の眼力によっては、ただの礼儀とも、あるいはひどい嘲弄とも、さらには凄まじい憤怒とも、見てとれたのではあるまいか。

その後ろ姿を見送りながら、マキアヴェリは驚きと困惑を感じていた。

26

月が替わった。マキアヴェリはなんどもアウレリアに会う機会を狙ったが、最後に会えたのはイーモラを去る直前だった。幸いにも、仕事が猛烈にいそがしかったから、恋の不首尾をくよくよ悩んでいる暇もなかった。反乱軍の隊長たちが揉めているという情報が入っていたが、アガピートが見せてくれたあの合意書に、ペルージアのバリオーニを除く全員がようやく署名した。バリオーニは最後まで和平に反対していた。あんなインチキな合意書に同意するなんて、とんでもない阿呆どもだと怒鳴り、他の全員がどんな代価をはらっても和解に応じると決定するや、怒りを爆発させ、会合場所の教会から床を踏み鳴らして出ていったという。公爵は協定にもとづいて取りもどしたウルビーノの行政長官にパオロ・オルシーニを任命し、さらに、反乱した隊長たちの説得に成功した褒美として五千デュカートを与えた。ヴィテロッツォは自分の犯した行為を謝罪する神妙な手紙をよこした。

「あの裏切り者は背後から襲っておきながら、いまや甘い言葉を弄して、その裏切り行為をちゃらにしようと言うんです」とアガピートが言った。

しかしヴァレンティーノ公は満足しているようすだった。過去のことはすべて水に流し、悔い改めた謀反人をふたたび信頼しているかのようである。マキアヴェリはもちろん、公爵の寛大な態度に疑いをもっていた。だからシニョリーアにも、公爵の心は窺い知れない、何を考えているかまったくわからないと報告していた。公爵の指揮下には大軍が集まっていた。その軍勢は誰の眼にも明らかなように、いまや遅しと、イーモラ進発の号令を待っている。いったい、どこにむかって進軍するのか？　南に進んでナポリ王国を攻撃するのか、それとも北にむかってヴェネツィアと戦うのか？　それは公爵以外の誰にもわからないことだった。ピサの有力者が公爵に同市を献上しにきたという話を聞いて、マキアヴェリは不安にかられた。フィレンツェはピサを再占領するために、多くの金と時間と人命を費やしてきた。それがフィレンツェ商業の繁栄に絶対に必要だったからである。もしピサが公爵の支配下に入るなら、経済的にも軍事的にも、フィレンツェの立場はきわめて危険なものとなる。公爵がいつか、ルッカはよく肥えた土地だ、大いに食欲をそそられると言ったことがあった。ルッカはピサのすぐ近くにある。これはマキアヴェリにとって無視できない不吉な発言だった。さっそく公爵に会見すると、またしても傭兵契約の話がもちだされた。哀れな使節は、公爵に軍の指揮権を任せたくないシニョリーアの意向を、気分を害されないように説明するのに四苦八苦した。要するに、シニョリーアには公爵を信用できない理由がいくらでもあったから、そんな不誠実な男の手に共和国の運命は絶対に任せられない、傭兵契約なんてとんでもないと言うのである。公爵はマキアヴェリの釈明をしずかに聴いていた。その卓越した頭脳のなかでどんな悪辣な計画が練られているかわからないが、しかしいまはただ遠まわしの威嚇をもって、フィレンツェ人に再三の要求を受けいれるよう示唆しただけだった。そして自分はこれから軍を率いてチェゼーナに行くから、あそこで最終的な決断をくだすことにしよう、そう言って会見を打ちきった。

十二月十日、公爵はフォルリにむけて進発し、十二日にチェゼーナに到着した。マキアヴェリは公爵についていく手筈をととのえた。宿舎を確保するために、ピエロに従者の一人をつけて先発させ、自分はイーモラ滞在中に世話になった友人・知人に別れの挨拶をしてまわった。公爵が幕僚や宮廷人や、取り巻き連中とともに去ったあとのイーモラは、祭りが終わった翌朝のようにがらんとして、しずまり返っていた。最後にバルトロメオのところへ挨拶に行った。書斎に案内されると、太鼓腹の男はいつものように賑やかに、親愛の情をもって迎えてくれた。マキアヴェリの出立をすでに耳にしていて、別れを非常に惜しんでいる。フィレンツェ政府の高位の客人に親しくお付き合いいただいて大へん光栄に思うし、久しぶりに音楽やチェスを楽しめて喜んでいると言い、しかしそまつな食事のもてなしで申し訳なかったと詫びたうえで、そうした機会がもう訪れないことを残念がったりした。マキアヴェリも適当なお愛想を述べていたが、最後に、すこし恥ずかしい思いをしながら、気にかかっていた用件を切りだした。

「じつは、バルトロメオ殿、お伺いしたのは、お世話になったお礼を申し上げるためだけではありません。厚かましい話ですが、もう一つご好意に甘えたいことがあるんです」

「どうぞご遠慮なく」

マキアヴェリはへへっと卑屈な笑い声をもらした。

「あなたに二十五デュカートの借金がありますが、いま返済する金を持ち合わせておりません。しばらく待っていただきたい」

「そんなことですか、大したことじゃありませんよ」

「しかし、二十五デュカートはかなりの金額です」

「お気にされることはありません。なんでしたら、返さなくてもいいんですよ。負債というより贈与と思ってください」

「いや、そのような贈り物をいただく理由はありません。いくらなんでも、そこまで甘えることは――」

バルトロメオは椅子の上でそっくり返ると、ウワッハッハと爆笑した。

「おわかりになりませんか？　あれはわたしの金じゃないんですよ。われらが親愛なる公爵閣下のお金なんです。閣下は、最近の物価の高騰や、あなたの政治活動の費用などを思案され、あなたの経済状態がいささかお苦しいのではないか、と心配されておりました。シニョリーアがケチなことは世間で周知の事実ですからね。わたしは公爵閣下の金庫番から、あなたが必要とする金額をいつでも用立てるよう指示されておりました。あなたが二十五デュカートでなく、二百デュカートと言われても、差し上げたでしょうね」

マキアヴェリの顔が青ざめた。びっくりして、しばらく声が出なかった。

「しかし、公爵から出ている金だと知っていたら、わたしは絶対に借りなかった」

「もちろん、そうでしょう。閣下はあなたのお気持ちをご存じでした。あなたの高潔な人柄に感心していたんです。だからわたしを仲介人に使ったんですよ。あなたの細やかな心に敬意をはらわれたのでしょう。いまこうして公爵のひそかな好意を明るみに出してしまいましたが、あのような私心のない寛大なお心遣いを、あなたも知っておくべきではないでしょうか」

マキアヴェリは口に出かかった卑猥な言葉をかみ殺した。公爵の寛大さなんてあまり信じていなかったし、私心のなさなどまるで信じていなかった。おれの好意を二十五デュカートで買えると思ったのか？　マキアヴェリのうすい唇がきりりと締まり、きびしい真一文字の直線になった。

「ニッコロ殿、おどろきましたか？」バルトロメオが微笑んでいる。

「いや、公爵閣下のなされることです、いまさらおどろきはいたしません」

「公爵は偉大な人物です。閣下のお役に立てる栄誉に浴したわれわれは、その事実によって、まちがいなく、後世に記憶されるでしょう」

「親愛なるバルトロメオ殿」とマキアヴェリは言った。「人が後世に記憶されるのは、その偉大な行為によってではありません。文筆家がその行為を記述する見事な文章によって記憶されるんです。もし歴史家トゥキュディデスがペリクレスを有名にした名演説を書いて残していなかったら、あのアテネの政治家は歴史にただの名前しか残さなかったでしょう」

　そう言いながらマキアヴェリは立ち上がった。

「ニッコロ殿、わが家の女たちに会わずに帰られてはいけません。あの者たちに別れの挨拶を言わせてやってください」

　マキアヴェリはバルトロメオのあとについて、居間に入っていった。喉にしこりのようなものができて、心臓がおかしな音をうちはじめた。ご婦人方は客人の訪問を予期していなかったらしく普段着の姿だった。マキアヴェリを見たとたん、びっくりしている。どうやら喜んではくれないようだ。二人の女は立ち上がって、うやうやしく挨拶した。ニッコロ殿はチェゼーナに出発される、とバルトロメオが話した。

「まあ、ニッコロ様がいなくなるなんて、どうしましょう?」とカテリーナ夫人が声をあげた。

おれがいなくなっても、なんの支障もないだろうよ、そう確信していたから、マキアヴェリはただ意地悪そうな笑みで答えてやった。

「ニッコロ様はお喜びではないでしょうか? ここには他国の人びとの気晴らしになるものが、いたって少ないものですから」とアウレリアが言った。

マキアヴェリは、その言葉にかすかな敵意がこめられているのを感じた。アウレリアは手にしていた仕事をはじめた。相変わらずシャツの刺繍をしている。見ると、シャツの生地はマキアヴェリがフィレンツェから運んできたリネンだった。

「アウレリア様、わたしには判断がつきかねます。どちらをより称賛したらよいでしょうか、あなたの忍耐力ですか、それとも勤勉さでしょうか?」

「怠け者には悪魔がとりつくと申しますわ」とアウレリアは言った。

「ときには楽しい仕事にもとりつくでしょう」

「でも、危険なことですわ」

「それでこそ、いっそう魅力があるんです」

「しかしながら、勇気の大事な部分は分別なりと申します。君子は危うきに近寄らず、です」

マキアヴェリは言い負かされることがきらいだった。だから、にっこり笑って反撃した。

「格言は庶民の知恵と申しますが、しかし、その庶民はたえず過ちを犯すものです」

アウレリアはどうしたことか、この日はあまり美しくなかった。このところ天気が悪いから、金髪の手入れができないらしく、髪の付け根が黒く露呈している。今朝は化粧を手抜きでもしたのか、生来のオリーブ色の肌が白粉《おしろい》で完全に隠されていなかった。

「四十になったら、母親ほどの魅力もなくなるだろうな」とマキアヴェリは心のなかでつぶやいた。

ほどよい時間を過ごしてから、マキアヴェリは別れを告げた。アウレリアの顔を再見できたのでうれしかった。いまでも同衾したい欲求はあったが、以前のように心臓が締めつけられるような強烈な感情は消えていた。マキアヴェリは楽しみにしていた晩餐に、お望みの肥えたウズラが出ないからといって、眼の前におかれた豚足を食わないような男ではなかった。だからアウレリアがものにならないとわかってからは、ラ・バルベリーナの館へ行って、ときおり勃発する生理的情熱を解消していた。あそこの女たちは色とりどり、若くてぴちぴちしていて、しかも有り難いことに、薔薇の香油も上品な手袋も献上する必要がなく、大して金もかからなかった。どうやらおれは、報われない愛だけでなく、プライドを傷つけられて悩んでいたようだ。結局、あの女は愚か者としか言いようがない。愚かでなければ、わずか三時間待たされただけで、腹を立てて寝込んでしまうなんてことはないし、おれと寝ることが大罪になるなんて思いもしないだろう。少なくとも罪を犯したあとでなければ、そんな考えが思い浮かぶはずがないのだ。彼女も、おれぐらい人生を知るようになったら、よくよくわかるだろうよ。つまり、この世で後悔することがあるとしたら、それは誘惑に屈したことではなく、誘惑を斥けたことだということが。

「まあ、いいだろう」とマキアヴェリはつぶやいた。「バルトロメオが甥を養子に迎えたら、泣いて実感することだから。そのときになれば、自分の愚かさが身にしみて理解できるにちがいない」

27

二日後マキアヴェリはチェゼーナに到着した。公爵の砲兵隊もすでに市の近郊にきていた。軍勢は勢ぞろいし、軍資金もたっぷりあった。何かが起こりつつある気配はあったが、それが何か誰にもわからなかった。活発な動きがあるにもかかわらず、地震が起こる直前の静寂があたりに立ちこめている。人びとは理由《わけ》もわからず不安になり、落ちつかないでいると、突然なんの前ぶれもなく足許の大地がゆれて、家々が轟音とともに崩れていく。マキアヴェリは公爵に二度も謁見を求めたが、いずれの場合も秘書官を通じて、その申し出は感謝するが、必要が生じたら使いをやると言われた。側近からも情報は得られなかった。公爵閣下は行動に出るときまで何もおっしゃらないとか、閣下は必然が命じるままに行動されるとか、そんなことを言うだけだった。たしかに公爵の作戦計画は、腹心の秘書官にも明かされていない。彼らすら蚊帳の外におかれている。マキアヴェリは病気になった。体じゅうがずきずき痛んだ。所持金も底をついていた。彼はついにシニョリーアに手紙を書いて、自分の召還を求めるとともに、もっと大きな権限をもった大使の派遣を要請した。

ところが、チェゼーナに着いて一週間も経たないうちに、予想せぬ出来事が起きた。ある朝のこと、公爵の宿舎になっている宮殿へ出かけると、フランス軍の隊長たちが全員、顔をそろえていて、さかんに憤慨したり毒突いたりしていた。聞くと、二日以内に帰還せよという命令が出たらしい。この突然の解雇通知に彼らが怒ったのは当然である。マキアヴェリは困惑した。なぜこの時期にこんな決定がなされたのか、いくら頭をつかっても、その理由がわからなかった。宮廷にいる友人たちは、フランス兵の振る舞いに公爵が我慢できなくなったからだとか、連中は役に立つより迷惑をかけているとかいろいろ言っているが、彼らフランス軍が公爵軍の中核であることは否定できない事実である。その戦力を欠いた公爵の軍勢が、百戦錬磨の隊長たち――オルシーニやヴィテロッツォ、オリヴェロットらの部隊に兵力において上まわるとは、どうにも考えられないことだった。いくら和平が合意されたとはいえ、彼らの反乱はつい先日のことである。彼らの帰服が完全に信用できるとは、公爵自身も考えてはいないだろう。ここでフランス軍を帰還させることは、誰が考えても、狂気の沙汰としか思えまい。公爵はおのれの力をそれほど信じているのだろうか、フランス国王に、その援助を必要としていないことを、それほど見せつけたいのだろうか？

フランス軍は去っていった。そしてその数日後、またもや奇妙な事件が起きた。それは政治活動についてと同様、人間性についても知悉しているつもりのマキアヴェリにとって、不可解千万、きわめて異様な出来事だった。レミーロ・デ・ロルカが公爵の許に召喚されたというのだ。レミーロは公爵に忠誠をつくしてきた人物である。優秀な軍人であり、有能な政治家でもある。ロマーニャ公国の行政長官をしていたが、残虐な性質と不正行為があるとして、領民から恐れられるとともに、ひどく憎まれていた。市民は最近この不満をついに爆発させ、公爵の許に代表者を送って苦情の数々を訴えでていた。

そのレミーロがチェゼーナに召喚されると、すぐに投獄されたのである。

クリスマスの朝早く、ピエロがマキアヴェリをゆり起こした。

「ニッコロ様、広場へお出でください。一見の価値のあるすごい見物《みもの》が出ています」若者は興奮で眼を光らせている。

「いったい、なんだ?」

「まあ、ご自分の眼でごらんください。広場は大へんな人だかりです。みんな呆然、びっくりしています」

マキアヴェリはすぐに身支度をした。雪が降っていた。身を切るような寒い朝だった。広場へ行くと、雪の上に敷かれた敷物に、首のないレミーロ・デ・ロルカの死体が横たわっていた。豪奢な衣服を身にまとい、胸にいくつも勲章をつけて、両手に手袋まではめている。死体からすこし離れた場所には、ご当人の首が槍の穂先に突き立てられて、晒されている。マキアヴェリはこのおぞましい光景から眼をそらし、宿舎にもどっていった。

「ニッコロ様、これはどういうことでしょうか?」とピエロがたずねた。「あの男は公爵の将軍たちのなかでも、抜群の勇敢な隊長です。巷の評判では、公爵が誰よりも信頼していた男というではありませんか」

マキアヴェリは肩をすくめた。

「公爵はあれで満足なんだろう。閣下は部下の素質に応じて、好きなように権力を与えたり、それを奪ったりできるんだ。レミーロはもう用済みなんだろう。それでロマーニャ領民の前に投げ出してやって、彼らの利益を重んじて、正義と公平が第一、であることを示してやったのさ。公爵はそういうパフォーマンスが好きなんだな」

世上では、レミーロはルクレツィアの愛人だったと信じられている。チェーザレ・ボルジアは妹をひどく愛しているから、その妹の夫であったり、愛人であったりすることは、きわめて危険なことだった。彼女の最初の夫ジョヴァンニ・スフォルツァはチェーザレの命令で殺されそうになったが、ルクレツィアの通報で危うく難をまぬかれた。彼は警告を耳にするや、すぐさま馬に飛び乗り、安全なペーザロに着くまで必死に馬に鞭をうった。ガンディア公は体に七カ所の刺し傷を受けて、ティベレ河からひき上げられた。そのときも、殺害者はチェーザレである、ともっぱらの噂だった。彼もまたルクレツィアを愛していたからだった。法王の侍従をしていたスペイン人、ペドロ・カルデロンもチェーザレの命で殺された。こちらはルクレツィア令夫人の名誉を傷つけたという理由だった。有り体に言えば、彼女がペドロの子を身ごもったためだと言われている。彼女の二番目の夫ビシェリ公のアルフォンソも同様の不幸に出くわしている。結婚して一年後のある日、まだ十九歳の公爵は、ヴァティカンからの帰途、武装した男たちに襲われて瀕死の重傷を負った。法王庁の一室に担《かつ》ぎこまれて、一カ月あまり生死の境をさまよったが、法王の儀典長ブルカルトによれば、刺し傷では死ななかったものの、日没の一時間後、ベッドの上で絞殺されていた。アルフォンソはローマ一の美男子と言われており、ルクレツィアはこの若い夫を寵愛しすぎるという過ちを犯してしまった。その非業の死がチェーザレ・ボルジアの嫉妬のためであることを、イタリア全土で疑う者は一人もいなかった。

マキアヴェリは記憶力がよかったから、公爵がイーモラで言ったことを忘れていなかった。パオロ・オルシーニがレミーロの乱暴狼藉について苦情を述べ、公爵はその件についてご満足のいくように対処すると言ったのだった。軽蔑しているパオロの苦情を公爵が気にかけていたとは思わないが、はたしてレミーロの処刑によって、反乱軍の隊長たちが抱いている根強い不信を完全に払拭できるだろうか？　彼ら一味のひとりを満足させるために、有能な股肱の部下を犠牲に供したことになるが、これで謀反人たちが公爵の誠意を信じるようになるだろうか？　実のところ、マキアヴェリは内心、笑っていた。ヴァレンティーノ公はこういう手法が好きなんだ。ロマーニャ領民の怒りをなだめ、偽りの友人の信頼を獲得し、しかもルクレツィアの寵愛を受けていた男に復讐する。こうして一石で二鳥どころか、三鳥も、四鳥も獲《と》って、一挙に懸案を解決してしまう。

「とにかく、有り難いことだよ」とマキアヴェリは愉快そうにピエロに言った。「われらが善良なる公爵閣下はまた一人、この世から人間のクズを消してくれた。さあ、居酒屋へ行こう。熱燗のワインを一杯やって、このひどい寒さを追っぱらうんだ」

28

マキアヴェリでさえも公爵の計画を見破れなかったが、これには当然の理由があった。つまり、計画そのものがまだ決定されていなかったのだ。なんらかの行動が起こされて然るべきだった。軍隊を保有しながら、それを使用しないのでは意味がない。しかし何をするかとなると容易なことではなかった。反乱軍の首脳たちは代表をチェゼーナへよこして、問題の解決を公爵と相談させたが、合意には至らなかった。そこで数日後、今度はオリヴェロット・ダ・フェルモに具体的な提案をもたせ、公爵の許に派遣してきた。

このオリヴェロット・ダ・フェルモという者は、すこし前に人びとの耳目を集めた青年である。彼は幼少のころ父親を失い、母方の伯父ジョヴァンニ・フォリアッティの許で養育された。年頃になると、パオロ・ヴィテッリの許へ送られて武術の訓練を受けた。パオロがフィレンツェで処刑された後は、その弟のヴィテロッツォの軍にくわわり、生来の知恵と腕力にものをいわせて、屈指の若手将校となった。しかし彼はそれで満足しなかった。本来人を支配すべき人間が人に仕えるなんて、なんと卑しいことかと思い、自分の地位を高めるために独創的な方法を考えだした。まず恩人の伯父に手紙を書いて、長らく故郷を留守にしていたから、伯父と生まれ育った故郷の町を訪問し、ついでに父祖伝来の土地も見てみたいと述べた。さらに自分の唯一の望みは武人として名声を得ることだったから、立身出世を成しとげたいま、百騎の騎馬武者や友人、家人をひきつれて帰郷し、地元の住民に自分が無為に歳月を過ごしてこなかったことをお眼にかけたい、したがってそれにふさわしい栄誉をもって迎えてもらいたいと伯父に懇願し、それがおのれ自身の名誉であるばかりか、育ててくれた恩人の伯父の名誉にもなると述べたのである。ジョヴァンニ・フォリアッティは自分が与えた数々の恩義を甥が忘れていないことを喜び、オリヴェロットがフェルモに着くと、当然ながら彼を自分の屋敷に連れていった。しかし数日後オリヴェロットは、伯父に負担をかけたくないと言って、自分の古い家に移っていくと、伯父とともに市内の有力者を全員、盛大な祝宴に招待した。

客人たちは大いに飲み食いし、宴会の席はにぎやかに盛り上がった。するとオリヴェロットはやおら口を開いて、出席者全員に関心のある話題をとり上げ、偉大なる法王とその息子チェーザレの勲功について話しはじめた。しかし突然、立ち上がると、これはひそかに議論すべき問題であると述べ、客人をみんな別室へ連れていった。そして彼らが部屋に入るやいなや、隠れていた兵士たちがどっと姿を現わし、伯父貴もろとも客人を皆殺しにしてしまった。こうしてオリヴェロットはフェルモの町を手にいれた。彼の支配に抵抗しそうな者はみんな殺されていたし、市政・軍政の両面で彼がつくった規律が効果的な力を発揮したから、一年も経たないうちに、青年はフェルモに安全な地位を確立するとともに、隣国に対してなかなかの脅威ともなっていた。これがヴァレンティーノ公の許に反乱軍から送られてきた男である。その彼が持参した提案によると、全軍が共同してトスカーナに侵攻する、もしそれが公爵の意にそぐわないなら、シニーガリアを奪取する、というものだった。トスカーナは願ってもない獲物である。シエナ、ピサ、ルッカ、フィレンツェなどは侵攻に参加する者すべてに莫大な戦利品を提供してくれるし、ヴィテロッツォやオルシーニ一族にしても、これでフィレンツェに積年の恨みをはらすことができる。しかし、シエナとフィレンツェはフランス国王の保護下にあるから、まだ王の威力を必要とする公爵は、みだりに同盟国の怒りを買う気にならなかった。したがってトスカーナ地方の攻撃には参加しないが、シニーガリアを占領してもらうのは結構であると答えた。

シニーガリアは小さいながら、重要な町だった。海に面していて、良港に恵まれている。領主はあの不運なウルビーノ公の妹で未亡人だった。彼女は反乱軍の隊長たちとともにマジョーネの誓約書に署名していたが、自分と関わりのないところで、公爵との和平が成立すると知るや、幼い息子を連れてヴェネツィアに逃げ去り、あとにジェノヴァ人アンドレア・ドリアが要塞の防衛に残されていた。オリヴェロットが進撃し、なんの抵抗もなく町を占領した。ヴィテロッツォとオルシーニ一族も軍勢を連れてやってきて、市の郊外に野営した。作戦は予定通り進んだが、障害がひとつ残った。アンドレア・ドリアが公爵にしか要塞を明け渡さないと言うのである。要塞は堅固であり、これを力攻めで奪うには、金と時間と人命を要する。したがって攻撃軍は良識を働かせた。公爵はすでにフランス人部隊を帰還させたのであるから、もはや強大な脅威であるとは思われない。そこでアンドレア・ドリアの要求をつたえて、要塞明け渡しのために是非とも、公爵閣下にシニーガリアへおこし願いたいと述べた。

この要請が手許に届いたときには、公爵はすでにチェゼーナを出立し、ファノに到着していた。彼は信頼のおける秘書官を派遣して、すぐにシニーガリアに行くから、そこで待機するよう隊長たちにつたえさせた。和平協定に署名して以来、隊長たちはみずから公爵の許に赴く意志を一度も示していなかった。彼らの慎重な態度が明かしている不信感を一掃するために、公爵は秘書官に親愛の情をもってつたえるよう指示していた。すなわち、彼らが持ち続けている冷淡な態度が和平協定の実効を妨げている、自分としては彼らの軍勢と助言を大いに活用したいと願うばかりである、と申しいれさせた。

マキアヴェリは公爵が隊長たちの招聘を受けいれたと聞いて、仰天した。あの和平協定を子細に検討した結果、いずれの側も相手側にみじんの信頼もおいていないことが明らかだった。シニーガリア要塞の指揮官が攻撃軍の将校に要塞の明け渡しを拒否しているから、ヴァレンティーノ公に直々おこし願いたいという隊長たちの要請を耳にしたとき、マキアヴェリはそれがワナであることを確信した。公爵はフランス軍の重装騎兵隊を解雇し、そのために自分の軍事力を著しく弱体化してしまったが、元反乱軍の隊長たちは自分たちの全部隊をシニーガリアとその周辺においている。彼らは要塞の指揮官と共謀して条件を出してきたにちがいない。公爵が騎馬武者をつれて到着するや、たちまち襲いかかって皆殺しにし、公爵は切り刻まれてしまうだろう。凶暴な敵のなかにほとんど無防備で出かけていくなんて、まったく信じられないことだった。そんな無謀な行為を説明できるとしたら、自分の強運を信じる公爵があまりに驕慢となって灯台もと暗し、おのれの意志と人格の力であの獰猛な者たちを抑えつけられると錯覚している、とでも考えるしかないだろう。

公爵は謀反人どもが自分を恐れていることを承知している。だが、窮鼠猫を噛むのたとえがあるように、臆病者が恐怖にかられて開き直り、思わぬ勇者に変身することもある。ひょっとすると、ヴァレンティーノ公はこれを失念しているのかもしれん。たしかに、幸運の女神はこれまでのところ公爵に微笑んできたが、彼女の寵愛は移ろいやすい。驕れる者久しからず、か。マキアヴェリはくすくす笑った。公爵が眼の前のワナに足を踏みいれて破滅するとしたら、わがフィレンツェにとって、こんな都合のよいことはない。チェーザレ・ボルジアこそ共和国の真の敵である。謀反人の隊長たちは公爵憎しの一念でむすばれているにすぎん。もし当の公爵が消えてしまえば、欲の深い隊長たちなどいろいろ計略・策略を使って分断し、一人ずつ片づけていけるだろう。

しかしマキアヴェリがくすくす笑うのは早すぎた。オルシーニ一族が要塞の指揮官に金をやって、要塞は公爵にしか明け渡さないと言わせたとき、当の指揮官はすでに公爵からたんまり金貨をもらっていて、まったく同じことをするよう頼まれていた。公爵はオルシーニらの意図を見破っていた。自分をおびき寄せるために連中がすることなんぞ、とうの昔に読んでいた。チェーザレ・ボルジアはけっして人に心の裡を明かさない。計画を実行するときになるまで、それをとやかく論議したりしない。ファノを出立する前夜、腹心の部下を八人呼び寄せると、彼らにこう命令していた。「やつらがおれを出迎えに出てきたら、おまえたちはやつら一人ひとりの両側に付きしたがい、彼らに敬意を表するふりをして、おれの居住に指定された宮殿にいっしょに入っていけ。そしておれの合図とともに、一斉にやつらを逮捕するんだ。よいか、一人も逃がしてはならんぞ。いったん宮殿のなかに入ったら、やつらはもう袋のネズミ、ただの一匹も生かして外に出してはならん」

公爵はあちこちに部隊を散在させていたから、どれだけの軍勢が彼の指揮下にあるか、正確なところは誰にも見当がつかなかった。そしていまやその軍勢が公爵の命を受けて、ここから十キロほど先の川岸に集合し、シニーガリアへの進発を待っている。害意のない証拠として、すでに公爵の高価な持ち物が何台も馬車につまれて送られている。公爵は謀反人どもの顔を思い浮かべていた。ひとりでに笑みがうかんでくる。ふん、さだめし舌なめずりして待っているだろう。うんと楽しみにしているがいい。

用意がすべて整うと、公爵は寝所へ行ってぐっすり眠った。そして翌朝早く出発した。一五〇二年十二月三十一日のことである。ファノからシニーガリアまで約二十四キロ、街道は海に面して山沿いに通っている。千五百の前衛部隊がロドヴィーコ・デッラ・ミランドーラに率いられて進軍する。ついで約一千のガスコン兵とスイス兵が行く。するとその後方に、甲冑に身をかためたヴァレンティーノ公の姿が見えてくる。美しい馬飾りにおおわれた軍馬にまたがり、威風堂々たる騎兵隊を率いている。マキアヴェリはあまり美的感情に動かされる男ではなかったが、雪をいただく山稜と紺碧の海との間をうねうねと進んでいく軍列を眺めていて、その威容にすっかり心を奪われてしまった。

反乱軍の隊長たちはシニーガリアの五キロ手前で待っていた。

〈フランス病〉に侵される以前のヴィテロッツォ・ヴィテッリは、猛々しい鼻と小さなしゃくれた顎の、見るからに頑強で精悍な大男だった。しかし、いまはひょろりと痩せこけ、眼にまぶたが重くかぶさり、ひげの剃られた黄ばんだ顔になんとも奇妙で悲しげな表情がうかんでいた。凶暴で強欲で無慈悲な男だったが、優秀で勇敢な軍人であり、その砲手としての腕前はヨーロッパ随一と言われていた。居城のチッタ・ディ・カステッロや美しい館を誇りにし、フレスコ画やフランドルのつづれ織りや、ブロンズ像や大理石像で飾り立てていた。兄のパオロを深く愛していたから、彼を処刑したフィレンツェ人をひどく憎み、時の流れもその憎悪を和らげることがなかった。しかしその男も、〈フランス病〉の治療として医師に処方された水銀剤のために、堪えがたい鬱病に苦しめられ、いまは昔の彼の抜けがらでしかなかった。パオロ・オルシーニがヴァレンティーノ公の和平案を会議の席にもってきたとき、ペルージアの領主ジャンパオロ・バリオーニはこれを受けいれようとしなかった。公爵の提案に不審を抱いていたヴィテロッツォもバリオーニに同調したが、一座のこうるさい議論に堪える気力がなく、最後には合意書に署名してしまった。賢明な内心の判断をまげて署名したのである。そして事実、服従と改悛の手紙を書いて公爵に送り、公爵もまた一切を水に流して忘れると約束してくれたが、彼の心は不安に戦《おのの》いていた。ヴァレンティーノ公が裏切りを忘れたり許したりする人間でないことを、いまも本能が脈動となって告げている。和解の合意書の条項によれば、隊長たちは一度にただ一人しか公爵の陣に立てないとされているのに、いま彼ら全員がここに集合している。パオロ・オルシーニはわけ知り顔で言っていた。公爵の許を二度も三度も訪れて、しばしば長い時間をかけて腹蔵なく率直に、男と男の話をしてきた。だからチェーザレの誠意になんの不安も疑いもない。彼がフランスの重装騎兵隊を解雇したのが、何よりの証拠ではないか。あの戦力なくしては一度の作戦行動を行なうのが関の山だ。それにレミーロ・デ・ロルカを処刑したのはなぜか？　あれこそおれたちの要求を聞き入れるという、何よりもたしかな証拠なんだ。

「心配するな、ヴィテロッツォ。あの若僧にとって、今度の反乱はいい薬になったんだ。これから先、やつの不興を買うことなんぞ、もう二度とないだろうよ」

しかしパオロ・オルシーニは、公爵と交わした会話の一部をヴィテロッツォに話していなかった。その必要がないと思っていた。ヴァレンティーノ公はこんな話をしていた。父の法王は七十歳になっていて、多血症で体調が悪い。とうに人生の盛りを過ぎており、いつなんどき発作で死ぬかもしれない。そのような場合、自分はスペイン人枢機卿の票と、父親が任命した枢機卿の票をまとめることができる。もしパオロが自分の法王領の支配を保証してくれるなら、かわりに自分はパオロの兄オルシーニ枢機卿の法王選出を確約してもよい。そんな話を公爵から聞いて、パオロ・オルシーニは眼がくらんだ。まちがいなく、自分たち一族と公爵は相手をそれぞれ必要としている、そう思わざるをえなかったから、パオロは誰よりも公爵を信じていた。

ヴィテロッツォが近寄ってきて、最初に公爵に挨拶した。勇猛な隊長は何一つ武器を所持していなかった。粗末な黒い長衣に身をつつみ、緑色の裏地がついた黒のマントをはおっていた。黄ばんだ顔は血の気を失い、苦悩しているようすだった。これがかつてフランス国王シャルル八世を独力で追い払おうと決意した男であったとは、いったい、誰に想像できただろうか。乗っていたロバからおりようとすると、公爵はそれをとめてみずから馬を寄せ、親しげに肩に手をおいて、両方の頰にキスをした。すぐにパオロ・オルシーニとグラヴィーナ公が一団の従者を連れてやってきた。チェーザレ・ボルジアは名門の人物に対するふさわしい礼儀を示すとともに、久しく会わなかった親友でも迎えるかのように、いかにもうれしげに二人に挨拶した。そこにオリヴェロットがいないので訊ねると、彼は市内で待っているという返事だった。公爵はドン・ミケーレに、若者を連れてまいれと命じ、そのあいだ隊長たちと親しげに談笑していた。公爵はその気になれば、誰よりも魅力的に話をする。この光景を眺めていたら、彼らの友愛にみちた和やかな雰囲気をぶちこわすような事態が起こるなどと、いったい誰が想像しただろう。公爵の物腰には王者にふさわしい優雅さがあった。尊大の風も恩着せがましいもの言いもなかった。穏やかで礼儀正しく、心から打ち解けていた。ヴィテロッツォの健康を気づかい、自分のお抱え医師に診てもらったらどうかと言った。悪戯っぽい笑みをうかべて、グラヴィーナ公の最近の情事を冷やかしたりした。パオロ・オルシーニがアルバーニ丘陵に建設している別荘の話をすると、熱心に耳をかたむけた。

一方、オリヴェロットはこのとき、市の城壁の外を流れる川のむこうで軍事教練を行なっていた。ドン・ミケーレは彼の許に馬を走らせていって、早く兵士たちに野営地の所持品を取りにいかせたほうがいい、さもないとみんな公爵の兵隊にもっていかれると告げた。この忠告は効き目があった。オリヴェロットは親切な指摘に感謝して、すぐに部下に必要な指示を与えると、ドン・ミケーレにしたがって一同が待ちうける場所へ行った。公爵はやはり心温まる親愛の情をもってオリヴェロットを迎えた。若者が用意してきた忠誠の誓いを述べようとすると、公爵はそれを押しとどめて、臣下よりもむしろ同じ仲間としてあつかった。

公爵は進軍の命令を発した。

ヴィテロッツォは恐怖に襲われていた。いまや公爵にしたがう軍勢が途方もない数であることが判明した。自分たちが仕掛けたワナがもはや成功の見込みのないこともわかった。彼の部隊はわずか数キロ先のところにいる。この場を離脱して、そっちへ行こうと決心した。病気の悪化を口実にしたが、愚かなパオロがそれを許さなかった。いまは公爵にみじんの疑いも持たせてはならないと言って注意した。ヴィテロッツォは気持ちがなえていた。彼の本能はすぐに逃げろと告げていたが、それを決断する気力がなかった。ただパオロの言葉にしたがうしかなかった。

「もしこのまま進んだら、おれたちが命を落とすことはまちがいない」と彼は言った。「しかしあんたがこの機会に賭けるというなら、その結果が生死いずれになろうとも、おれはあんたや仲間とともに運命に直面するつもりだ」

公爵が指示しておいた八人の男たちは、すでに破滅を運命づけられた隊長たちの右と左に一人づつ付きそっている。騎馬の行列は、華やかに甲冑を輝かせた大将を先頭に立てて、シニーガリアの城門をくぐっていった。公爵の居住に指定されている宮殿に到着すると、隊長たちはすぐに辞去しようとしたが、公爵はそれを許さなかった。陽気で気軽な口調で、ちょっとした計画があるので、いまみなさんにそれを議論してもらいたいと要請した。これがみなさんにとって、非常に興味のある問題であることは言うまでもない、何事もタイミングが重要である、そしてなんであれ決定したら、すぐに行動しなければならない、そう言われて隊長たちは要請にしたがった。ヴァレンティーノ公は一同をひきつれて、宮殿の玄関ホールを通りぬけて、美しい階段を上がっていって、大きな謁見の間に入った。するとそこで、股間をかるく叩きながら、ここがご用と言ってるんでね、ちょっと失礼するよ、と言うなりすたすた広間から出ていった。その後姿が消えたとたん、一隊の武装兵がどっと広間に乱入し、たちまち四人をしばりあげた。

こうして公爵は、かつて品のないオリヴェロットが伯父とフェルモの有力者に仕掛けたと同じシンプルなワナを手際よくやってのけた。大宴会を催す費用も一切かからなかった。パオロ・オルシーニは公爵の約束違反に激しく抗議し、閣下を呼んでくれと叫んだが、ヴァレンティーノ公はすでに宮殿を去っていた。四人の傭兵隊長の部隊を直ちに武装解除せよ、という命令が出された。近くにいたオリヴェロットの兵士たちは不意をうたれ、抵抗した者たちはたちまち虐殺されたが、すこし離れた野営地にいた者たちは幸運だった。主人たちを見舞った災難を知るや、陣形をかまえて戦いつつ多大の損害を被りながらも、安全なところに逃げおおせた。チェーザレ・ボルジアはヴィテロッツォとオルシーニ一族の直臣どもを殺すだけで満足するしかなかった。

しかし公爵軍の兵士たちは、オリヴェロットの部隊を略奪するだけでは満足しなかった。シニーガリア全体を略奪しようと狂奔した。もし公爵の厳重な禁止令がなかったなら、町は一切合切、根こそぎ略奪されていただろう。公爵は町が壊滅することを望まなかった。大きな歳入が期待できる町でなければならないから、略奪者は見つけ次第、どんどん首を吊っていった。街じゅうが大混乱していた。商店主は店のよろい戸をおろし、善良な市民は鍵をかけた家のなかでじっと息を殺していた。兵士たちは酒屋に押しいり剣を突きつけ、地下の蔵からワインを出せと強要した。死体が街路のあちこちにころがり、野犬の群れがその血をぺちゃぺちゃ舐めていた。

29

マキアヴェリは公爵にしたがってシニーガリアに到着していた。ようやく不安な一日が終わった。町のなかはまだ混乱しており、武器をもたずに一人で外を出歩くのは危険だった。避難所のおんぼろ宿からやむなく外に出るときは、かならずピエロと二人の従者を連れていた。酒を食らっていよいよ頭に血が上っているガスコン兵に殺されるなんて、真っ平ごめんである。

夜八時に公爵からお呼びがかかった。これまで謁見したときは、いつも秘書官か教会人、あるいは側近が同席していたが、今夜はおどろいたことに、案内してくれた将校もすぐに退出し、部屋には公爵がひとり椅子にすわっていた。マキアヴェリははじめてヴァレンティーノ公と二人だけでむかい合った。

公爵はたいそう元気だった。赤褐色の髪に、きちんとした顎ひげ、つややかな頰に、きらきら光る眼、これまで会見したどのときよりも、颯爽として美しかった。顔にも、態度にも、凜然たる自信がみなぎっている。たしかに悪辣なスペイン人僧侶の私生児かもしれないが、まさに若々しい国王の風格・気品が感じられた。公爵はいつものように単刀直入、ずばりと問題の核心にふれてきた。

「書記官殿、わたしは、あなたのご主人たちのために仇敵どもを片づけてやった。これは大へんなサービスだよ。そこでシニョリーアに手紙を書いてもらいたい、すぐに歩兵部隊を召集し、これに騎兵もつけてわが軍に派遣せよ、とね。われわれは共同してカステッロか、ペルージアに進撃するんだよ」

「ええっ、ペルージアですか？」

公爵の顔に楽しげな微笑がうかんでいる。

「バリオーニは和平協定の署名を拒否したとき、こんな捨てゼリフを吐いて去ったそうだ。『チェーザレ・ボルジア、ペルージアで待っているぞ。おれの首がほしいなら、しっかり兵をそろえてやってこい』と。そこで、わたしはやつのお招きに与《あずか》ろうと思うんだ」

他のやつらも署名なんぞしなけりゃあよかったんだ、とマキアヴェリは思ったが、微笑するだけでがまんした。

「シニョリーアのみなさんがヴィテロッツォをぶっ殺し、オルシーニ一族をぶっ潰そうとしたら、途方もない金がかかったはずだ。しかも、わたしの半分も手際よくいかなかったろう。だから、みなさんは、すこしはわたしに感謝してもいいと思っている、ちがうかね？」

「閣下、もちろん、シニョリーアは感謝しております」

公爵はまだ唇に笑みをうかべていたが、鋭い眼がマキアヴェリを見すえている。

「それならひとつ、その感謝の意を表わしてもらいたい。みなさんは小指の一本も動かさなかったが、わたしはあなた方に、優に十万デュカートを超える仕事をして差し上げた。支払い義務は文字にこそしていないが、暗黙の了解ができていたはずだ。そろそろお支払いいただけると、たいへん有り難いんだが」

しかしそんな要求を耳にしたら、シニョリーアの連中は髪をつかんで憤慨するだろう。それがよくわかっていたから、マキアヴェリは何もつたえるつもりはなかった。それにうまい逃げ口上ができていた。

「閣下にお知らせいたします。じつはただ今、政府にわたくしの召還を要請しております。わたくしなどより大きな権限をもった重要人物を派遣する必要性を強調しておきました。したがってこの問題に関しては、わたくしの後任者とはるかに実質的な協議ができると思います」

「おっしゃるとおりだ。わたしはあなたの政府の優柔不断や、問題の先送りにはうんざりしている。わたしの味方になるか、それとも敵になるか、みなさんが決断すべきときは、とうの昔にきている。わたしは今日にもここを去るつもりだったが、いまわたしがいなくなったらどうなる？　この町は徹底的な略奪に遭うだろう。アンドレア・ドリアは明日の朝、要塞を明け渡す。それがすんだら、即刻、カステッロとペルージアに進発するつもりだ。そのあとはシエナを始末しようかと思っている」

「しかし、閣下、フランス国王が、ご自分の保護下にある都市の占領をお許しになりますか？」

「まあ、許されんだろうね。わたしも、国王の許しが得られるなんて思ってもいない。それほど愚かじゃないよ。だが、わたしがシエナやペルージアを占領するというのは、何もわたし個人のためじゃないんだ。これはキリスト教会のためなんだ。自分の領地なら、ロマーニャ一国があれば、それでいいと思っている」

マキアヴェリはふっと息をついた。なんという心意気だ！　不意にマキアヴェリの心中に、心ならずも、この若い君主を称賛する感情が、火塊のように、胸の奥から湧きあがった。これほど熱烈に、これほど確信をもって、望むものはなんであろうと全力で奪いとろうとしている。

「閣下、あなたが幸運の女神の寵愛を受けられていることは、どなたも疑いません」とマキアヴェリは言った。

「書記官殿、幸運の女神は、いかに好機をつかみとるか、その方法を心得ている者を寵愛される。要塞の指揮官はわたしにしか要塞を明け渡さないと言っていた。それがわたしに有利に働いたが、あなたはあれを幸運な偶然とでも思っておられるのか？」

「いいえ、そのような不当な判断はいたしません。今日までの出来事をつぶさに考えれば、閣下がうまく糸をひかれたことは、わたくしにも想像できます」

公爵は声をあげて笑った。

「書記官殿、わたしはあなたが好きなんだよ。こんなふうに話ができる相手は、そうざらにいないからね。あなたがいなくなると思うと、ひどく寂しくなってくる」公爵は口をつぐんだ。そしていつまで続くかと思われるくらい長い間、探るようにマキアヴェリの顔を見つめていた。「まったく、あなたがわたしの部下であってくれたら、と思ってしまうよ」

「閣下、お気持ちはうれしく思います。しかしわたくしは共和国に仕えることにしごく満足しております」

「だが、それでどれだけ利益があがるのかな？　あなたの受けとる給金はじつに哀れなものだ。やり繰りするのに、友人から借金しなければならんこともあるだろう」

マキアヴェリはその言葉を聞いて、どきんと心臓が高鳴ったが、バルトロメオから借金した件を公爵が知っていたことを思い出した。

「どうも金銭にうとい性質でして」とマキアヴェリはにこやかに笑った。「お恥ずかしい次第ですが、ときおり身分不相応の浪費をしてしまいます」

「だが、わたしに仕えれば、そんな苦労はしなくてすむと思うよ。可愛い女の気をひくために、気軽に指輪や腕輪を買ってやるのも、けっこう楽しいことじゃないかね」

「閣下、わたくしは、あまり美徳にこだわらない、やたら金や物をほしがらない、そういう女を相手にして、自分の欲望を満たすことを習慣としております」

「なるほど、それはけっこうな習慣だ。その欲望をうまくコントロールできるうちはいいだろう。しかし色恋沙汰となると、自分でも思いもよらないことが起こる。日頃はしごく賢明な男が、とんでもないバカをしでかすんだ。貞操堅固な女を好きになったら、どれくらい金がかかるものか、あなたは経験したことがおありだろうか?」

公爵はからかうような眼で、じっとマキアヴェリを見ていた。一瞬、マキアヴェリは疑った。公爵はおれの実らぬ恋の顚末まで承知しているんだろうか、そんなことがありうるだろうか……しかしその懸念はすぐに頭から追いはらった。フィレンツェの一使節の情事などにいちいち構っていられるほど暇な身分ではないだろう。いまの公爵には、もっと重要な関心事がごまんとあるんだから。

「そうかもしれません。しかし、閣下、そういう金のかかる快楽は、わたくしの領分ではございません」

公爵は考えこむようにこっちを眺めている。こやつはいったい、どんな類の男なんだ、とでも自問自答しているんだろうか、何か特別な意図があってというより、むしろ面白半分、暇つぶしに、そう、ちょうど控えの間で待たされているときに、眼の前のどこの馬の骨とも知れない男を眺めながら、そいつの用件や職業や、習慣や性格などを想像しているといったところだろうか。

「あなたほど聡明な男が生涯、下級官吏に甘んじて生きるとは、なんともわたしの理解を超えているね」と公爵が言った。

「過大にもよらず、過小にもよらず、何事も中庸であることが叡智の核心である、とアリストテレスに教えられております」

「だが考えられん、あなたには野心というものがないのか?」

「とんでもございません、閣下」とマキアヴェリはにっこり笑った。「おのれの最善の力をもって共和国に奉仕することこそ、わたくしの野心でございます」

「だが、それこそ、あなたに禁じられていることではないか。共和国体制においては、能力ある者はつねに疑いの眼をもって見られる。だから要職につける者は、同僚の嫉妬の対象にならないぼんくらにかぎる。それが民主主義国家というもんだよ。能力抜群の人物ではなく、誰にも、警戒も心配もされないお人好しが統治するんだ。あなたはご存じか、民主主義国家をむしばむ病根がなんであるか?」

公爵はマキアヴェリの顔をじっと見つめた。答えを待っているようだったが、マキアヴェリは何も口にしなかった。

「嫉妬と恐怖だよ。民主国家のケチな官僚どもは同僚を嫉妬する。仲間の誰かが名声を得ようものなら、連中はそいつの足をひっぱって、国家の安全や繁栄を左右するような政策の実行を邪魔してくる。そして、彼らは恐怖に怯える。まわりにいる連中が、どいつもこいつも、隙あらば後釜にすわろうとして、平気で嘘八百、偽計・姦策を弄するからだ。その結果はどうなる?　正しいことをやろうと熱意を燃やすより、過ちを犯すまいとびくびくして、細かいことばかり心配する。犬は仲間を噛まないというが、そのことわざの作者は、民主主義政府の社会で暮らしたことのないやつにちがいない」

マキアヴェリはやはり黙っていた。公爵の言葉が核心をついていることが、わかりすぎるくらいわかっていた。おれのような下級官吏のポストでさえ激烈な競争にさらされているし、おれ自身ライヴァルを蹴落として、この地位を手にいれたんだ。そしていまこの瞬間にも、おれの一挙手一投足を注視しているやつらがいて、こっちがうっかりミスでもしようものなら、たちまち、ご注進と、シニョリーアに飛んでいって、おれの首をとろうとする。公爵が話をつづけている。

「だが、わたしのような君主はちがうね。自分に仕える者をその能力に応じて自由に選んでいる。有力者の鼻息を窺ったり、派閥の力に配慮したりして、ろくに仕事もできない男を要職につける必要もない。仲間同士の争いの上にいるから、連中の足のひっぱり合いを恐れたり、心配したりすることもない。したがって、民主政治の破滅の原因となる凡才偏重から解放されて、能力抜群の男、気力充溢している男、勇猛果敢な男など、多士済々の者たちを見つけて、要職につけることができるんだ。あなたの共和国で国力が衰退しているのも、何も不思議なことじゃない。書記官殿、人を国家の要職につける必要な条件はただ一つ、誰であろうと、その仕事をこなす能力があるかどうか、それだけだよ」

マキアヴェリはかすかに微笑んだ。

「閣下、失礼ながら、君主の寵愛が移ろいやすいことも、周知の事実でございます。王侯君主の方々は、家臣を高い地位につけることもできますが、たちまち一転、奈落の底に突き落とすこともできます」

公爵はくっくっと喉を鳴らして笑った。

「なるほど、レミーロ・デ・ロルカのことでも言っているのか。そうとも、君主は褒めると同時に、罰することも知らねばならん。大いに寛大であるとともに、厳しく正義を貫かねばならん。レミーロは大罪を犯した。当然ながら死刑になった。フィレンツェならどうなったかな？　やつの死刑に腹をたてる連中もいるだろう、やつの過失で利益を得ていた連中もいて、いろいろ命乞いをするかもしれない。するとシニョリーアのみなさんは決断をためらい、しまいにはフランス国王か、わたしの許へ使節として送りこんでくるんだ」

マキアヴェリは笑いだした。

「閣下、ご安心ください。わたくしの後任者は、清廉潔白、非の打ちどころのない人物です」

「なるほど、するとわたしは、死ぬほど退屈させられるということか。書記官殿、ほんとうだよ、あなたがいなくなると思うと、わたしはとても寂しくなるんだ」それから突然、何か思いついたかのように、ヴァレンティーノ公は温かい眼ざしでマキアヴェリを見た。「どうだろう、わたしの家臣にならないか？　あなたの機敏な頭脳と豊かな経験を活かせる仕事をしてもらいたい。給金だって十分以上のものを出すつもりだ」

「閣下、お許しください。閣下にしても、金のために自分の国を裏切るような男を、どうして信頼できるでしょうか？」

「なにも国を裏切れなんて言ってやしない。わたしに仕えることによって、共和国に有利なことだってできる。第二書記局書記官としてよりも、はるかにフィレンツェの役に立てるかもしれん。すでにわたしに仕えているフィレンツェ人がいるが、彼らがそれを後悔しているとは思わんがね」

「メディチ家の主人とともに追放された者たちは、生きるためならなんでもやるでしょう」

「そういう連中だけじゃないぞ。レオナルドやミケランジェロは、わたしの給金をもらうのに、それほど遠慮をしなかったがね」

「あの連中は芸術家です。彼らは手当てをくれるパトロンがいるところなら、どこにでも行きます。国民に対して責任を負わない者たちですから」

マキアヴェリを見つめる公爵の眼には、まだ微笑の光が現われている。

「書記官殿、イーモラの近郊にわたしの所領がある。ぶどう園があるし、耕作地も、牧場も森もある。あなたにそこを提供してもいい。あなたがサン・カシアーノにもっているわずかな痩せた土地の十倍の収益が得られるだろう」

イーモラだと？　チェーザレはどうして、よりによってあの町のことをもちだすんだ？　ふたたびマキアヴェリの頭を疑念がよぎった。おれがアウレリアを口説いて失敗した一件を知っているんだろうか？

「閣下、サン・カシアーノの土地は、痩せてはいても三百年間、わたしの家につたわってきたものです。イーモラの土地をいただいても、さて、それで何をしたらよいでしょうか？」

「あそこの別荘は新築したばかりだ。きれいなものだし、造作もこっている。暑い夏には、町から離れて、快適な避暑地になるだろう」

「閣下、どうもお話の意味がわかりません」

「わたしはアガピートをウルビーノの行政長官にするつもりでいる。彼の後任として、わたしの首席秘書官をつとめる人物は、あなたが最適であると思うんだ。もちろん、近く赴任してくるフィレンツェ大使と交渉しなければならんし、それが少々やっかいなことも承知しているが、もしあなたにその気があれば、イーモラの長官にしてもいい」

心臓が不意に鼓動をとめたかのように思われた。イーモラの長官！　それは非常に重要な地位である。マキアヴェリが夢にも思ったことのない地位である。フィレンツェにも武力や条約によって、支配下にいれた都市がいくつもあるが、そこに行政長官として派遣される人物は名だたる権門の出で、しかも有力なコネがなければならない。もしおれがイーモラの長官になったら、アウレリアは喜んでおれの愛人になるだろう。同様に、いつでも好きなときにバルトロメオを追いはらう口実だって見つけられる。公爵がそういう事情を知らないでこんな提案をしてくるなんてありえない。だが、どうしてそれを知ったのだろうか？　とにかく、いまおれの未来には、二重に美味しいご馳走が待っているというわけか。しかしマキアヴェリは、その見通しに一瞬たりとも心が動かなかったことを意識して、何かしら満足感を覚えた。

「閣下、わたくしは自分の魂よりも生まれ故郷を愛しております」

ヴァレンティーノ公はおのれの意志に逆らわれるのがきらいである。だからそう言えば、たちまち怒りだして、すぐに退出を命じるだろうとマキアヴェリは思った。しかし意外にも、公爵はサン・ミシェル大勲章を弄びながら、もの思いにふけるかのように、なんとも長い間、マキアヴェリの顔を眺めつづけた。そしてようやく口を開いた。

「書記官殿、わたしはあなたに対して、いつも腹をわって話してきた。あなたが簡単に騙せる男でないことも承知している。だから、つまらん腹のさぐり合いで時間をつぶすつもりはない。わたしの手札はもうテーブルに出してある。いまここで今後の計画を打ち明けたところで、あなたに秘密を守ってくれと言うつもりもない。わたしがそんな話をしたと思う人間はいないから、あなたが人に告げても、わたしの信頼を裏切ることにもならないだろう。シニョリーアに報せても、彼らはあなたを自己顕示欲のつよい、ほら吹きぐらいに思うのが関の山だ」

公爵はほんの一瞬、言葉をとめた。

「わたしはロマーニャとウルビーノを確実に支配している。近いうちにカステッロ、ペルージア、そしてシエナも支配下におく。ピサは自分から支配下に入ってきた。ルッカはわたしの言葉ひとつで降伏する。わたしが支配する国々に包囲されたら、フィレンツェ共和国の立場はどうなるだろうか？」

「もちろん、きわめて危険なものとなりましょう。ただし、フランスとの保護条約がなければの話です」

マキアヴェリの返答を聞いて、公爵は愉快そうにふふっと笑った。

「書記官殿、あなたに申すまでもないが、条約というものは、両国の共通の利害のためにむすばれる。そして分別のある政府なら、条約の規定がもはや有益でないとなれば、そんな条約などすぐにでも破棄するだろう。もしわたしのフィレンツェ獲得を黙認するかわりに、フランスのヴェネツィア攻撃にわが軍を参加させると言ったら、フランス国王はなんて答えるだろうか？」

マキアヴェリの背すじに戦慄が走った。ルイ十二世は自分の利益のためなら、平気で名誉を犠牲にする。それは世界じゅうが知っている。マキアヴェリはしばし返答に時間をかけてから、慎重に口を開いた。

「閣下がわずかな代償でフィレンツェを占領できると思われるなら、それは大へんな間違いとなりましょう。われわれは自由を守るために死ぬまで戦います」

「しかし、どうやって戦うつもりかね？　フィレンツェ市民は金儲けにいそがしくて、国を防衛する自前の兵士を育成しようなんて思わんだろう。だから、代わりに戦争をしてくれる傭兵隊を雇い入れて、安心して商売に専念しようというんだよ。まったく愚かとしか言いようがない！　傭兵どもが戦うのは端金《はしたがね》が欲しいからだ。だが、金だけでは、彼らは死んではくれないよ。書記官殿、自力で侵略者に対抗できないなら、そんな国はかならず滅亡する。そして国を守る方法は一つしかないんだ。十分に訓練された兵士、規律ある、装備のよい軍隊を市民のなかからつくり出すしかないんだ。だが、フィレンツェ市民は、そのために必要な犠牲をはらう用意があるだろうか？　わたしは疑問に思うね。みなさんの国は商人が統治している。そして商人の頭には、いつでも金をはらって決済するという発想しかない。この風雲の時代に、どんな屈辱にも甘んじて、破滅の危機が襲ってこようと、平和第一、友愛精神、何事も穏便に、薄利多売主義でやっていく。あなたが愛読するリウィウスはこう教えているはずだ。共和国の安全はその構成員たる個々人の高潔な心意気にかかっている、と。ところが、フィレンツェ市民は軟弱であり、政府は腐敗・堕落している。破滅して当然ではないか」

マキアヴェリの顔は憂愁の色にくもった。返すべき答えがなかった。公爵はぐさりと急所を突いてきた。

「いまやスペインは統一された。フランスはイギリスを追いはらい、強国になった。もはや群小国家がそれぞれ独立を維持できる時代は過ぎ去った。独りよがりの領主どもが維持する独立は見せかけのものだ。それというのも、その基盤に確かな軍事力がないからだ。彼らは大国の都合によって独立を保持しているにすぎん。いまや法王領の国々はわたしの支配下にある。ボローニャもわたしの手に入ってくる。そしてみなさんの国フィレンツェは、この世から消滅する。やがてわたしは、南のナポリ王国から北のミラノ、ヴェネツィアまで、すべての国家の支配者になる。わたしには自前の砲兵隊にくわえて、ヴィテッリの砲兵隊も手に入る。ロマーニャ軍と同様に、力強いイタリア国民軍をつくり上げる。フランス国王とわたしでヴェネツィアを分割して所有する」

「しかし、閣下」とマキアヴェリは暗澹とした思いで言った。「すべてが閣下の目論見《もくろみ》通りにいったとしても、閣下が成し遂げられた成果はすべてフランスの国力を増大させる結果になり、やがてフランス、スペイン両国の恐怖と嫉妬をかきたてて、ついにはいずれかの国が、閣下を粉砕するかもしれません」

「おっしゃるとおりだ。しかし、わたしは自分の軍隊と財力とをもって、強力な第三の勢力になり、両大国の帰趨を制する同盟国になるつもりだ」

「しかし、閣下、その場合も、やはり勝者の臣下になるのです」

「書記官殿、ひとつ教えてくれないか、フランスに滞在中、あなたはフランス人といろいろ交渉にあたってこられたが、彼らについてどんな意見をもつようになったかね？」

マキアヴェリは、ちょっと軽蔑するように肩をすくめた。

「フランス人は軽薄で、信頼できません。敵が最初の猛攻撃をもちこたえると、彼らはたじろぎ、戦意を喪失してしまいます。困難にも苦境にも辛抱することができません。やがて油断と不注意が軍全体にはびこります。」

「わたしも同じ意見だ寒気と冷雨の冬がくると、フランス兵はぽつりぽつり野営地を抜けだしていく。彼らより忍耐力のある敵が現われたら、たちまち蹂躙されてしまうだろう」

「しかしながら、彼らの国土は広大で、肥沃です。国王は貴族の勢力を打ち破り、強力になっています。愚かしいところもありますが、イタリアじゅうのいかなる人物よりも賢明な政治家によって、補佐されています」

公爵はうなずいた。

「それでスペイン人については、どのようにお考えかな？」

「スペイン人のことはわかりません」

「では、わたしの意見を言おう。スペイン人は勇敢で忍耐強く、頑固で貧しい国民なんだ。彼らには失うものがないが、得るものはたくさんある。彼らに太刀打ちするのはむずかしいが、その彼らにも一つだけ障害がある。つまり、海を越えて軍兵軍馬、糧秣装備を輸送しなければならないことだ。もし一度でもイタリアから放逐されるなら、再度攻め込んでくることは困難だろう」

二人は沈黙した。ヴァレンティーノ公は片手に顎を載せて、何か考えこんでいるようすだった。マキアヴェリは心しずかに公爵を眺めていた。公爵の眼はきびしい光を発して、複雑な外交交渉と血まみれの戦争の未来を見つめている。この日の出来事と巧妙な策略の成功に気持ちを高ぶらせ、自分の手に負えない事業など、何一つないと思っているかのようだった。この男の大胆な想像力のなかで、いったい、どんな偉大な栄光が未来に輝いているのだろうか？　公爵がにっこり微笑んだ。

「わたしの援助があれば、フランスはナポリとシチリアからスペインを駆逐できるだろう。そしてわたしの援助があれば、スペインはミラノからフランスを追いはらえるだろう」

「しかし、閣下、どちらを援助されるにせよ、その国が閣下とイタリアの主人となるでしょう」

「スペインを援助すれば、そうなるかもしれん。しかしフランスに手を貸した場合には、そうはならんだろう。前にもフランスを追いはらった。ふたたび追いはらうこともできるだろう」

「しかし彼らは時節を待って、ふたたびやってくるでしょう」

「準備はしておく。古狐のフェルナンド王は、終わったことにいつまでも拘泥《こだわ》るような男ではない。もしわたしが攻撃されたら、復讐のチャンスをつかんで、フランスに軍を投入するだろう。彼は娘をイギリス国王の息子と結婚させた。したがってイギリスも、先祖代々の敵国に宣戦を布告する機会を逃さんはずだ。フランスはわたしが彼らを恐れるよりも、わたしを恐れる理由の方がたくさんあるんだよ」

「しかし、閣下、法王はお歳を召しておられます。もし亡くなられるようなことになれば、閣下の勢力は半減、閣下の評判も激減するでしょう」

「わたしがそれを計算にいれていないとでも思うのかね？　父が死んだときに起こりうることはすべて計算してある。万全の用意をしている。次の法王はわたしが選ぶことになるし、未来の法王はわたしの軍事力によって保護される。書記官殿、わたしは法王の死を恐れてはいない。それによってわたしの計画に支障が起こることは何もないよ」

　突然、公爵は椅子から勢いよく立ち上がると、部屋のなかを歩きはじめた。

「この国を分裂状態にしている根源は、じつはキリスト教会そのものなんだ。教会はイタリア全体を統一して支配するだけの力がなかったが、一方、他の誰かがその気になると、かならずそれを妨げてきた。しかし、書記官殿、イタリアは国内が統一されないかぎり、繁栄することはできんのだ」

「その通りです。哀れなわが祖国が蛮人どもの食い物にされているのは、その無数の君主や領主によって支配されてきたからです」

ヴァレンティーノ公は歩みをとめると、赤く濡れた唇を嘲笑《あざわら》うかのようにゆがませて、マキアヴェリの顔を覗きこんだ。

「親愛なる書記官殿、その治療法を求めるなら、まずは福音書に眼をむけなければならない。あそこにはこう書かれている。〈カエサルの物はカエサルに、神の物は神に納めよ〉とね」

公爵の言わんとする意味は明白だった。マキアヴェリは恐れと驚きで息を呑んだ。この男は全キリスト教世界に挑戦状を叩きつけて、恐怖をまき起こすようなことをやろうとしている。それをなんの驕りも気負いもなく、もの静かに語っている。マキアヴェリはわけもわからずその姿に魅了されてしまった。

「君主は教会の精神的権威を支持すべきである」公爵は淡々と話しつづけた。「なぜなら、そのことによって、民衆が善良にして幸福に生きられるからだ。教会から世俗的権力の重荷を除いてやる以上に、教会に精神的権威を回復させる道はないと思っている。書記官殿、そう思われないか？」

マキアヴェリは、このように冷酷に現実を凝視する言葉に、なんと答えてよいかわからなかった。しかしこのとき尖った物で扉を擦るような音がしたので、それに答える必要をまぬかれた。

「誰だ！」話を中断されて、公爵が怒りの声をあげた。

応答はなかったが、ドアがさっと開いて、男がひとり入ってきた。ミケロットの名で知られるスペイン人、ドン・ミケーレだった。ルクレツィアが愛した不幸な美童ビシェリ公アルフォンソを、その手で絞め殺したと言われている男だ。頑丈な体つきの毛むくじゃらの大男で、太い眉に、きびしい眼をもち、獅子鼻で、残忍な顔をしている。

「なんだ、おまえか」と公爵は叫んだ。その表情が変わっている。

「ムリエロン」と男が言った。

マキアヴェリはスペイン語をほとんど理解しなかったが、その不気味な言葉の意味はわかった。やつらは死んだ、ということだ。ドン・ミケーレはドアから動かなかった。公爵が歩みよると、二人は声をおさえて話しはじめた。スペイン語だった。何を話しているのか、マキアヴェリには聞こえなかった。公爵が一つ二つ短く質問すると、相手はこまかく答えているようだった。

ヴァレンティーノ公が快活な笑い声をあげた。奇妙な陽気な声だった。いかにも上機嫌で、おもしろがっているようすだった。しばらくしてドン・ミケーレが去った。うれしそうに眼を光らせて、公爵が椅子にもどった。

「ヴィテロッツォとオリヴェロットが死んだよ。生前ほど勇敢な死に際ではなかったようだ。オリヴェロットは泣き喚いて命乞いをしたそうだ。裏切りをヴィテロッツォのせいにして、道を誤ったと叫んでいたそうだ」

「パオロ・オルシーニとグラヴィーナ公はどうなりました？」

「明日、護衛に監視させて連れていくつもりだ。法王猊下から連絡があるまで拘束しておく」

マキアヴェリがもの問いたげな視線をむけると、公爵は答えた。

「悪党どもを逮捕したあと、すぐに法王に連絡して、オルシーニ枢機卿の身柄の確保を頼んでおいたんだ。それが確実になされるまで、パオロとやつの甥っ子には、犯した罪の処罰を待ってもらう」

チェーザレ・ボルジアの顔が暗い憂愁にくもった。その眉間に厚い雲がどんよりかかったかのようだった。部屋はしずまり返っている。マキアヴェリは謁見が終わったと考えて、腰をあげた。しかし公爵は、不意にいらだつように手をふって、まだすわっているよう指示した。そして口を開くと、ひくい声ではあったが、怒りのこもった断固たる強い口調で話しはじめた。

「あのケチな暴君どもを殺すだけでは十分じゃない。やつらの不当な支配の下で、国民は塗炭の苦しみをなめてきた。野蛮人どものの食い物にされてきた。ロンバルディアは略奪されている。トスカーナやナポリは年貢を強要されている。わたし以外に誰がいるか、あの貪欲な野獣どもを駆逐できる者が。このわたしだけがイタリアを解放できるのだ」

「神はご存じです、イタリア全土が、隷従の頸木《くびき》を断ち切ってくれる解放者の出現を、ひたすら待ち望んでいることを」

「いまや機が熟している。気運が高まっている。この事業に参加する者には栄光と功名が、この国の民衆には幸福と繁栄がもたらされるのだ」公爵はそう語りながら、その眼をぎらぎら輝かせ、まるで意志の力で相手を屈服させようとするかのように、マキアヴェリの顔をぐっと睨みつけた。「どうしてためらっているのだ？　わたしにしたがうことを拒むイタリア人は、ただの一人もいないのだぞ」

マキアヴェリはチェーザレ・ボルジアを厳粛な眼ざしで見つめていたが、やがて大きくため息をついた。

「閣下、わたくしの最大の願望は、われわれを蹂躙し腐敗させている野蛮人どもから、このイタリアを解放することです。われわれの国土を荒廃させ、われわれの女たちを陵辱し、われわれの国民の財産を奪いとる野蛮人どもを追いはらうことです。たしかにあなたは、神がこの国を再建させせんとして選ばれた人物かもしれません。しかしながら、あなたがわたくしに要求されている代償は、この身を生んだ都市の自由を死滅させる事業に参加させることなのです」

「しかし、あなたがいようといまいと、フィレンツェは自由を失うだろう」

「であるならば、閣下、わたくしはフィレンツェとともに滅びるつもりです」

公爵は肩をすくめた。不機嫌そうでもあり、怒っているようでもあった。

「まるで古代ローマ人のような物の言いようだが、分別ある人間の言葉とはとても思えん」

公爵は尊大に手をふって、会見が終わったことを告げた。マキアヴェリは立ちあがり頭をさげて、いつもの敬意を表する言葉を述べた。ドアのところまで行くと、背後から公爵の声がかかった。演技の冴える俳優さながら、不機嫌な声が一転、すっかり愛想のいい親しげな声に変わっている。

「書記官殿、退出する前に、ひとつ助言をしてくれないか。あなたはイーモラに滞在中、バルトロメオ・マルテッリとたいそう親しくしていたそうだ。あの男はわたしのために、二つ三つ臨時の仕事をうまくやってくれた。ところで、いま羊毛商人との交渉にモンペリエへ行かせる男を探しているんだ。そこであの男をパリにやって、ひと仕事させるのも、なかなか都合がいいと思うんだが、あなたの考えはどうだろう、バルトロメオを外国に行かせるというのはいいアイディアだろうか？」

公爵はいかにも気軽に、さりげなく話した。その言葉には質問の意味以上のものは何も含まれていないようだったが、マキアヴェリは、もちろん、言葉の裏にある意味をよく理解した。バルトロメオを長期間にわたってイーモラを不在にさせる旅行に出そうと言っている。なるほど、やっぱり、おれがアウレリアに執心していたことを知っていたんだ。マキアヴェリはきりりと口許をひきしめたが、それ以外には何も表情に出さなかった。

「閣下、わざわざお尋ねですから、申し上げます。バルトロメオは有能な男です。イーモラ市民が閣下のご統治に満足するように、日夜努めておりますから、あの者を遠地に派遣するのは重大な過ちになるでしょう」

「なるほど、おっしゃる通りだ。あの者はここにいさせよう」

マキアヴェリはあらためてお辞儀をし、謁見室から退出した。

30

ピエロと従者が待っていた。街路は暗く、人気がなかった。まだ死骸がいくつも転がっていた。どれもこれも身包《みぐる》みを剝がれて、素っ裸にされている。中央広場には、略奪者どもが見せしめのために、ずらりと絞首台に吊るされていた。一行は宿屋まで歩いていった。重い扉は錠がおろされ、閂がかけられている。扉を叩くと、覗き穴が開いて、鋭い眼が彼らを調べてから、家のなかへいれてくれた。ひどく寒い夜だった。マキアヴエリは台所の竈《かまど》の火にあたり、ようやく人心地がついた。あたりでは男たちが酒を飲んだり、さいころ賭博やトランプ遊びをしている。ベンチや床に寝ている男たちもいた。宿屋の主人がマキアヴェリとピエロを自分の部屋に案内すると、女房や子どもが寝ている大きなベッドの横にマットを敷いてくれた。二人は外套をひっかぶり、そこに並んで横になった。ピエロはすぐに寝てしまった。朝から馬に乗り通しできたし、すこぶる刺激的な一日だったたし、宮殿で長い間待たされていたから、さすがの若者も疲れ果てたにちがいない。しかしマキアヴェリは眠らなかった。考えることがあまりにも多すぎた。

ヴァレンティーノ公がおれの実らぬ恋の火遊びを知っていたのはまちがいない。しかし、あの底の知れない複雑な男が、おれの色恋沙汰を利用して、共和国の奉仕からひき抜けると思うなんてミスもミス、とんだお笑い草ではないか、マキアヴェリは苦笑せざるを得なかった。思慮分別のある男が一人の女に対する欲望で逆上《のぼ》せあがり、人生の重大事を見誤るなどと思うとは……。どうもおれは公爵を買いかぶっていたようだ。女なんていくらでもいる。公爵自身、ヴェネツィア軍歩兵隊長の女房、あのドロテア・カラーチョロを誘拐したとき、彼女の身柄の返還を要求してきたヴェネツィア大使にむかって、なんと言った？　ロマーニャの女たちに歓迎されないから、やむなく一時しのぎにヴェネツィア女をさらったとでも思っているのか、そう問い返したではなかったか。つまり恋は気まぐれ、女なんていくらでもいるんだ。マキアヴェリは別れの挨拶に行ったときを最後に、もう何週間もアウレリアの顔を見ていないが、いまでもあの女を欲しいと思ったとしても、それはすげなく袖にされて、自尊心が傷ついたからであって、欲望の炎がいまも燃え盛っているわけじゃない。そんなことはわかっている。そういうつまらん感情に屈していたら、とんだ阿呆にされてしまう。だが、マキアヴェリは知りたかった、どうして公爵はおれの情事の秘密を知ったのか……？　ピエロから洩れたなんてことは絶対にない。やつにいろいろ探りをいれてみたが、潔白だった。とすると、セラフィーナか？　いや、その可能性もない。十分に注意してきたし、何が進行しているか、気づいたそぶりはまったくなかった。カテリーナもアウレリアも、バルトロメオをだます計画に深入りしていたから、秘密をばらすわけがなかった。では、ニーナか？　いや、彼女にも十分に気をくばってきた。突然マキアヴェリはあっと言って、両手のひらで額を叩いた。おれはなんというバカ者だ！　この面に鼻があるのと同じくらい明々白々なことではないか。なんですぐに気づかなかったのか、自分ながらおどろきだった。おのれの体を蹴飛ばしたい思いだった。ちくしょう、やつだ、ティモテオだ！　あいつが公爵に買収されていたんだ。セラフィーナとも親しく、バルトロメオの家庭事情も知り尽くしていたから、フィレンツェ使節の動きをスパイするには、このうえない、うってつけの立場にいた。やつの眼と耳を通して、おれのすることなすことがすべて公爵に筒抜けだったんだ。誰がおれを訪問し、いつおれがフィレンツェに手紙を出し、いつその返事が届いたか……。

　自分がたえず監視の眼にさらされていたことに気がつくと、マキアヴェリは言いようのない不快感に襲われたが、これですべてがはっきりした。バルトロメオがサン・ヴィターレの聖遺物の前でつつがなく祈りを捧げていた夜、おれがアウレリアの勝手口のドアをノックするまさにその時刻に、公爵が迎えの兵を寄こしたのは偶然でもなんでもなかった。手筈を知っていたティモテオ坊主が、子細洩れなく公爵に注進していたというわけだ。こんちくしょうめ、とマキアヴェリは憤激した。あの栄養満点のクソ坊主、あいつのつるつるした首根っこをひっ摑んで、ぐいぐい絞め上げてやったら、どんなにか気がせいせいするだろう。チェーザレ・ボルジアはおれの心を見透かしたつもりでいた。おれが最初の計画に失敗したら、いよいよ欲求不満をつのらせて、その結果、やつの思うとおりに操れる柔《やわ》い男にできるとでも思ったんだろう。だからティモテオ坊主が、もうお助けできません、なんて言ったんだ。おまけにアウレリアに、慈悲深い神のご意志によって、あなたは大罪を犯さずにすんだのです、とか殊勝な説教までして、おれに近づくのをやめさせたんだ。

「あのクソ坊主め、おれの二十五デュカートの外に、いったい、いくらせしめやがった？」とマキアヴェリはつぶやいたが、その二十五デュカートをバルトロメオから借りたものであることも、そのバルトロメオの金が公爵から出ていたことも忘れていた。

しかしそれにもかかわらず、公爵が自分を家臣にするために、それほどの手間をかけたかと思うと、マキアヴェリはいささか満足感も覚えていた。公爵はおれをそれほど高く買ってくれていたのか、そう思うと悪い気はしなかった。フィレンツェでは、シニョリーアの連中がおれをおもしろい男だと思い、おれの報告書を読んで笑っているが、おれの判断をまるで信用しないし、おれの助言や勧告にけっしてしたがおうとしない。

「預言者も母国の外なら、多少の敬意を受けることもある、ということか」マキアヴェリはため息をついた。

マキアヴェリは、シニョリーアの連中を束にしても、自分の方がはるかに頭がいいことを知っている。共和国政府のトップ、ピエロ・ソデリーニは気が弱い。愛想はいいが、浅知恵しかはたらかない。過ちを犯すことを心配するあまり、正しいことをする熱意がない、公爵がそう言ったのは、たぶんソデリーニのことが頭にあったのだろう。彼の周囲にいる高官たちも、臆病で凡庸、まるで決断力というものがない。彼らのポリシーは逡巡すること、何も決定しないで先送りすること、だ。マキアヴェリの上司、共和国の書記官長はマルチェッロ・ヴィルジーリオという。彼がその地位を保っているのは、見てくれがよくて、弁舌の才があるからだった。マキアヴェリは彼に好意をもっているが、その官僚としての能力にはちっとも感心していない。あの頭の弱い連中はおれが大した地位にいないという理由でヴァレンティーノ公の許に送ったが、その下級官吏がイーモラの行政長官に任命され、公爵閣下の信頼厚い相談役になったと聞いたら、さぞやびっくり仰天するだろう。マキアヴェリは公爵の誘いを受けるつもりはみじんもなかったが、そんな想像をもてあそび、シニョリーアのお偉方が眼を丸くしたり、自分の政敵が憤慨したりするようすを想像して楽しんだ。

イーモラの行政長官なんて序の口だよ。チェーザレ・ボルジアがイタリア国王になったなら、おれは彼の宰相になって、フランス国王に仕えるあのダンボワーズ枢機卿よろしく、国政を動かすことができるかもしれん。しかし、はたしてイタリアはボルジア家の支配の下で、国家再生の救世主を見出すことができるだろうか？ チェーザレを駆り立てているものが私的な野心であるとしても、彼の精神は崇高であり、価値がある。彼は賢明であり、活力に満ちている。国民に愛されるように努めるとともに、畏怖されるように仕向けている。兵士たちに尊敬され信頼されている。いまイタリアは奴隷にされ、軽蔑・侮蔑されているが、しかし古代ローマ人の剛気・剛勇はいまだ死滅していない。強力な指導者の下に統一されるなら、イタリア国民は国内の安定を確立して、商業を繁栄させ、幸福を追求できるだろう。この苦悩する国土に永続する平和をもたらさんと望む者にとって、いまが栄光を手にする絶好のチャンス、またとない幸運が到来しているのではあるまいか？

しかし突然、マキアヴェリはあっと声をあげた。思いもしない考えに襲われて驚愕し、激しく体を動かしたので、横で寝込んでいるピエロが深い眠りを妨げられて、大きく寝返りをうったほどだった。まさか、あれもこれも、みんな公爵がしかけたジョークだったのではあるまいか? ヴァレンティーノ公は表面でこそ愛想がよかったが、じつはおれに不満だった。おれがシニョリーアに積極的に働きかけて、彼が求める傭兵契約をまとめようとしないから、内心腹を立てていたにちがいない。それもそうだろう、もしフィレンツェが傭兵契約を認めれば、公爵の威信は高まり、財力は強化されるはずだった。これがその仕返し、というわけか? マキアヴェリは体じゅうがむずむずしてきた。おれがイーモラにいる間、公爵やアガピートら側近たちが、おれの手の込んだ恋のたくらみの一部始終を眺めながら、それを失敗に追いこんで呵々大笑、とんだ笑劇を楽しんでいたのかもしれない。しかしマキアヴェリはそう思いながらも、いやいや、ちがう、と自分を納得させようとした。これはつまらん当て推量、くだらん邪推でしかない、そんなことはさっさと忘れることだと思ったが、どうも自信がなかった。それがいつまでも気になって、この夜はまんじりともしなかった。

31

翌朝、町の守備に小部隊を残すと、公爵は大軍を率いてペルージア攻撃の第一歩を踏みだした。

新年の第一日である。

ひどい天候だった。ふだんでも貧弱な街道は軍馬や輸送馬車や、進軍する兵士によってすっかり泥濘と化していた。部隊は小さな町で行軍を休止したが、そこには膨大な人員を収容する施設がなく、屋根の下に入れた者は幸運だった。マキアヴェリは快適な暮らしを好んでいたから、百姓小屋の土間で超満員の男たちと頬をくっつけ合って寝るのは、なんとも気分がすぐれなかった。それでも、ようやく疲れた手足を伸ばすことができた。食う物はあるものを食うしかなかった。消化器官のよわいマキアヴェリにとって、いよいよ悲惨な状況になった。

サッソ・フェラートに着くと、ヴィテッリの残党がペルージアに逃げこんだという知らせが入った。グアルドでは、カステッロ市民が公爵を出迎えて、市と領地を献上した。さらに使者が到着して、ジャンパオロ・バリオーニがペルージアを防衛する望みをすて、オルシーニ家やヴィテッリ家の連中とともに、重装騎兵をともない、早くもシエナに逃げ去った、と報告した。するとたんに、ペルージア市民が反乱を起こし、その翌日には大使がやってきて、市の降伏を申しでた。かくして公爵は一撃を振るうことなく、二つの重要な都市を手にいれた。軍勢はアッシジに進んだ。そこではシエナから使節が飛んできて、公爵閣下は巷間つたえられるところ、当市を攻撃されるそうだが、それは何ゆえかと尋ねた。公爵の返答はこうだった。わたしはシエナには多大の好意をもっているが、わたしの敵であるシエナの領主パンドルフォ・ペトゥルッチを追放する決意でいる、もし貴下らがみずから彼を追放するなら、わたしになんの恐怖を抱くこともないが、もしそうしないと言うなら、わたしが兵を連れていって、やつをこの手で追放するしかない。

公爵はシエナにむかって進軍したが、シエナ市民に思案する時間を与えるために、わざわざ回り道を通っていった。そして進軍の途中にある城や村を占領した。兵士たちは略奪に狂奔し、住民は災厄のくる前に逃亡した。残された者は逃げることのできない足弱の老爺や老婆だったが、兵士たちは容赦なく彼らを矛先に吊るしたり、足下に火をつけたりして、隠してある金目の物を出せと脅した。白状しなかったり、在り処を知らないために白状できないと、みんな拷問されて殺された。

やがてローマから吉報が届いた。シニーガリアで起きたことをつたえる息子の手紙を受けとった法王は、オルシーニ枢機卿に使いを送り、当然ながら、彼の友人や親戚の連中に事件の詳細は知らせずに、ただ要塞が明け渡されたというめでたい情報だけをつたえた。翌日、枢機卿は職務上、法王に祝意を述べにヴァティカンにやってきた。一族郎党もついてきた。いつものように控えの間に通されたが、そこでお付きもろとも逮捕された。この知らせを受けて、公爵は懸念なく捕虜の者たちを処分した。公爵の甘い言葉に騙された愚かなパオロ・オルシーニはミケロットの手で絞殺された。その甥のグラヴィーナ公も同じ運命をたどった。オルシーニ枢機卿はしばらくサンタンジェロ宮殿に幽閉されていたが、やがておとなしく死についた。法王も息子のチェーザレも、大いに祝杯を上げたことだろう。かくも長きにわたって、キリストの代理人たる法王に絶えざる心労を与えてきた一族が、手足をもがれたも同然になったのだから。自分たちの私的な敵を始末することが神の教会への重要な奉仕となったのである。したがってその喜びはひとしおだったにちがいない。かくしてこの父子は、キリストの神と貪欲の神とに、同時に仕えられることを証明して見せたのである。

32

マキアヴェリは、公爵の軍勢とともにチッタ・デッラ・ピアーヴェに着くと、自分の後任がフィレンツェをいま出立するという知らせを聞いて、ほっと胸をなでおろした。チッタ・デッラ・ピアーヴェはまずまずの町だった。宮殿もあったし、司教が住まう寺院もあった。そしてここでようやくひと安心、まともな住居に身をおくことができた。

公爵はここにしばらく軍を休めるつもりだった。マキアヴェリはひたすら願っていた。ここから腰をあげる前に、新大使ジャコモ・サルヴィアーティに、なんとか到着してもらいたかった。馬の背にゆられる長旅に体がすっかりまいっている。まずい食事に胃が音をあげている。一日の旅程のあとで身を横たえる宿は、いつも馬小屋同然のもので、まともに眠れたためしがなかった。

そして二日か、三日後のある日、マキアヴェリは午後になっても、ベッドに横になって、行軍で疲れた体を休めていた。のんびり寛いでいたものの、どうにも落ちつかない気分だった。心にかかる心配事があった。毎日のように、シニョリーアに知らせる必要のあることはみんな書き送っていたが、ただ、シニーガリアにおける公爵との会談の重要部分について、まだ報告していなかった。公爵はおれに富と権力を提供すると言っていた。これはおどろくべき要請である。もしこれをシニョリーアに告げたなら、すでに官僚として登りつめた地位にあるおれがこの誘惑に逆らえまい、とお偉方は考えるかもしれない。彼らは心がせまくて嫉妬深い、こずるい法律家たちである。だから、ヴァレンティーノ公がそのような要職をマキアヴェリに与える気があるらしいと知ったら、これはきっと二人の間に何か暗黙の了解があるにちがいない、と疑ってかかるだろう。そして、マキアヴェリという男は何を考えているかわからない、あまり信用しないほうがよいと判断して、早晩おれの首を切る適当な口実を見つけてくるにちがいない。まったくやりきれん。どうして連中は、自分では私益を優先させて国家を危機にさらしておきながら、おれには個人の利益よりもフィレンツェの利益を優先させろ、なんて言えるんだ！　まあ、ぼやいてみても仕方がない。この一件は黙しているのが賢明だろう。しかしそれだって、何かのはずみでシニョリーアの耳に入ったら、この沈黙そのことが、おれを断罪する理由となるだろう。いやはや、厄介な事態である。このときだった、突然、あたりに響きわたる大音声によって、マキアヴェリのもの思いは中断された。フィレンツェ共和国使節、ニッコロ・マキアアヴェリ殿はここにご逗留か、と宿屋の女将にどなっている。

「あっ、バルトロメオ様！」とピエロが叫んだ。いま彼は殊勝にも、主人の蔵書の一冊を借りて、窓辺で読書に励んでいるところだった。

「いったいなんで、あの男がここにきたんだ？」マキアヴェリはつぶやきながら立ち上がった。

そのとたん、あの大兵肥満《だいひよう》の男がどっと部屋に押し入ってきて、たちまちマキアヴェリの体を抱えるや、右と左の頬っぺたにちゅっちゅ、ちゅっちゅとキスをしている。

「いや、よかった、よかった。ニッコロ殿がようやく見つかった。苦労しましたよ。一軒一軒、通りの家を尋ねてまいりました」

マキアヴェリはようやく男の抱擁から体をふりほどいた。

「どうして、あなたがここに？」

バルトロメオは同様に若い縁者をおおぎょうに抱擁してから、マキアヴェリに答えた。

「イーモラの仕事の件で、公爵からお呼びがかかったんです。フィレンツェを通ってきましたから、あなたの後任の大使の従者といっしょにきました。明日、大使は到着されます。ああ、ニッコロ殿、わが親愛なる友、あなたはわたしの人生を救ってくださった」

そう言うと、バルトロメオはまたもやマキアヴェリを抱きしめて、右と左の頬っぺたにちゅっちゅ、ちゅっちゅとやりだした。そしてマキアヴェリはまたもやその抱擁から逃れでるのに苦労した。

「バルトロメオ殿、お会いできてよかった」マキアヴェリはやや冷淡な口調で言った。

しかし商人はその言葉をさえぎって言った。

「ニッコロ殿、奇跡です、奇跡が起きたんです。これはあなたのおかげです。あなたのおかげで、アウレリアが懐妊したんです」

「ええっ！」

「わが親愛なるニッコロ殿、あと七カ月もしたら、わたしはぴちぴちした坊やの父親になるんです。ほんとに、あなたのおかげですよ」

もしもあの火遊びがちがった展開を見せていたら、マキアヴェリはバルトロメオにそう言われて、いささかバツの悪い思いをしたかもしれないが、いまこの現実に直面してびっくり仰天、肝をつぶした。しかし心の動揺をおさえると、とげとげしい声で言った。

「落ちつきなさい、バルトロメオ殿。いったい、どういうことか話してください。それがどうして、わたしのおかげなんです？」

「これが落ちついていられますか？　わたしの人生最大の願望が実現したんですよ。これでわたしは安心して、墓に入ることができます。このわたしの血をうけついだ息子にわたしのすべての栄誉、すべての財産を残すことができるんです。妹のコンスタンツァのやつ、怒りくるってますよ」

そしてバルトロメオはウワッハッハと大笑い、いまにも踊りださんばかりだった。マキアヴェリは怪訝そうな眼をピエロにむけた。いったいどういうことなのか、まるで見当がつかなかった。ピエロも同じようにびっくりしている。

「もちろん、これはすべてニッコロ殿のおかげです。あなたがおられなかったら、ラヴェンナくんだりまで行って、あの寒い夜、サン・ヴィターレの祭壇の前で、徹夜してお祈りなどしなかったでしょう。あれがティモテオ修道士のアイディアであったことは確かです。しかしわたしは、あの男を信用していませんでした。あっちの聖地やこっちの聖地へ巡礼に行かされましたが、なんのご利益《りやく》もありませんでした。ティモテオ修道士は善人です。聖者のような男です。しかし、ニッコロ殿、坊主には油断がなりませんよ。

いろいろ助言をしてくれますが、腹のなかで何を考えているかわかりません。と言っても、けっして非難するつもりはありませんよ。彼らもわれらがキリスト教会の息子ですから。しかしそうは言っても、あなたのあのお話、ジュリアーノ・デリ・アルベルテッリ殿の話を聞いていなかったら、正直のところ、ラヴェンナ行きはためらったでしょう。でも、あなたのことは信用いたしました。あなたには、ただわたしの幸福を願う心しかなかったからです。ニッコロ殿、あなたこそ、友と呼べるお方です。わたしは自分に言い聞かせました。フィレンツェの名だたる市民の身に起きたことなら、このイーモラでそれなりの人間であるわたしにも、けっして起こらないはずがない、と。そしてその通り、わたしがラヴェンナからもどった夜、アウレリアは懐妊したんです」

バルトロメオは興奮してしゃべりつづけた。その顔におびただしい汗が吹きでている。ぴかぴか光る額をしきりに袖で拭いている。マキアヴェリは呆気にとられて、ただ相手を眺めているばかりだった。まるでわけがわからなかった。不愉快だったし、腹立たしくもあった。

「アウレリア様が懐妊されたのはまちがいないんですか?」マキアヴェリは無愛想に訊いた。「女というものは、こういうことになると、得てしておかしな思い込みをするもんです」

「まちがいありません。聖書の言葉と同様に、一点のくもり、まちがいのない真実です。

あなたがイーモラを去られる前は、わたしどもも自信がありませんでした。あのとき打ち明けたいと思いましたが、カテリーナとアウレリアは、どうぞ黙っていてくれ、事実がもっとはっきりするまで、何も言わずにいてくれと、そう言ったんです。あなたが別れの挨拶に見えられたとき、妻がひどいようすだったことに気づきませんでしたか？あの後ひどく叱られましたよ。あんなひどい顔をしているところを、ニッコロ様に見られたくなかったと言ってました。妊娠を気づかれると思ったんでしょう。すべての疑いがなくなるまで、誰にも知られたくなかったんです。恩人のあなたですから、お知らせすべきだと説得しましたが、お腹の子どものこととなると、女の気持ちがどういうものか、ニッコロ殿もおわかりでしょう」

「すこしも気づきませんでした」とマキアヴェリは言った。「何しろ、わたしも結婚して間がありません。その方の経験は限られておりますから」

「あなたにはいの一番にお知らせしたいと思ってました。あなたというお人がいなかったら、このように幸せいっぱいの父親には、とうていなれなかったでしょう」

バルトロメオはそう話しながら、ふたたび恩人を抱きしめようとしたが、マキアヴェリはその大きな図体をじゃけんに押しのけた。

「バルトロメオ殿、ご苦労様です、心からお祝いを申し上げます。しかしながら、明日にも大使が着任されるというお話ですから、失礼ながら、まごまごしているわけにもいきません。公爵閣下にも、さっそくご報告したいと思います」

「わかりました。しかし今夜ひと晩は、わたしと夕食ぐらいしてくださいよ。ピエロと三人で豪勢に祝おうじゃありませんか」

「しかし残念ながら、ここではとても夕食会などできませんね」とマキアヴェリは不機嫌だった。「食う物も満足にありませんし、ワインも、たとえあっても、とてもお口にできる代物じゃありませんから」

バルトロメオはまたウワッハッハと大笑いした。そして太った両手をもみ手しながら言った。「てっきりそんなことだと思ってました。ご心配いりません。あなたの許にトスカーナ最上のワインをフィレンツェからもってきました。ウサギと子豚の肉もあります。いかがでしょう、わたしの長男の健康を祝して、大いに飲もうではありませんか」

マキアヴェリはそのときまでひどく機嫌が悪かったが、イーモラを出立して以来ろくな物を食っていなかったから、そこそこの食事ができると言われては、すげない態度もとれなかった。そこで精いっぱい上機嫌を動員して、祝宴の申し出を受けいれた。

「では、ニッコロ殿、あらためてお迎えにまいりますが、その前にひとつ助言を聞かせてください。わたしがティモテオ修道士に、われらが奇跡の聖母様の祭壇に絵を献納する約束をしたことはご存じでしょう。このたびの幸運がサン・ヴィターレ様のお力によることはもちろんですが、聖母様を侮辱するようなことはしたくありません。そこでわたしは決心しました。聖なる御子をいだかれて玉座にすわる聖母様のそばに、このわたしとアウレリアがひざまずいている姿を描いてもらうんです、こんな風に両手を合わせて」バルトロメオは大きな手と手を合わせて、これぞ、し・あ・わ・せ、といった眼ざしを天井にむけてみせた。なるほど、これぞ大いなる信仰の表明である。「さらに聖母様のかたわらにサン・ヴィターレの像を描いてもらい、その反対側に、これはティモテオ修道士の意見ですが、彼の教会が捧げられている聖フランチェスコの姿も描いてもらうんです。いかがでしょうか、この構想は？」

「大へん結構な選択です」とマキアヴェリは言った。

「あなたはフィレンツェ人ですから、よくご存じと思いますが、どなたに注文を出したらよいでしょうか？」

「残念ながら、わかりませんね。ああいう絵描きの連中は、信用のならない放蕩者ばかりです。彼らとは交際したことがありませんから」

「お気持ちよくわかります。しかし、一人ぐらいお心当たりがあるでしょう？」

マキアヴェリは肩をそびやかした。

「去年の夏ウルビーノにいたとき、ペルジーノの若い弟子のことを耳にしました。なんでも師匠よりも上手で、将来有望な絵描きという話でした」

「名前はなんといいます？」

「わかりませんね。そんな話を聞かされましたが、自分に興味のないことは右の耳から左の耳へで、まるで記憶がないんです。しかし訊いてみましょう。わかるかもしれません。格安で頼めると思いますよ」

「いや、金額は問題じゃありません」バルトロメオはおおげさに腕をふって言った。「わたしは商人です。最高の物が欲しいときは、金に糸目はつけません。わたしにとって、最高であればそれで十分なんです。とにかく有名人にかぎります。必要な金はいくらでもはらいますよ」

「わかりました。フィレンツェにもどり次第、さっそく調べてみましょう」マキアヴェリはいらだつ気持ちをおさえて言った。

商人が去ると、マキアヴェリはベッドのへりに腰かけて、狐につままれたような顔をしてピエロを見つめた。

「おい、ピエロ、こんな話を聞いたことがあるか？　いったいどういうことだ、やつには子種がないのに」

「いや、おどろきました。まさに奇跡です」

「バカを言うんじゃない。イエス・キリストによって、そして彼の使徒によって、奇跡が行なわれたことは信じなければならん。われらがローマ教会も、聖人たちが行なった奇跡が真実であることを受容している。だが、奇跡の時代は終わったんだ。いずれにせよ、いったい全体、どういうわけで、サン・ヴィターレがバルトロメオのようなデブの愚か者のために、わざわざ奇跡を起こすというんだ？」

しかしそう言いながらも、マキアヴェリはティモテオ坊主が言った言葉を思い出していた。たしかやつは言っていたな、サン・ヴィターレに特別な力があるということが、このおれのでっち上げであろうとも、バルトロメオの絶対的な信仰が奇跡を起こすかもしれない、と。だが、しかし、そんなことがありうるだろうか？　あのときおれはその言い草を、もっと金をひきだすための偽善者の口実でしかないと思っていたが——。

ピエロが何か話しだそうとした。

「そのがま口は閉めておけ。おれはいま思案ちゅうだ」

マキアヴェリはこれまで一度として、自分が善良なカトリック教徒であるなんて思ったことがなかった。それどころか、あのオリンポスの神々がいまでも古代の住処にいることを願うことさえあった。キリスト教は人間に救済の真実と方法を示してくれたが、同時に、行動することよりも苦悩することを人間に要求している。そのために世の人びとは弱々しくなってしまい、邪悪な者たちの餌食になってしまった。つまり、大多数の人間は天国へ行くために、危害をくわえる者から身を守ることよりも、その危害を堪え忍ぶことこそ大事である、と考えるようになってしまった。至上の善とは謙虚であること、分をわきまえること、現世の事物を軽蔑すること、そんな風にキリスト教は教えている。だが、古代の宗教はちがう。宗教の本質が精神の偉大さや、人間の勇気や強さに存在することを教えていた。

しかしアウレリアの懐妊は現実に起きたことだった。マキアヴェリは衝撃を受けていた。彼の理性は不快に思ったが、一方、心のどこかで、超自然的な意志が働く可能性を心ならずも信じたい気もしていた。頭脳はそれを拒否したが、この肉体の骨や血液や神経が、なおも拒否できない疑念を感じている。まるで奇跡を信じてきた先祖代々の人間たちが、マキアヴェリの魂をひっつかみ、その意志を押しつけているかのようだった。

「そういえば、おれの祖父《じい》さんも、たしか胃が弱かったたな」突然、マキアヴェリはそう言った。

ピエロには主人がなんの話をしているのかわからなかった。マキアヴェリはため息をついた。

「人間が軟弱になってしまったとしたら、それは人間の程度がひくくなり、自分たちの怠惰な生活に合うように、宗教というものを解釈するようになったためかもしれん。宗教というものは本来、われわれが母国を愛し尊敬し、それを敵から防衛できる心構えを教えるものであるのに、それがすっかり忘れられてしまったんだ」

ぽかんとしているピエロの顔を見て、マキアヴェリは大笑いした。

「若者よ、気にするな。おれのバカ話にいちいち付き合うことはない。さてと、それでは、大使が明日くることを公爵閣下にお知らせする準備をしよう。まあ、何はともあれ、今夜は、あのおバカさんから、うまい夕飯をご馳走になろう」

33

二人は美味しい飯をご馳走になった。イーモラを離れていらい最初に口にするまともな食事と、バルトロメオがフィレンツェから持参した極上のキャンティ・ワインの影響で、マキアヴェリはすっかりくつろいだ気分になった。卑猥なジョークを飛ばし、古い猥談をひろうした。みだらに相好をくずし、下卑た言葉をつかい、スケベエ根性まる出しにして、バルトロメオを横腹が痛くなるまで笑わせてやった。三人ともすっかり酩酊していた。

シニーガリアの事件はイタリア全土を震撼させていた。想像力豊かなイタリア人が大勢、あれこれ尾ひれをつけて、いまこの大芝居を語っている。バルトロメオは目撃者からじかに事実を聞きたがった。ほろ酔い加減で上機嫌のマキアヴェリは、もちろん、その要望に応えてやった。すでにシニョリーアに事態の報告書を三回も、四回も書き送っていた。事の重要性のためもあったし、万が一、目的地に到着しない恐れもあったからだ。事件の推移を詳細に見直してみたし、ヴァレンティーノ公の側近たちから細かい情報も集めていた。その結果、当時は不可解きわまりなかった事の真相が、ようやく納得できるようになっていた。

マキアヴェリはそこからスリル満点の物語をつくり上げていた。

「ヴィテロッツォがチッタ・ディ・カステッロを出て、シニーガリアにむかうにさいし、家族や友人たちに別れを告げましたが、それはまるで今生の別れを告げているかのようでした。友人に城や財産などの後事を託し、甥たちに祖先の栄誉を忘れないよう命じたんです」

「危険を察知していたなら、なんでやつは、城壁で守れる安全な町を離れたりしたんですか？」とバルトロメオがたずねた。

「人間は運命の手を逃れることができるでしょうか？　われわれはおのれの意志に他人を屈服させられると考える。目的が実現できるように筋道をつけられると考える。そのためにわれわれは努力し、苦労し、汗を流す。しかし最後には、自分が運命に翻弄されていたにすぎないことを思い知らされるんです。あの傭兵隊長たちが逮捕され、パオロ・オルシーニが公爵の背信を口汚く非難したとき、ヴィテロッツォはただパオロにむかって、『くそったれ、思い知ったか、おまえがどんな過ちを犯したか、おれたちがどんな窮地に追いやられたか、みんなおまえの愚行のせいだ』と言っただけでした」

「やつにはりっぱな護衛がいるのに……。昔、あいつはクズの悪党ですよ。殺されて当然です」とバルトロメオが言った。「やつに馬を何頭か売ったことがありますが、ただの一度も代金をはらったことがありません。支払いを請求すると、チッタ・ディ・カステッロにやってこい、そうしたらはらってやると言うんです。まあ、泣き寝入りすることにしましたけど」

「それは賢明でしたね」

マキアヴェリは心の裡でたずねていた。あの無慈悲な男は人生の盛りをすぎて、病み疲れて逮捕されて、オリヴェロットと背中合わせに椅子にくくりつけられ、やがてミケロットの手で絞め殺されてしまったが、その死がやってくるまで何を考えていただろうか？　ミケロットは人付き合いのいい男だから、捕虜の絞殺に出かけるまで、仲間とワインの大瓶を空にしながら、下卑たジョークを飛ばしたり、ギターでスペイン風のメロディーをかなでて、故郷の野生的でもの悲しい唄を歌ったりしていただろう。そんなときのミケロットが、とんでもない人殺しだなんて、誰にも想像できないことだ。やつは自分の手で汚い仕事をすませたあと、どんな恐ろしい満足感を味わっただろうか？　マキアヴェリはにやりと笑った。そのうちやっこさんも用済みにされるんだ。そしてご主人様の手で、あの忠実な腹心の家来レミーロ・デ・ロルカと同じように、いや、もっと手際よくあの世へ送りこまれるだろう。

「奇妙な男です」とマキアヴェリはつぶやいた。「しかし偉大な男です」

「誰のことです？」とバルトロメオが訊いた。

「もちろん、公爵閣下のことですよ。他に誰のことを口にしたと思うんです？　公爵は誰にもまねのできない、完全無欠な二枚舌を使って、あっというまに敵を一掃してしまわれた。わたしたちは観覧席で眺めながら、ただ驚嘆し感嘆するばかりでした。画家どもは絵の具や絵筆を使って、おのれの芸術作品について語るわけですが、生きている人間を絵の具にし、機知・奸智を絵筆にして、この現実世界のカンヴァスに描いてみせる作品にまさる芸術が、いったいどこにあるでしょうか？　公爵は行動する人間です、猛烈に突進する人間です。しかしその美しい戦略を成功させるために、どれだけの忍耐と緻密な心を必要としたか、それは誰の想像をも超えているでしょう。四カ月の間、ヴァレンティーノ公は、陰謀家たちに自分の意図をあれこれ推測させながら、連中の恐怖に働きかけたり、嫉妬心を利用したり、手練手管で混乱させたり、嘘八百の約束をしたりして、相手をさんざん翻弄しました。無尽蔵の奸智を駆使して、彼らの間に不和の種をまいてやり、その結果、ボローニャのベンティヴォーリオ一族やペルージアのバリオーニ一族を一味から離反させました。それがどれだけバリオーニを不利にしたか、あなたにもおわかりでしょう。次はベンティヴォーリオ一族です。公爵は目的に応じて自由自在、友好的で親密にもなり、厳しく威嚇的にもなります。そして時いたるや、連中はのこのこ穴から這いだしてきて、まんまとワナに足を踏み入れたんです。まさに謀略の大傑作、そのみごとな計画、完璧な仕上げは、後世に長く語りつがれることでしょう」

話好きなバルトロメオが口をはさもうとしたが、マキアヴェリにはまだ言いたいことがあった。

「公爵はイタリアの厄病神——あのケチな暴君どもを一掃してくれました。さて、公爵の次の一手はどうなりますか？　彼に先立つ者たちは、イタリア再生のために神によって選ばれた役者たちです。そして彼らは、十分に動きまわったあと、運命の女神の手で早々に舞台から退場させられた、というわけです」

マキアヴェリは突然、椅子から立ち上がった。夕食の宴が退屈になってきたし、バルトロメオのありきたりな話を聞く気になれなかった。ご馳走になった礼を述べると、忠実なピエロを供につけて、商人を宿泊先へ送りかえした。

34

翌日バルトロメオは用件を片づけると、帰路の途中にあるペルージアへ発っていった。そのあとマキアヴェリは馬に乗り、ピエロと従者をしたがえて、公爵の要人数名とともに、フィレンツェ大使を出迎えに行った。そのジャコモ・サルヴィアーティが乗馬服からフィレンツェ政府高官にふさわしい衣服に着替えるのを待ったあと、マキアヴェリは信任状の提出のために、いっしょに公爵の宮殿へ行った。すぐにもフィレンツェに帰りたいところだが、やることがまだまだいろいろあった。これから大使が外交活動を行なうために、知り合いになっておくべき様々な人物を紹介しなければならないし、公爵の宮廷ではただで恩恵は受けられないから、どの人物にどんなサービスを受けたらいくら支払ったらいいかなど、細かな情報も教えなければならなかった。さらにどの男が信頼できて、どの男があやしいか、といったことも念押ししておく必要があった。マキアヴェリがシニョリーアに送った報告書を新任の大使がすでに読んでいたとしても、手紙が途中で奪われる心配があったから、報告書に書いていない事項もいろいろあった。したがって、共和国大使サルヴィアーティ殿が知っておくべき秘密情報は、膨大な量にのぼる。それをじかに口頭で、何時間もかけてつたえなければならなかった。

かくして六日間が過ぎて、ようやくマキアヴェリは帰還の途につく身になれた。旅の道程は長く、悪路であるし、安全とはほど遠い。したがって夜道を避けて旅程をかせぐために、早起きすることに決めた。夜明けとともにベッドを離れて、手早く身なりを整えた。従者がやってきて、昨夜のうちにまとめておいた鞍袋を階下におろすと、すぐに宿屋の女将が現われて、ご出発の準備はみんなできておりますと言った。

「ピエロは馬のところか?」

つけさせろ」


「いいえ、旦那様」

「どこにいるんだ？」

「出ていきましたよ」

「出ていった？　どこへ？　なんの用で？　厄介なやつだ、おれが待たされるのが嫌いなことぐらい、もうわかっていてもよかろうに。従者の一人に言って、すぐにやつを見つけさせろ」

女将はあわてて階下へ降りていったが、その背後で閉まったドアがすぐに開いて、ピエロがぬっと入ってきた。


マキアヴェリはびっくりして、眼を見はった。ピエロはいつものくたびれた旅装姿ではなかった。なんと公爵の兵士たちと同じ、あの真紅と黄色の軍服を身につけている。若者は唇に悪戯っぽい笑みをうかべているが、不安の色は隠せなかった。


「ニッコロ様、お別れのご挨拶にまいりました。公爵閣下の軍に入隊したんです」

「なるほど、悪ふざけじゃあ、そんな派手な衣装は着られんだろう」

「ニッコロ様、怒らないでください。この三カ月あまり、あなたとごいっしょに暮らしながら、わたくしは、いくらか世の有様をこの眼で見ることができました。大事件を目撃し、それに関わった人たちと話もいたしました。わたくしは腕力があります。丈夫で若い肉体があります。もはやフィレンツェに帰るわけにはまいりません。第二書記局で鵞ペンをにぎって、この人生を過ごすことなどできません。そんな仕事には不向きなんです。わたくしは生きたいのです。自分の力と運をためしてみたいのです」

マキアヴェリはしげしげと若者の顔を眺めていた。剃刀の刃のような真一文字の口許に、疑念の笑みがうかんでいる。

「どうしていままで黙ってたんだ？」

「お話しすれば、反対されると思ったからです」

「もちろん、意見はしただろうさ。それがおれの義務だからな。兵士の生活がどんなものか、どんなに厳しくて危険なものか、どんなに給与が悪いか、おまえは何も知っちゃあいない。兵士は危険を冒し、指揮官は栄誉を得る。兵士は飢えや渇きに苦しみ、風雨や、寒気や、猛暑にさらされる。捕虜になれば、身包みはがされ、文字どおり素っ裸にされる。負傷したら終わりだ、放っておかれて死んでしまう。たとえ傷が癒えたとしても、戦える体がなければ、町の通りで物乞いでもするしかない。粗野で乱暴で猥雑な男たちと暮らすうちに、道徳心を失い、高潔な魂も消えてしまう。そして、これもおれの義務だと思うから、こうも助言をしただろう。共和国の第二書記局ではたらく方が無難だぞ、と。尊敬されると同時に生活に不安のない仕事だからな。上司の気まぐれに調子を合わせて仕事をしていれば、食っていけるだけの給与はちゃんともらえる。寄らば大樹の蔭なんだ。たまにはちょっと破廉恥なところも見せて、だが実直に、何年も何年もつとめていると、おまえの能力次第では、非常な幸運に恵まれることもある。つまり、どこかの名門の義弟とか甥とか、お役所勤めはいやだなんていうおたんこなすが現われて、おまえに昇進のお鉢がまわってくるかもしれん。と、まあ、これがおれの講釈、若者に対する年長者の義務だ。だが、義務をはたしたら、あとはお好きにどうぞ、やりたいことをやったらいい、と言っただろうよ。おまえの意志をまげようなんて思わんさ」

ピエロはほっと安堵の笑い声をあげた、マキアヴェリに愛情を感じ、尊敬もしていたが、少なからず恐れてもいた。

「それじゃあ、怒っていないんですね？」

「坊主、怒ってなんかいないさ。おまえはよく仕えてくれた。誠実な若者だと思っている。忠誠心があるし、活力もある。幸運の女神は公爵に味方しているから、おまえが彼の運命の星にあやかりたい気持ちを非難するつもりはないさ」

「では、母やビアジオ叔父にうまく言ってくださるんですね？」

「だが、おまえのおっかさんは嘆くだろうな。おれが道を誤らせたと思うにちがいない。しかしビアジオは道理のわかる男だ。なんとかおっかさんを慰めてやるだろう。それじゃ、坊主、おれは出かけるよ」

マキアヴェリは若者を抱きよせて、両の頰にキスしてやった。しかしキスしながら、ピエロの着ているシャツに眼がとまった。襟をひっぱりあげると、そこには美しい刺繡がほどこされていた。

「おい、ピエロ、このシャツはどこで手にいれたんだ？」

若者の顔が真っ赤になった。

「ニーナです。あの娘《こ》がくれたんです」

「ニーナって？」

「アウレリア様の侍女ですよ」

シャツの生地はまぎれもない、わざわざフィレンツェから運んできて、バルトロメオに献上したあのリネン。マキアヴェリは眉間にしわを寄せながら、刺繍の出来ばえに眼をこらした。それからピエロの眼を覗きこんだ。若者の額に玉の汗がうかんでいる。

「じつは、アウレリア様がご主人のシャツをつくったあと、残ったリネンをニーナにくださったんです」

「なるほど、それでこの美しい刺繍はどうなんだ？　これもニーナが自分でやったのか？」

「そうです」

ずいぶん下手な嘘だった。

「それでニーナはシャツを何枚くれた？」

「たった二枚です。それ以上つくるだけの生地がありませんでした」

「なるほど、たいしたもんだ。一枚着ている間に、もう一枚を洗濯できるからな。ピエロ、おまえは運のいい若者だ。おれは数えきれないくらい女と寝たが、いつも贈り物を差し上げるばかりで、いただいたことなんか一度もない」

「ニッコロ様、わたくしはあなたの仰せにしたがったまでです」ピエロは媚びるような口調で言った。「あなたは、あの娘の気をひくよう命じられました」

マキアヴェリはもうよくわかっていた。アウレリアが高価なリネンを何ヤードも侍女に与えるわけがない。それにこのみごとなデザインが、どうして侍女ふぜいにできるんだ。カテリーナ夫人が言っていたではないか、この繊細にして優美な刺繍は、ただアウレリアのみなしうるところです、と。若者にシャツをやったのはアウレリア、それにまちがいない。だが、なぜだ？　こいつがバルトロメオの従兄弟だか、再従兄弟だからか？　笑わせるなよ、すかたんやろう、そら、真相が眼の前にあるじゃあないか。あの密会の晩、おれが公爵の宮殿にひっぱりだされている間、ピエロがしっぽり同衾していたのは、侍女のニーナなんぞでなく、ご主人様のアウレリアその人だった。バルトロメオの女房が妊娠したのはなんてことない、霊験あらたかなサン・ヴィターレ様の奇跡の力でなく、ここに立っている若者のきわめて自然なる介助があってのことだった。それで何もかもはっきりした。あれほど再度の密会を求めても、カテリーナ夫人がなんのかんのとおかしな理屈をくっつけて、だめよ、だめよと断っていた理由も、アウレリアが一切の交渉を避けていた理由も、明々白々、よくわかるというもんだ。マキアヴェリは冷たい憤怒を感じていた。あの尻軽女どもめ、おれをけっこうな笑い者にしてくれた。おまけにおれが眼にかけていた小僧までが……。主人は一歩さがって、ピエロの顔をよくよく眺めてみた。

マキアヴェリは、眉目秀麗、男前なんて重視したことがなかった。これはと思う女をものにするには、容貌・容姿なんぞより、感じのいい態度や、ひょうきんな話しぶりや、大胆な口説き方、それこそが、いちばんの秘訣だと心得てきた。ピエロがけっこうハンサムなのは認識していたが、その顔をじっくり眺めたことなど一度もなかった。マキアヴェリはいまあらためて、眼に怒りをこめて、この若者を観察した。背が高く、均整のとれた体。肩幅はひろく、腰は細く、脚はすんなりと伸び、真紅と黄色の軍服姿がいかにも凜々しく、颯爽としている。茶色の巻き毛がぴったり帽子のように頭をおおい、大きな茶色のまるい眼が形のよい眉の下できらきら光っている。オリーブ色の肌は少女のようになめらかで、透きとおり、小さな鼻はすらりとして、赤い唇が官能的で初々しく、可愛いらしい耳がちょこんと頭の両脇についている。表情は大胆で率直、機知と魅力にみちている。

「なるほど」とマキアヴェリは反省した。「こいつは脳たりんの女の心をつかむにはぴったりの色男だ。それに一度も気づかなかったが、うかつだった、してやられたわい。

もっと用心しておくべきだった」

マキアヴェリはおのれの愚かさ加減を罵った。だが、ピエロが亭主の従兄弟か再従兄弟であったとしても、学校出たての青二才、仕事といえば使い走り、おれが顎で使っていたこわっぱに、どうしてアウレリアが思いを寄せたのか？　ビアジオの甥ということで、こいつを甘やかしていたとしたら、いささか悔やまれるところだ。ピエロは無知な男ではないが、ひろい世間を生きた経験から得られる優雅な立居振舞などまるでない。お偉方の前ではせいぜい口をつぐんで、黙っているのが関の山だ。ところが、このおれはどうだ、女を扱うコツを心得ているし、ものにしようと狙ったら、失敗したことなんか一度もないぞ。情事の科学と技術と実践について、おれに何か教えられるような男がいたらお眼にかかりたい。古今東西の知識を額におさめ、洗練された座談を得意とする高位の男が足下にいるというのに、なんでアウレリアはケツの青いおたんちんに美しい眼ざしをむけたんだ？　まったくわからん。多少なりとも分別のある女なら、思いもしないことではないか。道理も常識もあったもんじゃあない。

ピエロは落ちつきはらって、いつまでも自分を見つめる主人の視線を受けとめていた。いまではすっかり困惑の態を脱して、用心深く、抜け目のない眼を光らせている。

「わたくしは非常に幸運でした」ピエロは冷静な口調で言った。まるで幸運をつかむことが自分の義務であるとでも言いたげである。「じつは、ロドヴィーコ・アルヴィス伯爵の小姓がシニーガリアにくる途中、病気になってローマに帰ってしまいました。その後釜にわたくしを雇ってくれたんです」

このロドヴィーコ伯爵とはチェーザレの寵臣の一人で、槍騎兵として軍勢にくわわっているローマ人郷士である。

「どんな手づるがあったんだ？」

「はい、バルトロメオ殿が公爵の財務官に口を利いてくださり、その財務官殿が話をまとめてくださいました」

マキアヴェリはすこし眉をあげた。この若者はバルトロメオの女房をものにしたばかりか、公爵の寵臣と渡りをつけて、引く手あまたの地位をまんまとせしめやがった。これがおれのプライバシーに関わることでなかったら、腹を抱えて大笑いするところだ。

「幸運の女神は大胆な若者を寵愛される」とマキアヴェリは言った。「おまえはいいところまで行けるだろう。だが、ひとつ忠告しておこう。おまえはおれのように、機知や頓知で評判をとる男じゃない。誰もおまえを分別のある男なんて思うまいからな。そこのところに気をつけるがいい。だから、人の気分の良しあしに注意をはらって、相手にうまく調子を合わせるようにしろ。そいつが陽気なときには、いっしょに大笑いするといい。しかし憂うつな顔をしていたら、おまえも暗い顔をして見せろ。バカ者どもの前で利巧ぶったり、賢者の前でバカになったりするのは、愚の骨頂だ。誰に対しても、おまえ自身の言葉で話すがいい。しかし礼儀を忘れてはいかん。礼儀を守るのに金はかからんが、けっこういい見返りがある。おまえ自身の値打ちと、それを見せる方法を知っておくと、二倍の価値を生んでくれる。他人を楽しませないで、自分だけ楽しんでいてはいかんぞ。それは愚か者のすることだ。それからこれも忘れるな。他人の美徳を褒めてやるより、彼らの悪徳の世話をしてやる方が、ずっと気に入ってもらえる。友人とはあまり親しくなるなよ。万一そいつが敵にまわったら、手ひどい仕打ちを受けるかもしれん。しかし敵だからといって、徹底的に痛めつけてはいかん。将来、味方になってくれるかもしれないからな。発言にはよくよく気をつけろ。つねに時と所を心得てものを言い、いったん口にしたら、もうそれを取り消したりするんじゃない。真実というものは、人間が行使できるもっとも危険な武器だから、その使用には十分に注意しなければならん。自分が何を信じているとか、自分が言ったことを信じているとか、おれはそんなことを一度も言ったためしがない。たまたま真実を言うことがあっても、その在り処がわからんように、無数の嘘のなかに混ぜている」

しかし、こうした古い格言や陳腐な文句を舌先にならべながら、マキアヴェリの頭はもっと重要な事柄に集中していた。実のところ、自分の言っていることなどほとんど聞いていなかった。それというのも、マキアヴェリにはわかっていた。公人は簡単に腐敗し堕落するし、無能力で、残酷で、復讐心が強く、無定見で心定まらず、利己的で、自分勝手で、弱くて、愚かで、それでいて、国家最高の栄誉を獲得できるのである。しかし、それも、人の嘲笑を買うようになったら、お終いである。名誉を毀損されたら、法廷で戦える。中傷誹謗は、軽蔑してやればいい。しかし嘲笑されたら、もう手の打ちようがない。不思議なことだが、全能の神にはユーモアのセンスってものがない。つまり嘲笑は悪魔の武器である。完璧を目ざして必死に努力する男の野心をうちくだく悪魔の強力な武器である。マキアヴェリは同胞市民から高く評価されていることや、共和国トップが自分の意見に注目していることを重視していた。おのれの判断に自信をもっているし、重要な仕事をやりたい野心もあった。しかし先を見通すくもりない彼の眼には、失敗に終わったアウレリアとの情事において、自分がとんだ喜劇の主人公を演じている姿がありありと見えていた。もしこの話がフィレンツェの街路で語られたら、おれはすっかり物笑いの種にされる。辛らつなフィレンツェ人の頓知・頓才に火がついて、落首や警句がそこらじゅうに飛びかうだろう。冷やかしの嵐や、残酷なあてこすり、それを想像すると、背筋に寒気が走ってくる。身の縮まる思いがする。親友のビアジオまでが、下手な冗談を駆使して、さんざん小ばかにされてきた積年の思いを、ここぞとばかりぶつけてくるだろう。ここはいちばん、ピエロの口を塞いでおかねばならん。さもなければ、おれは一巻の終わりになる。そこでマキアヴェリは優しく若者の肩に手をおくと、愉快そうに笑ってみせた。しかしその眼は、ピエロの若者らしい活気にみちた眼をじっと見つめて、冷たいきびしい光を発していた。

「ピエロ、最後にもうひとつ言っておく。幸運の女神は気まぐれで、落ちつかない。女神はおまえに権力や栄誉や財産をくれるかもしれないが、苦役や汚名や貧困をもたらすこともある。ヴァレンティーノ公とて、女神の手のうちで弄ばれる存在だ。運命の糸車の回転次第で、女神は公爵を破滅の底に突き落とすかもしれない。したがって、おまえも、フィレンツェに頼りになる友人がいなければならん。不運にも苦境に陥ったさいにおまえを助けてくれる者を、敵にするようなことがあってはならんぞ。それは無分別、軽率な振る舞いというものだ。共和国は自分の許を去って、疑わしい相手に仕えるような者には、ひときわ厳しい疑念の眼をむける。その筋にちょっとささやかれただけで、たちまちおまえの財産は没収されてしまう。おまえのおっかさんは家を追われて、意地の悪い親類縁者の施しで生きるはめになるかもしれん。しかも共和国の追及の手は長く、遠くにまでとどく。もし必要とあれば、飢えたガスコン兵を見つけて、数デュカートの金をやり、おまえの背中に短剣をぶすりと突きたてさせることなど、お茶の子さいさい、いとも簡単にやってのける。おまえをフィレンツェ政府のスパイだと密告する手紙が公爵の手にわたり、その結果、おまえは拷問にかけられて、はい、そうでしたと白状させられ、そこいらの盗人と雁首ならべて、絞首台で首を吊られるかもしれん。そんなことになったら、おまえのおっかさんはさぞ嘆き悲しむだろう。だから、おまえ自身のために言っておくが、自分の命を守るように、秘密は心のうちに秘めて、けっして人にもらすんじゃない。知っていることを相手かまわず話していたら、とんでもない災難に見まわれるぞ」

マキアヴェリはピエロの茶色い澄んだ眼を凝視していたが、若者が理解したことがわかった。

「ニッコロ様、ご安心ください。わたくしは墓石のように沈黙し、秘密をもらすことはありません」

マキアヴェリはハハハと明るい声をあげて笑った。

「ピエロ、おまえが愚か者だなんて、一度も思ったことないよ」

マキアヴェリの手許にはフィレンツェにもどる旅費しかなかったが、ここは少々気前をよくするときであると思い、財布の紐をほどいて、ピエロに五デュカートの餞別をやった。

「ピエロ、おまえはよく仕えてくれた。おれのためにも、共和国のためにもよく働いてくれた。ビアジオに話してやったら、さぞ喜ぶことだろう。いい土産話ができて、おれも大いに楽しみにしている」

マキアヴェリは愛情をこめて若者に別れのキスをした。それから手をつないで階下へおりていった。マキアヴェリが鞍にまたがる間、ピエロは馬の首を押さえていてくれた。

そして市の城門まで馬の横にしたがってきた。二人は城門のところで別れを告げた。

35

マキアヴェリは馬に拍車をあてると、勢いよく走っていった。二人の従者が後からついてくる。彼は不愉快きわまりない心境だった。事実は否定しようがなかった。やつらはおれをコケにしやがった。ティモテオ坊主め、アウレリアとあの母親め、そしてピエロのやつめ。どいつにいちばん腹を立てるべきか、それはわからん。最悪なのはやつらに対して、その仕返しをしてやる方法が一つも見あたらないことだった。ちくしょうめ、おれをダシにして、さんざん笑い転げたにちがいない。もちろん、アウレリアはバカだ。あらゆる女どもがそうであるように、浅はかで、阿呆、脳たりんだ。そうでなけりゃあ、いまが男盛りの三十三歳、共和国の命運をになって、重大な外交交渉を託された政府の要人たるこのおれを袖にして、顔は可愛いらしいかもしれないが、生っ白い生兵法《なまびょうほう》の青二才、そんなやつに心を許すはずがないだろう。まともな頭のある人間なら、どこをどうくらべたって、おれに軍配をあげないわけがない。おれが嫌いだなんて言うやつはどこにもいないんだ。女房のマリエッタを見るがいい。あいつはおれの頭を見るたびに、あなたのおつむは形がよい、おぐしの生え方がいい、まるで黒いビロードの帽子が乗ってるようなんて、いつも言ってるじゃないか。まあ、マリエッタを嫁にできて、神様に感謝しなければならんなあ、心から信頼できる女がいるんだから。半年ほったらかしにしても、おれ以外の男に眼をくれるようなことはない。もっとも、このところ少々こうるさくなってきている。いつ帰ってくるのか、どうしてもっと手紙をくれないのか、一文無しでほったらかして、どうして生活費をくれないのか、いろいろビアジオを通して苦情を言っている。しかし、まあ、あれの立場におかれたら、どんな女でも不平を言わずにはおれんだろう。家を出てから、もう三月半になるんだから。さだめし腹も大きくなったことだろう。出産するのはいつごろだろうか? 赤ん坊の名前はもう二人で決めてある。息子なら、すでに天国へ行っている親父の名をとって、ベルナルド。今度の長い不在にあれが不平を鳴らしているのも、つまりはおれを愛しているからさ。可愛いやつだよ、マリエッタ。あれの許に帰っていくのも結構なことさ。それが女房をもつことのいいところだ。欲しくなったら、いつでもそこにいてくれるんだ。もちろん、アウレリアのような美人じゃないが、貞淑このうえない。その点なら、カテリーナ夫人の娘なんぞおよびもつかんぞ。マキアヴェリは妻に土産物をもって帰りたいと強く思った。これまでそんな気持ちに駆られたことはついぞなかった。しかし悲しいことに、肝心なこのとき、彼の懐には余分な金が一文もなかった。

まったく、アウレリアにあんなに金を使うんじゃあなかった。薔薇の香油に金糸の刺繡入り手袋に、高価な絹の青いスカーフ、おまけにカテリーナにも金メッキじゃあないが、銀メッキのネックレスを献上してしまった。あの女が多少なりとも礼儀ってものを心得ていたら、せめてネックレスは返してくれただろう。ああ、あれをマリエッタにやればよかった。あいつなら、随喜の涙を流して贈り物を手にしただろう。もっとも、この世に、女がもらった物を返したことなんてあっただろうか？

あんちくしょう、淫売宿の遣り手婆たあ、おまえのことだ、カテリーナ！　遣り手婆だって、もちっと誠意ってものがあるだろう。あのネックレスが情事の手引きの代価だってことは、百も承知していただろうに。肝心の商品を納入できないとなったら、少なくとも代金を返してよこすのが筋というもんだ。だが、あの女が抜け目のない浮気女だってことは、最初にひと目見たときに推測できていた。自分ではもう楽しめないもんだから、他人の淫蕩に手を貸すことで、汚らしい悦楽にふけっていやがる。金貨を一まい賭けたっていい、まちがいなく、あいつが自分からピエロとアウレリアの手をひいて、ベッドに連れていったにちがいない。おれがどしゃ降りの雨のなかで、勝手口のドアのわきに立っているとき、やつらは、おれがピエロにもって行かせた肥えた雄鶏の肉や、老舗の菓子や上等なワイン、あれをみんな食ったり飲んだりしながら、笑い興じていたにちがいない。バルトロメオがあんなに間抜けでなかったら、大事な女房の監視役をあんな女に委ねるなんて、愚の骨頂もいいところ、狂気の沙汰であることがわかるだろうに。

マキアヴェリはふと、あの愚かなデブの男に思いをはせた。あれもこれも、とどのつまり、みんなやつの責任だ。まったく、やつがちゃんと女房に気を配っていてくれたら、おれもその気にならなかったし、実際に手を出すこともなかったんだ、マキアヴェリはそうつぶやかざるをえなかった。

すべてはバルトロメオの責任である。だが、なんてバカをしたんだ、このおれ、マキアヴェリ様は！　密会の約束を守れなかった申し訳に、アウレリアに高価なスカーフまで送りとどけた。しかも、逢引が流れたすぐ翌朝に、人もあろうにあのピエロにもっていかせた。この世ならずひどい気分で、カラスみたいに声がしわがれて、バルトロメオが帰る前にと、気ばかり急いて……やつらはくすくす笑いがとまらなかったろう。おまけにピエロのやつめ、これをもっけの幸いとばかり、もう一度……もっとも、二人は若いし、似合いのカップルだし、棚から牡丹餅、眼の前の据え膳とくりゃあ、やつだってなんの遠慮もしないだろうさ。

まったく気がめいってくる。ふんだんに贈り物をしたばかりか、とっておきの小話までして楽しませてやった。彼女の心を捉えるために、フィレンツェでいま流行の唄を聴かせてやり、さんざんお世辞も言ってやった。まあ、要するに、好きな女の機嫌をとるために、男がやることをすべてやって差し上げた。そのあげく、ああ、そのあげく、いやな若僧が横から出てきて、ひょいとトンビの油揚げ、まんまとさらっていきやがった。年が十八、見てくれがいいというだけで、おれがひと月もかけて、身分不相応な出費までして、狙っていた獲物をタダでもっていきやがった。あいつめ、あの晩どんな手を使って、事を運んでいったのか、そいつを知っておきたいもんだ。たぶん、カテリーナが手引きをしたんだろう。バルトロメオが甥を養子にするのを恐れて、伸《の》るか反《そ》るかの大一番、色目を使って娘に勧めたにちがいない。ちくしょう、あの遣り手婆め、こんなセリフを言ったかもしれん。

「それじゃあ、わたしたち、どうしましょう?　一晩じゅう、ニッコロ様をお待ちすることはできませんわ。でも、こんな機会は二度とないし、むだにするわけにもいきませんよ。どうかしら、アウレリア、わたしがあなたの立場なら、ためらったりしないけど。ごらんなさいよ、この青年。このやさしいお顔、可愛らしい巻き毛。市庁舎の壁にかけてある、あの絵のなかの美青年、アドニスそっくりじゃありませんか。この方とニッコロ様のどちらを選べと言われたら、言うまでもありません。あの黄ばんだ肌の、長い鼻の、小さな眼ばかり光らせている男より……さあ、アウレリア、比較しようのないことです。あの痩せこけた書記官よりも、このアドニス様が、あなたの願いを存分に叶えてくれますよ」

ひどい女だ。不道徳な女だ。だが、どうしても、おれには理解できん。娘に息子を生ませるのに、世間のことを知り尽くしている聡明な男でなく、どうしてあの青二才を選んだのか？

だが、カテリーナがそんなセリフを言う必要もなかったかもしれん。たしかに、ピエロは無邪気な顔をしている。少々内気にさえ思えるかもしれないが、人は外見にだまされやすい。やつにはけっこう人をごまかす才能がある。やつとアウレリアとの間に何があったか、みじんも感じさせなかった。あいつは面の皮のあつい冷静沈着な嘘つきだ。おれがシャツに気づいたとき、はじめは困惑した顔を見せたが、なんとすばやく平静さをとりもどしたことか。主人の沈黙の非難に対して、なんと平然たる態度を見せたことか！　やつめ、厚かましくも、アウレリアの唇に遠慮なくキスして、相手が拒まないと知るや、いけしゃあしゃあと胸もとに手をいれて、乳房の間に指を這わせて……それから先のことは誰にでも想像がつく。マキアヴェリはバルトロメオの寝室と、バルトロメオのベッドを思い浮かべて、怒りで気が狂いそうだった。

恩知らずの青二才！　マキアヴェリは思わず声をあげた。

マキアヴェリはまったくの善意の心から、ピエロを旅に同行させたのである。やつのためになることをいろいろしてやった。知っておく価値のある人物にも紹介してやった。やつの人格形成に大いに力をつくし、立居振舞まで教えてやった。要するに、やつの品性、才能を高めてやった。自分の知恵や分別を惜しげなくつかって、この世の習いを教えてやったし、友人のつくり方から、人に影響を与える秘訣まで伝授してやった。そして、そして、そのお返しがこれだ。おれがこれぞと思いつめた女を、ひと言の挨拶もなく、この鼻の先からプイともっていきやがった。

「とにかく、やつの心のなかに、神の恐ろしさを叩きこんでやる」

恩人に悪戯をしたときに、それを友人に吹聴できなければ、興趣の半分が消えることをマキアヴェリは知っていた。だから、ピエロの口を封じてやったことで、すこしは慰めを感じていた。

しかしアウレリアやピエロや、カテリーナやバルトロメオに覚える怒りをすべて合わせても、あのティモテオ坊主に対する激しい怒りにはとうてい及びもつかない。おれの巧妙な計画をすべてぶちこわした張本人、腹黒い大うそつきの悪党やろう。

「フィレンツェで四旬節の説教をやろうなんてとんでもないぞ」マキアヴェリは歯をきりきり鳴らして唸った。

もちろん、あの坊主を当局に推薦するつもりなど端からなかったが、たとえいくらかその気があったとしても、いまはなんのためらいもない、断然、やつにノーと言ってやれる、そう思うと、すこしは満足感が感じられた。あの男はやくざだ、ならず者だ。民衆の間でキリスト教の影響力が失われつつあるのも当然である。神に宣誓している宗教家たちに誠実さの欠けらも、正邪の観念もないとなれば、当然ながら、一般大衆、庶民、人民が悪辣になり、放縦になり、腐敗・堕落していくことになる。ああ、おれはやつら全員にコケにされ、バカにされ、間抜け、阿呆にされてしまった。だが、あの極道坊主め、誰にもましてあの悪党は、おれをバカのなかの大バカのバカにしやがった。

一行は街道沿いの宿屋に休止して、食事をした。飯はまずいが、ワインはまあまあだった。マキアヴェリはたっぷり飲んだ。それでふたたび鞍にまたがったときには、世界がいくぶん明るく見えてきた。牛をひいている農民や、重い荷物をつんだロバの尻に乗っている男を追いこした。徒歩や乗馬の旅人たちに出会った。マキアヴェリはしばしヴァレンティーノ公に思いをはせた。公爵はおれの恋をぶちこわす陰謀にくわわっていた。謀反人どもに対する策略を心に秘めていたように、その悪戯を隠していたことがジョークだとしたら、そしておれを自分の権力下に組み入れる計画の一部だったとしたら……公爵閣下、お気の毒です、すべてが水の泡になりましたよ。するとまたアウレリアのことが頭にうかんだ。覆水盆に返らずだ。いまさら死んだ子の年を数えてもはじまらない。四カ月前には、あの女の顔すら知らなかったんだ。わずか五、六回会っただけだし、言葉を交わした回数もそのくらいだ、そんな女のことをあれこれ思い煩うなんて、ばかげたことではないか、ええ、マキアヴェリさんよ。何もおれさまが、肝心なところで女の肘鉄を食らった最初の男というわけでもあるまい。賢明な男なら、これは哲学的に対処してしかるべき問題である。幸いなことに、事実を知っている連中がばらすということはない。それについて沈黙することが、やつらの利益に適っている。あんな風にコケにされるのはたしかに屈辱である。しかし、屈辱を知る者が自分一人であるとしたら、誰でもそれに堪えられるだろう。要するに、それを外から客観的に見ていればいい。どこかの誰かに起きたかのように、他人事として泰然自若、平然と眺めていればいいのである。マキアヴェリの心はようやく思い定まった。

と突然、マキアヴェリは大声を発して、ぐいっと手綱をひいた。馬は止まれと命じられたと思い、急に停止したので、馬上の主は鞍から放りだされそうになった。従者が馳せよってきた。

「旦那様、いかがなされました？」

「いや、いや、なんでもない」

マキアヴェリはふたたび馬を進めた。彼がおどろきの声をあげ、本能的に手綱をひいたのは、思いもしないアイディアが頭に閃いたからだった。最初は食った物を吐くのではないかと思ったが、じつは霊感を感じたのだった。そうだ、あの情事の一件を芝居にしてやろう、そう思いついた。それこそ、おれをコケにして、おれからいろいろ奪いとっていったやつらに対する、最高の優雅な復讐ではないか。やつらを芝居に登場させて、思う存分笑ってやる、これがおれの復讐のやり方である。すると憂鬱な気分が消えていった。マキアヴェリは馬を走らせながら、いそがしく想像力を働かせはじめた。その顔から意地悪そうな喜びが光となって放射している。

舞台はフィレンツェにしよう。フィレンツェの街路ならよく知っているから、芝居がいっそう面白くなる。登場人物はそろっている。あとは舞台でうまく効果が出るように、連中の性格にちょいと風味をくわえてやればいい。たとえばバルトロメオだ。やつは現実よりも、もっと愚かに、もっと迷信深い男にする。そしてアウレリアはもっと無邪気で、従順な女にしよう。ピエロはすでに決まっている。主人公が目的を達するための手段を工夫するぽん引き、ならず者の色男といった役どころだ。芝居の大筋は頭のなかでほぼ固まっている。マキアヴェリ自身は主人公として登場する。名前はすぐに思いついた。カリーマコだ！　フィレンツェ生まれで、男前で、若くて金持ちで、数年パリに住んでいた。それならフランス人がきらいで、尊敬もしてないおれが、ちくりちくり嫌みを言って聞かせることができる。このカリーマコ、故郷のフィレンツェにもどってきて、アウレリアを眼にしたとたん、激しい恋のとりこになる。ところで、彼女はなんという名前にするか？　ルクレツィア、よし、それに決まりだ。マキアヴェリはくすくす笑ってしまった。あの古代ローマの伝説的な貞女の鑑、タルクィニウス王の息子に陵辱されて、屈辱のあまり自殺した女の名前である。もちろん、芝居はハッピーエンドにする。カリーマコは思い焦がれる女と愛の一夜を過ごすことになる。

冬の青空に太陽が輝いている。野原にはまだ雪が残っている。馬の蹄に踏まれて道路がばりばり音をたてる。十分に厚着しているから、寒さは感じなかった。マキアヴェリの心は芝居の構想で浮き立っていた。奇妙な興奮を感じていた。いまのところ、腹案にはテーマ以上のものはないし、個々の事実はあまりおもしろくない。したがって、場面をつなぐ首尾一貫した喜劇のプロットを考えなければならない。ただ観客を笑わせるだけではたりないのだ。おれの断固たる復讐の意図がひとりでに感じられるとともに、アウレリアの単純さやバルトロメオの愚鈍さ、ピエロの悪辣さやカテリーナの放埒さ、そして何よりもティモテオ坊主の悪徳をしっかりと印象づけるような、そんな奇抜なアイディアがなければならない。あの坊主の役は非常に重要である。マキアヴェリは想像の翼を羽ばたかせながら、手綱をもつ手をこすり合わせた。やつのありのままの姿を描いてやる。やつの貪欲さ、やつの良心の欠如、やつの狡猾さ、やつの偽善性、すべて洗いざらい描いてやる。登場人物には偽名をつけたが、やつには本名、ティモテオ修道士で登場させ、やつがいかに虚偽と邪悪の塊であるか、それを観衆に見せつけてやる。

しかしマキアヴェリは、どのように登場人物を動かしていくかというところまできて、アイディア不足で行き詰まってしまった。筋書きは予想外の、それもまさに想像を絶する、大胆な展開を見せなければならない。喜劇作家のプラウトゥスや、テレンティウスの手並みはよく知っている。彼らの作品を思い浮かべながら、自分の芝居に役立ちそうな上手《うま》い仕掛けがないかどうか、いろいろ検討してみたが、何も思いつかなかった。さらに問題の解決を困難にするものがあった。考えれば考えるほど、使い古された場面や、おもしろいセリフの断片や、滑稽な状況が手当たり次第、ただばらばらに頭にうかんでくるのだ。時間がたちまち過ぎ去り、いつのまにやら、今夜の宿にと定めておいたところに着いていたので、マキアヴェリはびっくりしてしまった。

「愛だと？　恋だと？　そんなもん、くそくらえだ」マキアヴェリは馬をおりながら、歯を嚙みしめてつぶやいた。「芸術にくらべたら、愛なんて、なんだってんだ！」

36

そこはカスティリオーネ・アレティーノという土地だった。宿屋はおんぼろだったが、わが家を出立して以来、宿泊を重ねてきた場所を考えてみれば、いまさら文句の言えた義理じゃない。野外でけっこうな運動をし、おまけに勝手気ままな空想にふけってきたから、食欲増進、すっかり腹がへっている。それで宿屋の入り口をくぐると、すぐに夕食の注文をしておいた。それから足を洗った。マキアヴェリはきれい好きな男だったから、四、五日に一度は足を洗うようにしている。洗った足を拭いたら、シニョリーアに短い手紙をしたためて、すぐに飛脚にたくして送った。宿屋は満員だったが、主人が言うには、部屋をひとつ用意できます、手前と女房が寝ている大きなベッドもございます、という。マキアヴェリはその女房にちらりと視線をやってから、いやいや、台所に羊の毛皮を二まいばかり敷いてくれたらいい、そこで十分、心地よく休息できると言った。それからマカロニの大皿の前にどっかと腰をすえた。

「芸術にくらべたら、愛なんて、なんだってんだ!」とマキアヴェリは最前の感想をくり返した。「愛は果なく夢見るようなものだ。だが、芸術は永遠なるものである。愛とは自然のなせる企みでしかない。われわれはその企みにだまくらかされて、誕生の日から今生の別れの日まで飢餓や渇きや、病気や悲しみや、羨望や憎悪など、もろもろの悪意にさらされつづける生き物を、この悲惨な世界にせっせと送りこむだけである。うむ、このマカロニ、なかなかうまく料理してある、思っていたよりうまい、うまい。ソースも風味良好、大いに食欲をそそる。鶏の肝臓と腸もいける。さて、つらつら思うに、神による人類の創造は、悲劇的な失敗であるばかりか、醜悪で不幸な出来事であったのではあるまいか? この生き物の創造と存在を正当化するような理由が、いったい全体、この世界のどこにあるか? あるとしたら、それは芸術だけではあるまいか? ルクレティウスやホラティウス、カトゥルスやダンテ、そしてペトラルカ、そうとも、愛なんて、ペトラルカの詩の一行にもおよばんぞ。たぶん、詩人たちの生涯が苦悩や挫折で彩られていなかったら、あのような神聖な作品を書きあげる意欲など生じなかったかもしれん。つまり、おれだって、アウレリアとしっぽり濡れていたら、芝居の台本を書こうなんて気を起こさなかったにちがいない。そこに眼をむければ、万事めでたし、言うことなし、ということになる。おれは安物の指輪を落としたが、国王の王冠を飾るにふさわしい宝石をひろったのさ」

うまい食事を堪能したり、勝手なもの思いにふけったりして、ようやくマキアヴェリはいつもの気楽な気分をとりもどした。そこで旅の坊さんとトランプ遊びをした。相手は修道院から修道院を渡り歩く修道士、そこは手心をくわえて、気持ちよく少々金をとられてやった。それから羊の毛皮の上に横たわると、たちまち白河夜船、夜が明けるまで熟睡した。

マキアヴェリは日の出とともに出発した。よく晴れた一日になりそうだった。あと何時間かしたら、わが家に帰りつく、そう思うとうれしくてたまらない。マリエッタのやつ、おれの帰還に有頂天になって、ひさしく等閑《なおざり》にされていた恨みつらみなんか、どこ吹く風、すっかり忘れてしまうだろう。どうかそう願いたいもんだ。夕食が終われば、ビアジオが会いにやってくる。ああ、親愛なる親切なるビアジオよ。明日はピエロ・ソデリーニをはじめ、シニョリーアのお偉方に会いに行くことになる。それがすんだら、友人たちにあいさつ回り。ああ、なんたる喜び、ようやくフィレンツェに帰っていく。

そして毎日、仕事に出かける書記局があり、子どもの頃からなれ親しんだ街路を歩きまわり、会話はしないまでも、名前だけは知っているあれやこれやの人びととすれちがう。ああ、なんたる喜び！

「お帰りなさい、旦那」と声がかかる。「これは、これは、ニッコロ殿、突然、どこから現われなすった？」と別の声が聞こえる。「さぞかしたっぷり懐に、お宝をいれてのお帰りでしょう」とまた別の声が言う。「ニッコロ殿、おめでたはいつですか？」お袋の友人の声も呼びかけてくる。

わが故郷よ、フィレンツェよ、花の都に幸いあれ。

それから、ラ・カロリーナもいる。あいつもいまは自由の身の上だろう。彼女の面倒を見ていた枢機卿は、あんまり金持ちになりすぎて、自然死を迎えることができなかった。大した女だよ、あれは。舌先三寸、話がうまくて、頭がよくて、楽しい話し相手になってくれる。おまけに、金ならいくらでも積もうというやつらを尻目に、おれなら夕ダでやらせてくれることもある。

ああ、美しいトスカーナの景色！　あと一カ月もすれば、巴旦杏《はたんきょう》の木々に花が咲く。マキアヴェリはもう一度、芝居のことを考えはじめた。それが頭のなかできらきら光を放っていて、彼の心を幸せにしてくれる。まるで空きっ腹にワインを詰めこんだかのように、浮き浮きとして、若々しい気分になってくる。ティモテオ坊主にしゃべらせる皮肉たっぷりなセリフをくり返してみる。すると不意に、マキアヴェリは馬の手綱を強くひいた。何事かと馳せよってきた従者は、主人が声を出さずに体をゆすって笑っているのでおどろいた。マキアヴェリは従者の仰天した顔を見ると、いよいよ笑っていたが、ひと言もなく、急に馬の横腹に拍車をくれた。哀れな馬は勢いよく街道を駆けおりたが、主人の突然の興奮になれていないから、やがていつもの並足にもどっていった。うまい、これはいける、とマキアヴェリは思っていた。さんざん頭を苦しめて、さんざん思い悩んでいたが、突然、すごいアイディアが閃いたのである。それがどこから、どうやって、どうして現われたものか、自分でもわからない。だが、それこそ、マキアヴェリが望んでいたアイディアだった。ワイセツで、奇想天外、むちゃくちゃで、滑稽きわまりない。まさに奇跡、サン・ヴィターレ様だ。つまり、こういう話になる。軽信者と町じゅうで評判の女が、妊娠を促進するというマンドラーゴラの根を買ってくる。これはナス科の植物で、その根が受胎に効果があるというのはまったくの迷信だが、根の効能については下品な話もいろいろある。そこでおれは、バルトロメオ——芝居のなかでは、ニチア殿という名前をつける——に根の効用について説明する。この根から精製された妙薬を一服やれば、奥方はまちがいなく懐妊される。だが、ご用心、服用されたあと、奥方と最初に交接される男は、気の毒ながら、確実に死んでしまう。では、どうやってニチア殿を説得するか？　これは簡単にいく。おれ、つまりカリーマコが、パリで研鑽をつんだ医師に化けて登場し、マンドラーゴラを処方する。もちろん、ニチア殿は父親になるためとはいえ、とうてい命を投げだす気にはなれない。そこでよそ者を見つけてきて、ひと晩だけ自分の代理をつとめさせる。このよそ者は、言うまでもなく、さらに変装したカリーマコ、このマキアヴェリにほかならない。

さあ、プロットができたら、つぎは場面を齟齬《そご》なくつなげていく。ジグソーパズルのように、一語一語がその場所に、ぴたりと納まらなければならない。あたかも芝居そのものが自分の意志で書いているようで、彼、マキアヴェリはその代筆者でしかないかのようだった。自分の情事の失敗から芝居を書く発想を得たときも、大いに気持ちが高まったが、芝居の趣向・工夫が、まるで見事な庭園のように、テラスあり噴水あり、木陰の散歩道あり、風雅な四阿《あずまや》ありと、ずらり眼の前に展開されると、浮き立つ気持ちはいよいよ倍にふくれ上がった。昼飯を食うために休止したときも、芝居の登場人物の色づけに熱中していて、食通の彼にはめずらしく、食っている物になんの注意もはらわなかった。ふたたび鞍にまたがったが、何キロ移動したやら、まるで意識しなかった。一行はフィレンツェの近くにきていた。あたりの風景は、彼が生まれ育った街なかと同じく、親愛の情を感じさせるなれ親しんだものだった。しかしマキアヴェリはそれにも眼をくれなかった。太陽はすでに中天を去って、大きく西に傾きはじめているが、それにも注意はむけられなかった。マキアヴェリは虚構の世界に没入していた。そこでは現実の世界が幻想と化していて、本来の自分が生き生きと感じられた。彼はいまカリーマコ自身だった。若くて、美男で、金持ちで、無鉄砲で、陽気で……ルクレツィアを求めて燃えあがった情熱は、かつてアウレリアに抱いた青白く弱々しい欲望を、大風のように激しく沸騰させている。あれはおぼろな影でしかない。これぞ本物、実質ある情熱だ。マキアヴェリはそれとは知らなかったが、いままさに、人間がこの世で経験できる至上の幸福、創造活動の歓喜を味わっていたのである。

「旦那様、ごらんください」従者のアントニオが馬首を並べてくると、大声で叫んだ。「フィレンツェです」

マキアヴェリは前方に眼をやった。夕陽が沈みゆく青白い冬空の彼方に、サンタ・マリア・デル・フィオーレ大聖堂の赤い瓦の円屋根が、誇り高くそびえている。マキアヴェリは手綱をひいて、首を伸ばして、しみじみと眺める。あれだよ、おれが自分の魂よりも愛している都だよ。ヴァレンティーノ公にもそう言ったが、それは戯《ざ》れ言《ごと》でもなんでもなかった。ああ、わが故郷よ、フィレンツェよ、花の都よ。マキアヴェリの心に熱い思いがこみ上げてきた。あの鐘楼や洗礼堂、あの数々の教会や宮殿、あの庭園や入り組んだ街路、そしてヴェッキオ宮殿と自宅との間の往来に、日々渡っている昔ながらの古い橋、あのポンテ・ヴェッキオ。弟のトトが、女房のマリエッタが、友人たちがあそこにいる。敷石の一枚一枚を知っている都、大いなる歴史を刻んできた都、おれの先祖代々の誕生の地。ああ、フィレンツェよ、あそこでダンテもボッカチオも生まれたんだ。おのれの自由を守るために、何百年も戦ってきた都。ああ、麗しの都、花の都、フィレンツェ。

涙があふれ出て、頬をころがり落ちた。マキアヴェリは歯を食いしばって、嗚咽《おえつ》をおさえた。フィレンツェはいま力を失っている。勇気をなくし、腐敗したやからに支配されている。かつて自由を脅かす敵が現われるや、すばやく決起した市民たちも、いまは売ったり買ったりの商売だけにかまけている。平和はただ法外な金をはらって、フランス国王の庇護によってのみ保たれている。国家の防衛としては、信用のならない傭兵隊があるだけである。この状態にあって、どうしてあの不退転の決意をもった大胆不敵な男の攻撃に抵抗できるだろうか？　フィレンツェは破滅の淵に瀕している。チェーザレ・ボルジアの軍勢に蹂躙されるかもしれない。チェーザレでなければ、他のやつらがやってこよう。今年でなければ、来年か再来年、いつかは敵が襲ってくる。いまは中年である者たちが年老いる前に。

「芸術なんて、くそくらえ！」とマキアヴェリは言った。「自由なくして、なんで芸術だ。自由をなくしたら、すべてがなくなるんだ」

「旦那様、陽が落ちる前に町に入るには、すこし急がなければなりません」とアントニオが言った。

マキアヴェリはひょいと肩をすくめ、手綱をぐいとひいた。疲れた馬はゆっくり走りだした。

エピローグ

そして四年の歳月が流れた。この間にいろんなことがあった。法王アレッサンドロ六世が死んだ。父親の死がもたらす事態に対して、ヴァレンティーノ公はあらゆる手立てを講じていたが、それが起きた丁度そのとき、自分もまた病に侵され、死の瀬戸際にあろうとは予測していなかった。その強靭な肉体があったればこそ、死の顎門《あぎと》を脱することができた。そして病床にありながらも、なんとか影響力を行使して、法王ピオ三世を選出させた。この男なら、何も恐れる理由はなかった。しかし彼が駆逐した領主どもが力を盛りかえし、領地の回復に動きだした。グイドバルド・ディ・モンテフェルトロがウルビーノに帰還した。ヴィテッリ一族もチッタ・ディ・カステッロを奪いかえし、ジャンパオロ・バリオーニもペルージアを占領した。ロマーニャだけがチェーザレに忠実だった。まもなく病身の老法王ピオ三世が死んだ。そしてボルジア家の宿敵ジュリアーノ・デッラ・ローヴェレ枢機卿が法王の座にすわり、ジュリオ二世になった。ヴァレンティーノ公が握っていた枢機卿の票を獲得するために、ローヴェレ枢機卿はチェーザレに、教会軍総司令官に再任することを約束し、所領の安堵も確約していた。自分の約束は守らないチェーザレが、他人なら約束を守ってくれると考えた。つまり、致命的な過ちを犯した。ジュリオ二世は復讐心に燃えていた。狡猾で残忍、無慈悲、無節操な男だった。法王の座につくと、まもなく口実を見つけて公爵を逮捕させ、彼の指揮官たちが依然として確保しているロマーニャの都市や町を降伏させろと強要した。そして降伏が完了すると、公爵にナポリへの逃亡を許可した。しかしその地へ行ったチェーザレは、フェルナンド王の命令でふたたび逮捕・投獄され、すぐにスペインへ送られた。最初はムルシアの要塞に囚われていたが、やがて捕囚をより確実にするために、カスティーリャ地方の中心にあるメディナ・デル・カンポに移された。ここにいたってイタリアは、際限ない野心に燃えて国土を騒乱の巷と化してきた危険人物を、ようやく厄介ばらいしたかに思われた。

しかしその数カ月後、イタリア全土が震撼した。チェーザレが厳重警戒の城砦から脱出し、商人に身をやつして追及の手を逃れ、ついに義兄ナヴァーラ王の首都パンプローナに到着したという、驚愕のニュースが飛びこんできた。この知らせにボルジア派やロマーニャの支持者の意気はあがった。あちこちで歓喜する住民たちの姿が見られた。イタリアのケチな領主どもは、自分たちの居城のなかで震えあがっていた。おりしも領国内の貴族たちと戦っていたナヴァーラ王は、逃亡してきたチェーザレ・ボルジアを自軍の司令官に任命した。

ところでその四年間、マキアヴェリは東奔西走、多忙をきわめていた。さまざまな使命をおびて活動した。国民軍の創設という困難な任務もまかされた。もしこの制度が確立されるなら、フィレンツェは国家の防衛を傭兵隊に頼らずにすむだろう。こうした仕事に忙殺されていないときは、第二書記局の仕事が待っていた。したがって、マキアヴェリの消化機能はしじゅう調子が悪かった。夏の炎暑にあぶられたり、冬の寒気や風雪にさらされたりして馬の背にゆられる旅行や、むさ苦しい不快な宿屋や、不規則にとる粗末な食事など、あれやこれやの生活が彼の心身を疲労・困憊させた。そしてわれらが主の一五〇七年二月、ついにマキアヴェリは重い病の床についた。いつものように瀉血され、下剤がかけられた。みずから調剤したお気に入りの薬も飲んだ。彼の考えによれば、この特製の一服はあらゆる人間の病に効く。したがってようやく病気が治ってみると、この回復は医師などの尽力ではなく、まちがいなく、わが自家製の薬のおかげであると確信できた。しかし病気とその治療の日々は、マキアヴェリの肉体をすっかり弱らせていたから、シニョリーアはこの忠実な共和国の官僚に一カ月の休暇をくれた。マキアヴェリは、フィレンツェから五キロにある、サン・カシアーノの自分の農場にひきさがった。そこで暮らすうちに、みるみる健康も回復してきた。

その年は春の到来が早かった。木々は葉をひろげ、野草が花を咲かせている。野原の草は青み、小麦が豊かな実をつけている。あたりの景色は、どれもこれも、うれしい眼の保養となってくれる。しかし奇妙なことだが、このトスカーナの風景は眼や耳などの感覚よりも、むしろじかに心に沁みこんでくる。懐かしくて優しくて、しみじみとした喜びを感じさせてくれる。そこにはアルプスの崇高さもないし、大海原の壮大さもない。ただ、なだらかに起伏する土地があるだけである。明るい陽光が満ちあふれ、優雅で陽気なそよ風が吹きわたる。男たちは気の利いた会話や、知性のきらめく議論を楽しみ、美しい女たちや美味しい料理を愛している。それはダンテの荘厳な音楽よりも、ロレンツォ・デ・メディチが口ずさむ、あの粋な小唄を思わせる。

ある三月の朝、マキアヴェリは日の出とともに起きると、開墾中の小さな森に出かけていった。前日の仕事の成果を眺めたり、樵夫と話をしたりして、しばらくそこで時間をすごし、それから泉のほとりへ行って、堤に腰をおろし、懐から本をとりだした。今日はオウィディウスだった。うすい唇に微笑をうかべながら、詩人が自分の恋の次第を描いている生き生きとして心温まる詩句を読んでいった。すると自分自身の情事の数々が思い出されてきて、しばらく懐かしい記憶にひたっていた。

「罪を犯さなかったことを後悔するより、罪を犯して悔い改める、こっちのほうがずっといい」とマキアヴェリはつぶやいた。

読書を終えると、ぶらぶら村の宿屋へ歩いていって、通りすがりの連中とおしゃべりをする。マキアヴェリは心の底から社交家だった。もし楽しい話し相手がいなければ、楽しくない話し相手でもがまんした。空腹を感じれば、それは昼飯の時刻がきたことの合図だから、家に帰っていって、女房子どもといっしょに、自分の農場からとれた野菜料理の質素な食事をとる。昼飯が終わると、また宿屋へ出かけていく。そこには宿屋の主人をはじめ、肉屋や粉屋や、鍛冶屋が待っている。そして彼らとトランプをやる。やかましい、口汚いゲームになる。わずかな金銭をめぐって感情が爆発し、テーブルごしに怒号が飛びかい、相手の顔にむかって拳がふりまわされる。そうなると、マキアヴェリがいちばん怒鳴り声をあげ、拳をふりまわす。夕闇がせまると、家に帰っていく。三人目を身ごもっているマリエッタが、二人の幼児に夕食を与えるところだ。

「もう帰ってこないと思ったわ」とマリエッタが言う。

「トランプをやってたんだ」

「だれと？」

「いつもの連中さ。粉屋に肉屋に、バティスタだよ」

「クズばかりね」

「いやいや、そのクズがいるおかげで、おれの頓知頓才、この脳みそに、カビが生えずにすんでるんだ。やつらは、どうこう言ったって、共和国の大臣たちほどバカじゃないし、まあ、悪党でないことはたしかだね」

マキアヴェリは長男のベルナルドを膝にのせて、夕食を食べさせてやる。こいつも、そろそろ四歳になるのか……。

「あなた、スープが冷えてしまいますよ」とマリエッタが言う。

マキアヴェリは台所で子どもや女中や雇い人といっしょに食事をする。スープを飲みおえると、女中が串刺しにして焙ったヒバリを五、六羽もってきた。こいつはおどろいた。夕食はいつもスープひと皿にサラダしかないのに、これはこれは、思いもかけないご馳走が待っていた。

「どうしたんだい、こいつは？」

「ジョヴァンニがワナでつかまえたのよ。あなたの好物ですからね、夕食にとっておいたの」

「みんなおれが食っていいのか？」

「ええ、どうぞ」

「マリエッタ、おまえって、ほんとにいい女房だ」

「あなた、もう結婚して五年になるんですよ。あなたの心に通じる道の途中に、あなたの胃袋があることぐらい、とうの昔にわかってますわ」

「なるほど、大した観察力だ。よし、その立派なご意見の褒美に、このヒバリを一羽、食ってもいいぞ」マキアヴェリはそう言うと、小さな鳥を一羽串からぬいて、いやがる女房の口におしこんだ。

「こいつら、歓喜のあまり大空高く舞いあがり、ぴーちくぱーちく、心臓が破裂せんばかりに囀っていたが、ぐうたら小僧のワナにかかって、焼き鳥にされて食われてしまう。人間も同じだなあ。高邁な理想を追いもとめて、天空高く舞いあがり、美しい夢物語を思い描きながら、無限・永遠を切望して、ぴーちくぱーちく鳴きちらしたあげく、つむじ曲がりの運命の手にとらえられて一巻の終わり、あとは蛆虫どもの餌食になってしまうんだ」

「さあ、温かいうちに、さっさとお食べなさいな。お話は食事のあとで、いくらでもできるでしょう」

マキアヴェリは楽しげに笑った。そしてヒバリを串からぬいて、丈夫な歯で嚙み砕きながら、眼に優しさをあふれさせて、女房をじっと眺めていた。こいつはほんとにいい女だ。なかなか倹約家だし、気立てもいい。おれの出張の見送りのときは、いつもつらそうな顔をするし、おれの帰還を迎えるときは、うれしくってたまらないって顔をしてくれる。こいつ、おれが忠実な夫でないことをどこまで知っているんだろうか？　もし知っているとしたら、大したもんだ。一度もそんなそぶりを見せたことがない。となると、こいつはえらく分別があり、しかも、性質すこぶる上等ということか。たしかに、もっと欲をかいていたら、とんだことになったかもしれん。何事も現状に満足すべし、ということだろう。マキアヴェリはますます女房が好きになった。

食事が終わると、女中が食器を片づけ、マリエッタは子どもたちを寝かせに行く。マキアヴェリは二階へあがって、衣服をぬぎすてる。一日じゅう着ていたから、泥ですっかり汚れている。それから宮廷に伺候でもするように、立派な衣服を出して着替える。こうして正装してから書斎にこもり、敬愛する古の哲人・文人の著作に親しむ、これが彼の習慣である。しかし今夜は、着替えが終わらないうちに、道を駆け上がってくる馬蹄の音が聞こえてきた。マキアヴェリは耳をすませた。するとまもなく女中に、主人を呼べと言っている声が聞こえた。ビアジオだった。なんでこんな時刻に市内からやってくるんだ？

「ニッコロ、重大ニュースだ」階下でビアジオが叫んでいる。

「ちょっと待ってくれ。すぐおりていく」

春とはいえ、日が暮れるとまだ寒かった。マキアヴェリは長衣の上に黒いダマスク織りの部屋着をはおると、書斎のドアを開いた。ビアジオが階段の下で待っている。

「おい、ニッコロ、ヴァレンティーノ公が死んだぞ」

「どうしてわかった？」

「パンプローナから、今日急使が到着したんだ。おれは、おまえの気持ちを察して、馬をぶっ飛ばしてきたんだよ」

「まあ、書斎にあがってくれ」

二人は腰をおろした。マキアヴェリは執筆用に使っているテーブルの前にすわった。ビアジオはマリエッタの嫁入り道具のひとつ、彫刻をほどこした椅子にすわると、耳にしてきた事実を話してくれた。

チェーザレ・ボルジアはエブロ河のほとりに戦闘司令部をおいて、レリン伯爵の城砦を攻略する作戦をねっていた。相手は反乱貴族のなかでも最強と知られる男だった。三月十二日の朝早くから、双方の部隊の間で小規模な戦闘がはじまった。警報が発せられたとき、チェーザレ・ボルジアはまだ部屋にいたが、すぐさま甲冑を身につけると、馬にまたがり戦闘の真っ只中に飛びこんでいった。敗走する反乱軍を見るや、追従してくる味方の兵の有無も確かめずに、峡谷の奥深くまで敵を追撃していった。しかし、そこで馬を失いただ一人、敵兵に包囲されてしまった。チェーザレは獅子奮迅、しゃにむに戦ったが、ついに力尽きて殺された。翌日、ナヴァーラ王と部下が遺体を見つけたとき、チェーザレは甲冑も衣服も剝ぎとられ、素裸のままほうり出されていた。王はまとっていた外套をぬいで、死者の体をおおったという。

マキアヴェリはじっとビアジオの話を聞いていた。話が終わっても、何も言わず沈黙していた。

「とにかく、やつが死んでくれてよかったよ」しばらくして、ビアジオが言った。

「チェーザレはすべてを失った。領国も都市も失った。金も失い、軍隊も失った。だが、ビアジオ、それにもかかわらず、イタリア全土は依然としてチェーザレ・ボルジアを恐れていたんだ」

「まったく、恐ろしい男だった」

「心の裡をあかさないし、何を考えているかわからなかった。残酷で、平気で人を裏切った。法も道徳も眼中になかった。しかし有能だったし、活気・活力に満ちていた。節度を知り、自制心をもっていた。自分の信念をつらぬいて、誰にもその邪魔をさせなかった。女も好きだったが、それはただ快楽を満たすためだけだった。女たちに逆上《のぼ》せあがって、判断を誤るようなことはなかった。自分に心から忠誠を誓い、全幅の信頼をよせる軍隊をつくり上げた。けっして骨惜しみしなかった。行軍中、飢えや寒気をものともしなかった。その強靭な肉体は疲労も困憊も寄せつけなかった。戦闘では勇猛果敢だった。最下級の兵士とともに、肩をならべて戦った。平時においても、戦時と同様の力業を発揮した。差別も偏見もなく大臣をえらんだが、彼らに勝手な振る舞いを許さなかった。慎重で、賢明だった。おのれの権力強化のためにやるべきことをすべてやった。チェーザレが失敗したのは、やつの方法に誤りがあったからじゃない。やつの破滅は運命の女神の邪気によるものだ。異常にして極端な邪気がはたらいたんだ。いかに強烈な精神と高邁な思想とをもってしても、女神の邪気に立ち向かうことはできやしない。やつの野望は、ただアレッサンドロ法王の死と自分の病によって挫かれた。もしあのときチェーザレが健康でさえあったら、まちがいなく、あらゆる困難を突破していたにちがいない」

「いや、やっこさん、犯した罪の当然の報いを受けただけさ」

マキアヴェリは肩をすくめた。

「もしチェーザレが生き長らえたら、もし運命の女神の寵愛がつづいていたら、やつはこの哀れな国から野蛮人どもを追いはらい、平和と繁栄をもたらしたかもしれない。そうしたら民衆は、権力獲得のためにやつが犯した罪業なんて虚空にすべて忘れてしまい、偉大にして善良なる英雄として後世に語りついでいっただろう。アレクサンドロス大王が残忍で、忘恩の徒であったことなんぞ、いま誰が話題にするだろうか？　ユリウス・カエサルが不誠実な男であったことを、いったい誰が記憶しているだろうか？　この人間界では、ひたすら権力の獲得に力をつくし、それを維持することが必要なんだ。そのために用いられた手段は、もしうまくいったら、世の人びとがすべて高潔であると見なし、口をそろえて賞讃する。もしチェーザレ・ボルジアが悪党と見なされるとしたら、それはやつが成功しなかったからにすぎん。おれはいつか、チェーザレから学んだことや、やつの人となりについて書いてみたいと思っている」

「おいおい、ニッコロ、ずいぶん常識ばなれのした話をするじゃないか。そんなもの、どこのどいつが読むんだい？　そんな本を書いたって、不滅の名声なんか得られんよ」

「そんなもん、欲しくないさ」マキアヴェリはハハハと笑った。

ビアジオは疑わしげに、友人のテーブルの上に積まれている原稿の束に眼をやった。

「そこにある紙束はなんだい？」

マキアヴェリは無邪気に微笑んだ。

「ここでは何もすることがないから、気晴らしに喜劇でも書こうかと思ってるのさ。どうだい、ちょっと読んで聞かせようか？」

「喜劇？　すると何かい、政治的な風刺をきかせた作品でも書いてるのか？」

「いや、そんなもんじゃない。ただ人を楽しませるための芝居だよ」

「おいおい、ニッコロ。いつになったら、おまえさん、真面目な話をする気になるんだ？　そんなもん書いたら、批評家どもにばんばんレンガを投げつけられるぞ」

「おや、そうかい。アプレイウスが『黄金のロバ』を書いたのも、ペトロニウスが『サテュリコン』を書いたのも、人を楽しませるためじゃなかったのか？」

「だが、あれはみんな古典だよ。そこに大きな違いがあるんだ」

「つまり、娯楽を目的にした作品は、浮気女とおんなじで、歳をとればかたじけなくも、世間様から尊敬されるというわけかい。おれはよく不思議に思うんだが、あの批評家という連中は、滑稽の味わいが年の流れとともに洗い流され、すっかり抜け落ちてしまわなければ、洒落も冗談もわからんやつらさ。ユーモアに現実性が不可欠だなんて、これっぽっちも思わんのだ」

「だが、おまえさん、たしかこの前、当意即妙・頓知の力は、寸鉄にあるんじゃなくて、ワイセツにあるなんて言ってたな。宗旨替えでもしたのか？」

「いや、宗旨替えなんてしちゃいない。ワイセツ以上に現実性のあるものがあるか？　いいかい、ビアジオ先生、男たちがワイセツに興味をなくしたらどうなる？　おのれの子孫の再生産にすっかり興味・関心をなくしてしまった、ということなんだ。つまり、われらが造物主のもっとも不幸な実験の終わりとなるんだよ」

「ニッコロ、おまえさんのそういう講釈はもういいから、その芝居とやらを読んでみろ。拝聴しようじゃないか」

マキアヴェリはにやにやしながら原稿をとりあげ、声をだして読みはじめた。

「第一幕、フィレンツェの街路」

しかしマキアヴェリは、最初に原稿を友人に読みきかせる作家がしばしば抱く軽い不安の念にとらわれた。はたして気に入ってもらえるだろうか？　そこで読むのをやめて言った。

「これはまだ草稿なんだ。あらためて読み返して、いろいろ修正をくわえるつもりだ」

自信なげにぱらぱら頁をめくってみる。この芝居を書くのはじつに楽しかった。しかし困ったことに、想定外のことがいくつか起きていた。登場人物は実在する人間に想を得ているのに、これが現実のモデルと大分ちがった性格になっている。ルクレツィアはアウレリアと同様、まだおぼろなままであるが、これをもっと血の通った女にする方法がどうにも見つからない。プロットの必要上、彼女は貞淑な女でなければならない。おのれの良心が認めないことを母親と聴罪司祭に強いられる設定になっている。ピエロは――芝居ではリグーリオという名前だ――それとは逆に、マキアヴェリが当初思っていたよりも、ずっと重要な役割を担ってしまった。リグーリオは愚かな夫を誘いこむワナを考案し、ルクレツィアの母親と坊主をまるめこむ。要するに、策略を考えだし、それをめでたい結末に導いていく役どころである。したがって、抜け目がなくて、創意工夫に富んでいて、頭の回転が速くて、しかも、破廉恥この上ないときている。マキアヴェリはこの悪漢を描くのに自分の経験をいろいろ利用していたが、いざ草稿を完成させてみると、自分を恋に悩む主人公に仕立てているのと同じくらい、狡猾な策略家のモデルにおのれの姿を投影していることに気がついた。

一つの芝居で自分が二役を演じるのはいささか具合がわるいと思いながら、マキアヴェリは原稿から顔をあげて、ピアジオに訊いてみた。

「ところで、おまえさんの甥のピエロだが、あれのことで何か消息が届いていないか?」

「ああ、届いているとも。あんたに話すつもりだったが、ヴァレンティーノ公が死んだニュースに興奮しちまって、すっかり忘れていた。あいつは近々結婚するそうだ」

「ええっ、ほんとか？　いい縁談なのか？」

「ああ、そうとも。やっこさん、たいそうな財産目当てに結婚するんだ。イーモラのバルトロメオ・マルテッリを憶えているかい？　おれの親類とかいう男だよ」

マキアヴェリはうなずいた。

「イーモラで反乱が起きたとき、やつは事態の推移を見定めるため、しばらく他所に行っていようと思ったらしい。あんたも知ってのとおり、あいつは公爵を支持する連中のリーダー格だったから、仕返しされるのを恐れたんだ。そこで商売の関係があったトルコへ逃げようとした。町では騒乱・略奪が勃発する寸前だった。しかし丁度そのとき法王軍がイーモラに到着し、うまいことに、その軍勢のなかにピエロのやつがいたんだよ。どうやら法王の側近の誰かに気にいられていたらしく、やっこさん、そのコネをつかって、バルトロメオの財産を無事に保護してやったんだ。しかし肝心のバルトロメオは追放されてしまい、そのうちスミルナで死んだという知らせがきたから、ピエロはその未亡人と結婚することになったんだ」

「なるほど、文句のつけようがない」

「相手の女は若くて、美人らしい。まあ、か弱い女の身空だ、守ってくれる男が必要だろうし、ピエロはなかなか頭もいいから」

「たしかに、頭はいいと思ってたよ」

「ただ心配の種が一つあるんだ。バルトロメオには三、四歳になる息子がいるから、このあとピエロに子どもができるとなると、面倒なことになるかもしれん」

「心配いらんよ。ピエロは心のやさしい青年だ。その子を自分の子どものように可愛がるに決まってるさ」マキアヴェリはさも当然のように言った。

マキアヴェリはあらためて芝居の原稿に眼をもどした。そのうすい唇にいかにも満足げな笑みがうかんでいる。たしかに、と喜劇作家は思った。このティモテオ坊主の役柄、じつにうまくできている。われながらほんと感心せざるをえない。そうとも、おれは毒筆のかぎりをつくして、こいつを描いてやった。悪意をこめてペンを走らせながら、おかしくって、へそでお茶が沸いていた。よーし、こいつめ、もっと悪役に描いてやる。無知蒙昧な庶民の軽信を食い物にして肥え太っている坊主どもに対する、おれの憎悪と侮蔑を、この修道士の役柄に残らずすべて叩きこんでやる。こいつの描き方次第で、おれの芝居の成否が決まるだろう。マキアヴェリはふたたび声を出して読みはじめた。

「第一幕、フィレンツェの街路」

しかしまた読むのをやめて、顔をあげた。

「どうしたんだい？」とビアジオが訊いた。

「おまえさん、チェーザレは犯した罪の当然の報いを受けたと言ったな。だが、やつは悪行を行なったから破滅したんじゃないぞ。やつの意志ではどうにもならない状況によって破滅したんだ。やつの破滅はやつの悪行とはなんの関係もない。それは偶然の出来事なんだ。この罪と悲しみに満ちた世界のなかでは、美徳が悪徳に勝利したとしても、それは美徳であったからじゃない、より性能のいい強力な大砲があったから勝利したのさ。もし誠実が不誠実を圧倒したとしても、それは誠実であったからじゃない、相手より強力な軍隊をよりたくみに指揮したからなんだ。もし善が悪を倒したとしても、それは善であったからじゃなくて、たっぷり金の入った財布があったからなんだ。自分の側に正義があると思うのはいいが、それを担保する力がなければ、正義なんぞなんにもならん。それを忘れていい気になっていたら、とんでもない災いに見舞われるだろう。たしかにおれたちは、神が善意ある人間を愛されると信じなければならん。だが、しかし、神が愚かな者たちをその愚かな所業の結果から救ってくれるという証拠なんて、実際、どこにも何もないんだよ」

マキアヴェリはため息をつくと、あらためて原稿をとり上げ、三たび声をあげて読みはじめた。

「第一幕、フィレンツェの街路。カリーマコとリグーリオ登場……」

訳者解説

昨年（二〇一〇年）元旦、思うところがあって、これから先の人生、あまり長くはないだろうが、モームの小説を読んで楽しみ、一年に一作、彼の長編を翻訳して暮らそうと決心した。新年の抱負、老人の大いなる（あるいはささやかな）野望である。その第一作に『昔も今も』（原題 Then and Now）を選んだが、それはこの小説がめっぽうおもしろいからである。モーム研究者は同意しないだろうが、ぼくはこれをモームらしい傑作中の傑作とまで思っている。それはぼくだけでなく、作家の開高健は、昭和三十年の昔からくり返し『昔も今も』を愛読し、「非常に成熟した知性を感じる、モーム独特の目が生きている、政治小説の出色の作のひとつ」と語っている。日本でモームが忘れられている現在、モームを知らない読者に新たに読んでもらうには、これは格好の作品である、ぼくはそう思って心をはげまし、猛暑の日々、頭に氷袋をくりつけて、『昔も今も』の翻訳にうちこんだ。

『昔も今も』は、太平洋戦争が終わった翌年の一九四六年五月に刊行された。二〇〇九年に出たセリーナ・ヘイスティングズの『サマセット・モームの秘められた生涯』によれば、発売いらい二週間で七十五万部もの売れ行きを見せ、大西洋の両側で好意的な書評も現われた。おまけに過去の小説の映画化の権利も二十万ドルで売れていたから、すでに七十二歳のモームは大いに気をよくしていたにちがいない。ところがこの愉快な気分に、突如、とんでもない冷水が浴びせられた。六月八日のニューヨーカー誌に著名な文芸評論家で小説も書くエドマンド・ウィルソンの長文の書評が載ったのである。

ウィルソンは冒頭から、サマセット・モーム氏は二流の作家であると斬ってすて、彼の近著『昔も今も』はきわめて下品で退屈、陳腐な文句の羅列であり、幼稚園の会報に出てくる程度の作文である、まったく読むに値しない小説、とこきおろした。まるで罵《ば》詈《り》雑《ぞう》言《ごん》である。後日みずから認めているが、このウィルソン先生、失礼にも、それまでにモームの作品を長編も短編も、ただの一冊も読んでいないというから恐れ入る。しかし悪意に満ちた書評でも、論壇の重鎮の影響力は大きい。たちまち名の聞こえた二、三の評論家が尻馬に乗って、やれ新鮮味がない、やれ露骨だ、やれ歴史概説書のようで無味乾燥、と言いだした。これで評価が決まったのか、モームの伝記作家たちも右にならえで、退屈で不細工とか、単調な読み物とか、平凡な作品とか、まったく愛想がない。

このように『昔も今も』は、学者・評論家の間でまことに評判が悪いが、奇妙なことに、そして幸いにも、日本では数人の作家や批評家がこの小説を高く評価している。先に開高健の一文を紹介したが、開高は他のところでも、『昔も今も』を宣伝し、これが漱石の『坊っちゃん』や太宰の『御伽草紙』と同じように、読者に「清浄な愉悦をあたえ、血となり肉となる」小説の一つであると言っている。ルネサンス物を得意とする塩野七生氏も『わが友　マキアヴェッリ』のなかで「あれはなかなか愉快な小説」と述べ、清水光訳の『昔も今も』から長文の引用までしている。評論家では、谷沢永一氏が「モームの『昔も今も』（新潮社）はマキアヴェリが活躍した時代を描いて秀逸である」（『人間通になる読書術』）と書いている。

モームはよく知られているように、「小説を書く者の目的は、教えるのではなく、楽しませるにある」（『世界の十大小説』西川正身訳）と考えている。楽しくなければ小説ではないと思っている。したがって、その点で意見を異にするウィルソンがモームを罵倒しても、それはご勝手にと言うしかあるまい。「好奇心もなければ、同情心ももたぬとあっては、どのような書物にせよ、楽しく読めるはずがない」（前掲書）からである。実のところ、モームはウィルソンの文才を評価していたから、彼の酷評には落胆しただろう。ウィルソンは知らなかったが、モームはその数カ月前、ある出版社からウィルソンの小説の刊行の是非を問われ、ぜひ出版するよう推薦していたのだった。

『昔も今も』はモームの数少ない歴史小説の一つである。モームは一八九七年に『ランベスのライザ』というロンドンの貧民街を舞台にしたリアリズム小説を発表して文壇の注目をあつめた。ついで翌年、マキアヴェリの『フィレンツェ史』に想を得て、流血と愛欲で彩られた歴史小説『聖人はいかにして生まれるか』(The Making of a Saint)を書いたが、これは未熟な失敗作に終わった。モームは後年、歴史小説というものは、酸いも甘いもかみ分ける老境の作家の領分だったと反省している。したがって、『昔も今も』は七十歳をこえたモームが満を持して書き下ろした作品、と思われるが、何か壮大な歴史小説を書こうという意図があったわけではあるまい。それは彼が最初、この小説の題名に会話の面白さを狙いとする作品という意味の〈Conversation Piece〉という名称を考えていたことからも窺われる。マキアヴェリが本書のなかで、「ペトロニウスが『サテュリコン』を書いたのも、人を楽しませるためじゃなかったのか」と言っているように、『昔も今も』も、読者を大いに楽しませ、作家自身も楽しむための作品、笑いや洒落や皮肉に満ちたコメディである。高踏的文学を身上とするウィルソンが目くじらを立てるべき筋合いの小説ではない。

『昔も今も』に登場する主人公は、ニッコロ・マキアヴェリとチェーザレ・ボルジアである。マキアヴェリはフィレンツェ共和国に仕える才気煥発、敏腕な官僚であり、喜劇作家であり、そして何よりも『君主論』の著者であって、今日近代政治学の祖と言われる。一方、チェーザレ・ボルジアは、長年〈ボルジア家の毒薬〉で知られる悪逆無道な権力亡者、目的のためには手段を選ばない、いわゆる〈マキアヴェリズム(権謀術数)〉の権化として、歴史にその名を記されてきた。マキアヴェリは『君主論』のなかで、君主は世の美徳や評判に捉われることなく、時と場合によっては、残酷な行為も一気呵成に行ない、悪に踏み込んで行くことも必要である、獅子のごとく猛々しく、狐のごとく狡猾でなければならないと語っている。さらに、雄図半ばにして斃れたチェーザレ・ボルジアについて、「すばらしい勇猛心と力量《ヴィルトウ》の人であった。また民衆をどのようにすれば手なずけることができるか、あるいは滅ぼすことができるかを、十分わきまえていた」（『君主論』池田廉訳）と述べ、彼こそ新時代の君主となる人たちが模範とすべき人物であると称賛している。しかしながら、そのようなキリスト教の美徳に挑戦する言辞が災いして、『君主論』はマキアヴェリの死後まもなく、高名な教会人によって〈悪魔の所産〉と弾劾され、やがて彼の全著作がローマ法王庁の禁書目録に載せられた。

マキアヴェリの時代イタリアは、大小の都市国家が割拠して分裂し、そのために絶対王政の体制を整えたフランス、スペイン両大国の介入と収奪を許していた。たがいに傭兵を雇ったり傭兵に雇われたりして〈八百長戦争〉をしながら勢力均衡を維持し、豪華絢爛たるルネサンス文化を謳歌していた時代は去りつつあった。一四九四年のフランス国王シャルル八世の侵入以来、イタリアは全土が残忍な戦闘や略奪の横行する不安定な状況に陥っていた。この乱世の時代にチェーザレ・ボルジアが登場した。まだ二十七歳という若い剛毅な君主である。彼は法王アレッサンドロ六世の私生児ながら、イタリア統一をめざして国民軍を創設し、法王領の実権を握るべく群小領主の一掃に邁進する。

彼の野望に直面して、フィレンツェやヴェネツィアや、シエナやボローニャは動揺する。彼らにとってイタリアの分裂状態と勢力均衡こそ自国が繁栄する条件だった。このままチェーザレの過激な行動を許すならば、とりわけ大都市国家の存立が脅かされる。その自由と繁栄が失われる。おりしもチェーザレの傭兵隊長たちが、自分たちも主人の野望の生け贄にされかねないと恐怖して謀反を起こした。これはフィレンツェにとって、共和国が生き延びる格好のチャンスだった。強欲な軍人どもが共食いをしてくれるならば、漁夫の利を得るのはフィレンツェである。こうしてフィレンツェ政府は巨額の傭兵契約を求めるチェーザレの許に、口八丁手八丁のマキアヴェリを使節として送りこんだ。反乱の結果が見えるまで、舌先三寸でチェーザレの矛先をかわそうという作戦だった。

かくして物語は、二人の天才的人物の丁々発止のやりとりを縦糸にし、女好きなマキアヴェリが手練手管を発揮する恋の火遊びを横糸にして進行する。マキアヴェリは男盛りの三十三歳、共和国に忠実な官僚であるとともに、情熱的な生身の一個の男である。出張先のイーモラに到着したとたん、有力な商人の若い女房にひと目惚れし、多忙な外交交渉の合間をぬって、彼女をモノにしようと奮闘する。この必死の政治活動とマメで真剣な恋愛活動とが、モーム得意の軽妙なタッチで描かれる。マキアヴェリの涙ぐましい活動の顚末は本書を読んでいただくとして、そのコミカルな物語の展開のなかにも、マキアヴェリとモームの鋭い人間観察が表裏一体となって現われ、読者を随所で楽しませてくれる。『昔も今も』を一読されたあと『君主論』を手にするならば、読者は大いに興味・関心を刺激されて読書が進むのではあるまいか。

本書の翻訳にあたっては、できるだけ〈翻訳調〉を脱するように努めた。原著の語句や構文までが透けて見えるような原文至上の逐語訳を極力さけて、大胆な思い切った翻訳をこころがけた。モームが言っているように、これは会話の面白さを楽しむ小説である。したがって、何よりも作品のイメージや登場人物の感情を大切にし、日本語特有の曖昧さと柔軟さ（とくに主語や時制や数について厳密でない）を活かした訳文を工夫した。モームの軽快でユーモラスな語り口をテンポよく表現するために、パラグラフの範囲内で語句や構文の並びを変えたり、原著にない言葉や文章をくわえたりもした。〈翻訳調〉を克服するためにも、この小説の面白さをつたえるためにも、そうした試みが必要だったと思っている。それが成功したかどうか、それは読者の判断を待つしかない。訳者としては全力を尽くしたし、これほど愉快に楽しく翻訳の仕事をしたこともなかった。

モームは今日、日本ではあまり読まれない作家になったが、海外では復活しているという。たしかに日本でもその兆しが現われている。『人間の絆』を新訳し、日本モーム協会を復活させた行方昭夫氏は、「今回のモーム復活はモーム文学に秘められたニヒリズム、仏教的な諦念、人生無意味論に加えて、総体としての作品の魅力を受け入れて鑑賞する余裕のせいだと思われる」と語っている。この一見傍観者的モームの態度は——ぼくはそれを〈意志による楽観主義〉の向こうをはって、〈諦めによる楽観主義〉と呼んでいるが——現代という混迷の時代を生きる知恵の所在を示していると思われる。モームの小説『片隅の人生』の主人公ドクター・サンダースは、世の不正や悪や醜さに憤る青年にむかって、「ほんの少しの常識と心のひろさとあたたかいユーモア、これだけあればこの地上ではけっこう愉快に暮らしていけるものです」と言っている。青年が「愛情も希望も信仰も畏れももたぬとすると、残るものにはいったい何がありますか」と反問すると、ただ「あきらめですよ」(『片隅の人生』増田義郎訳)と答えている。〈諦めによる楽観主義〉は、ぼくたちがこの一度きりの人生を心楽しく愉快に生きる知恵を教えていると思われるが、如何。

最後に筑摩書房の編集者、湯原法史さんと金井ゆり子さんに心から感謝したい。ぼくは翻訳の完成後、読んでくれそうな出版社に手当たり次第、原稿の売り込みに努めたが、どこの出版社も門前払い、ただ筑摩書房の金井さんだけがふたつ返事で読もうと言ってくれた。不思議というか奇跡というか、後で知ったことだが、そこにはおどろくべき偶然が働いていた。つまり、ぼくの売り込み電話の数日前に、かねてからモームの『昔も今も』の新訳を出したいと考えていた湯原さんが、その企画を編集会議で提示していたというのである。金井さんも湯原さんも、ぼくの電話にびっくりしたらしい。社内の情報が外に洩れたのかと思ったそうだ。お二人はさっそくぼくの原稿を読んでみた。そしてこいつはおもしろいと思ってくれた。すぐさま出版を検討し、その実現に踏み切ってくれた。ぼくはお二人の理解と決断にただ感謝するばかりである。その決断がなかったなら、この訳書はけっして読者の眼にふれることなく、ぼくの頭のなかにだけ存在して終わっただろう。だから、皮肉を言いながらも心優しいウィリーの魂に乾杯し、お二人に再度心から感謝の意を表するのである。

本書はちくま文庫のために新たに訳されたものである。

ねにもつタイプ　岸本佐知子
何となく気になることにこだわる、ねにもつ。思索、奇想、妄想はばたく脳内ワールドをリズミカルな名短文でつづる。第23回講談社エッセイ賞受賞。

TOKYO STYLE　都築響一
小さい部屋が、わが宇宙。ごちゃごちゃと、しかし快適に暮らす、僕らの本当のトウキョウ・スタイルはこんなものだ！　話題の写真集文庫化！

自分の仕事をつくる　西村佳哲
仕事をすることは会社に勤めること、ではない。仕事を「自分の仕事」にできた人たちに学ぶ、働き方のデザインの仕方とは。（稲本喜則）

世界がわかる宗教社会学入門　橋爪大三郎
宗教なんてうさんくさい!?　でも宗教は文化や価値観の骨格であり、それゆえ紛争のタネにもなる。世界宗教のエッセンスがわかる充実の入門書。

ハーメルンの笛吹き男　阿部謹也
「笛吹き男」伝説の裏に隠された謎はなにか？　十三世紀ヨーロッパの小さな村で起きた事件を手がかりに中世における「差別」を解明。（石牟礼道子）

増補　日本語が亡びるとき　水村美苗
明治以来豊かな近代文学を生み出してきた日本語が、いま、大きな岐路に立っている。我々にとって言語とは何なのか。第8回小林秀雄賞受賞作に大幅増補。

子は親を救うために「心の病」になる　高橋和巳
子は親が好きだからこそ「心の病」になり、親を救おうとしている。精神科医である著者が説く、親子という「生きづらさ」の原点とその解決法。

クマにあったらどうするか　姉崎等　片山龍峯
「クマは師匠」と語り遺した狩人が、アイヌ民族の知恵と自身の経験から導き出した超実践クマ対処法。クマと人間の共存する形が見えてくる。（遠藤ケイ）

脳はなぜ「心」を作ったのか　前野隆司
「意識」とは何か。どこまでが「私」なのか。死んだら「心」はどうなるのか。――「意識」と「心」の謎に挑んだ話題の本の文庫化。（夢枕獏）

しかもフタが無い　ヨシタケシンスケ
「絵本の種」となるアイデアスケッチがそのまま本に。くすっと笑えて、なぜかほっとするイラスト集です。ヨシタケさんの「頭の中」に読者をご招待！

品切れの際はご容赦ください

マンスフィールド・パーク
ジェイン・オースティン　中野康司訳
伯母にいじめられながら育った内気なファニーはいつしかいとこのエドマンドに恋心を抱くが——。恋愛小説の達人オースティンの円熟期の作品。

ボードレール全詩集Ⅰ
シャルル・ボードレール　阿部良雄訳
詩人として、批評家として、思想家として、近年重要度を増しているボードレールのテクストを世界的な学者の個人訳で集成する初の文庫版全詩集。

文読む月日（上・中・下）
トルストイ　北御門二郎訳
一日一章、一年三六六章。古今東西の聖賢の名言・箴言を日々の心の糧となるよう、晩年のトルストイが心血を注いで集めた一大アンソロジー。

暗黒事件
バルザック　柏木隆雄訳
フランス帝政下、貴族の名家を襲う陰謀の闇——凛然と挑む美姫を軸に、獅子奮迅する従僕、冷酷無残の密偵、皇帝ナポレオンも絡む歴史小説の白眉。

ダブリンの人びと
ジェイムズ・ジョイス　米本義孝訳
20世紀初頭、ダブリンに住む市民の平凡な日常をリアリズムに徹した手法で描いた短篇小説集。リズミカルで斬新な新訳。各章の関連地図と詳しい解説付。

眺めのいい部屋
E・M・フォースター　西崎憲／中島朋子訳
フィレンツェを訪れたイギリスの令嬢ルーシーは、純粋な青年ジョージに心惹かれる。恋に悩み成長する若い女性の姿と真実の愛を描く名作ロマンス。

キャッツ
T・S・エリオット　池田雅之訳
劇団四季の超ロングラン・ミュージカルの原作新訳版。あまのじゃく猫におちゃめ猫、猫の犯罪王に鉄道猫。15の物語とカラーさしえ14枚入り。

ランボー全詩集
アルチュール・ランボー　宇佐美斉訳
束の間の生涯を閃光のようにかけぬけた天才詩人ランボー——稀有な精神が紡いだ清冽なテクストを、世界的ランボー学者の美しい新訳でおくる。

怪奇小説日和
西崎憲編訳
怪奇小説の神髄は短篇にある。ジェイコブズ「失われた船」、エイクマン「列車」など古典的怪談から異色短篇まで18篇を収めたアンソロジー。

世界幻想文学大全
幻想小説神髄
東雅夫編
ノヴァーリス、リラダン、マッケン、ボルヘス……時代を超えたベスト・オブ・ベスト。松村みね子、堀口大學、窪田般彌等の名訳も読みどころ。

素粒子
ミシェル・ウエルベック　野崎歓訳
人類の孤独の極北にゆらめく絶望的な愛——二人の異父兄弟の人生をたどり、希薄で怠惰な現代の一面を描き上げた、鬼才ウエルベックの衝撃作。

地図と領土
ミシェル・ウエルベック　野崎歓訳
孤独な天才芸術家ジェドは、世捨て人作家ウエルベックと出会い友情を育むが、作家は何者かに惨殺される——。最高傑作と名高いゴンクール賞受賞作。

競売ナンバー49の叫び
トマス・ピンチョン　志村正雄訳
「謎の巨匠」の暗喩に満ちた迷宮世界。突然、大富豪の遺言管理執行人に指名された主人公エディパの物語。郵便ラッパとは？　（巽孝之）

スロー・ラーナー［新装版］
トマス・ピンチョン　志村正雄訳
著者自身がまとめた初期短篇集。「謎の巨匠」がみずからの作家生活を回顧する序文を付した話題作。驚異に満ちた世界。　（高橋源一郎、宮沢章夫）

エレンディラ
G・ガルシア＝マルケス　鼓直／木村榮一訳
大人のための残酷物語として書かれたといわれる中・短篇。「孤独と死」をモチーフに、大著『族長の秋』につらなるマルケスの真価を発揮した作品集。

氷
アンナ・カヴァン　山田和子訳
氷が全世界を覆いつくそうとしていた。私は少女の行方を必死に探し求める。恐ろしくも美しい終末のヴィジョンで読者を魅了した伝説的名作。

アサイラム・ピース
アンナ・カヴァン　山田和子訳
出口なしの閉塞感と絶対の孤独、謎と不条理に満ちた世界を先鋭的スタイルで描き、作家アンナ・カヴァンの誕生を告げた最初の傑作。　（皆川博子）

オーランドー
ヴァージニア・ウルフ　杉山洋子訳
エリザベス女王お気に入りの美少年オーランドー、ある日目をさますと女になっていた——4世紀を駆ける万華鏡ファンタジー。　（小谷真理）

昔も今も
サマセット・モーム　天野隆司訳
16世紀初頭のイタリアを背景に、「君主論」につながるチェーザレ・ボルジアとの出会いを描き、「政治人間」の生態を浮彫りにした歴史小説の傑作。

コスモポリタンズ
サマセット・モーム　龍口直太郎訳
舞台はヨーロッパ、アジア、南島から日本まで。故国を去って異郷に住む〝国際人〟の日常にひそむ事件のかずかず。珠玉の小品30篇。　（小池滋）

バベットの晩餐会
I・ディーネセン　桝田啓介 訳
バベットが祝宴に用意した料理とは……。一九八七年アカデミー賞外国語映画賞受賞作の原作と遺作「エーレンガート」を収録。（田中優子）

ヘミングウェイ短篇集
アーネスト・ヘミングウェイ　西崎憲 編訳
ヘミングウェイは弱く寂しい男たち、冷静で寛大な女たちを登場させ「人間であることの孤独」を描く。繊細で切れ味鋭い14の短篇を新訳で贈る。

カポーティ短篇集
T・カポーティ　河野一郎 編訳
妻をなくした中年男の一日を、一抹の悲哀をこめ、ややユーモラスに描いた本邦初訳の「楽園の小道」他、選びぬかれた11篇。文庫オリジナル。

フラナリー・オコナー全短篇（上・下）
フラナリー・オコナー　横山貞子 訳
キリスト教を下敷きに、残酷さとユーモアのまじりあう独特の世界を描いた第一短篇集『善人はなかなかいない』を収録。個人全訳。（蜂飼耳）

動物農場
ジョージ・オーウェル　開高健 訳
自由と平等を旗印に、いつのまにか全体主義や恐怖政治が社会を覆っていく様を痛烈に描き出す。『一九八四年』と並ぶG・オーウェルの代表作。

パルプ
チャールズ・ブコウスキー　柴田元幸 訳
人生に見放され、酒と女に取り憑かれた超ダメ探偵が次々と奇妙な事件に巻き込まれる。伝説的カルト作家の遺作、待望の復刊！（東山彰良）

ありきたりの狂気の物語
チャールズ・ブコウスキー　青野聰 訳
すべてに見放されたサイテーな毎日。その一瞬の狂った輝きを切り取る、伝説的カルト作家の愛と笑いと哀しみに満ちた異色短篇集。（戌井昭人）

死の舞踏
スティーヴン・キング　安野玲 訳
帝王キングがあらゆるメディアのホラーについて圧倒的な熱量で語り尽くす伝説のエッセイ。「２０１０年版へのまえがき」を付した完全版。（町山智浩）

スターメイカー
オラフ・ステープルドン　浜口稔 訳
宇宙の発生から滅亡までを壮大なスケールで描いた幻想の宇宙誌。１９３７年の発表以来、各方面に多大な影響を与えてきたＳＦの古典を全面改訳で。

トーベ・ヤンソン短篇集
トーベ・ヤンソン　冨原眞弓 編訳
ムーミンの作家にとどまらないヤンソンの作品の奥行きと背景を伝える短篇のベスト・セレクション。「愛の物語」「時間の感覚」「雨」など、全20篇。

三島由紀夫レター教室　三島由紀夫

五人の登場人物が巻き起こす様々な出来事を手紙で綴る。恋の告白・借金の申し込み・見舞状等、一風変ったユニークな文例集。（群ようこ）

コーヒーと恋愛　獅子文六

恋愛は甘くてほろ苦い。とある男女が巻き起こす恋模様をコミカルに描く昭和の傑作が、現代の「東京」によみがえる。（曽我部恵一）

七時間半　獅子文六

東京—大阪間が七時間半かかっていた昭和30年代、特急「ちどり」を舞台に乗務員とお客たちのドタバタ劇を描く隠れた名作が遂に甦る。（千野帽子）

青空娘　源氏鶏太

主人公の少女、有子が不遇な境遇から幾多の困難にぶつかりながらも健気にそれを乗り越え希望を手にする日本版シンデレラ・ストーリー。（山内マリコ）

御身　源氏鶏太

矢沢章子は突然の借金返済のため自らの体を売ることを決意する。しかし愛人契約の相手・長谷川との出会いが彼女の人生を動かしてゆく。（寺尾紗穂）

カレーライスの唄　阿川弘之

会社が倒産した！　どうしよう。美味しいカレーライスの店を始めよう。若い男女の恋と失業と起業の奮闘記。昭和娯楽小説の傑作。（平松洋子）

愛についてのデッサン　野呂邦暢　岡崎武志編

夭折の芥川賞作家が古書店を舞台に人間模様を描く「古本青春小説」。古書店の経営や流通など編者ならではの視点による解題を加え初文庫化。

おれたちと大砲　井上ひさし

家代々の尿筒掛、草履取、駕籠持、髪結、馬方、いまだ修業中の彼らは幕末の将軍様を救うべく、奮闘努力、東奔西走。爆笑、必笑の幕末青春グラフティ。

真鍋博のプラネタリウム　真鍋博　星新一

名コンビ真鍋博と星新一。二人の最初の作品『おーい でてこーい』他、星作品に描かれた挿絵と小説冒頭をまとめた幻の作品集。（真鍋真）

方丈記私記　堀田善衞

中世の酷薄な世相を覚めた眼で見続けた鴨長明。その人間像を自己の戦争体験に照らして語りつつ現代日本文化の深層をつく。巻末対談＝五木寛之

落穂拾い・犬の生活　小山清

明治の匂いの残る浅草に育ち、純粋無比の作品を遺して短い生涯を終えた小山清。いまなお新しい、清らかな祈りのような作品集。（三上延）

須永朝彦小説選　須永朝彦　山尾悠子編

美しき吸血鬼、チェンバロの綺羅綺羅しい響き、暗い水に潜む蛇……独自の美意識と博識で幻想文学ファンを魅了した小説作品から山尾悠子が25篇を選ぶ。

紙の罠　都筑道夫　日下三蔵編

都筑作品でも人気の〝近藤・土方シリーズ〟が遂に復活。贋札作りをめぐり巻き起こる奇想天外アクション小説。二転三転する物語の結末は予測不能。

幻の女　田中小実昌　日下三蔵編

近年、なかなか読むことが出来なかった〝幻〟のミステリ作品群が編者の詳細な解説とともに甦る。夜の街の片隅で起こる世にも奇妙な出来事たち。

第8監房　柴田錬三郎　日下三蔵編

剣豪小説の大家として知られる柴錬の現代ミステリ短篇の傑作が奇跡の文庫化。〈巧みなストーリーテリング〉と〈衝撃の結末〉で読ませる狂気の8篇。

飛田ホテル　黒岩重吾

刑期を終えたやくざ者に起きた妻の失踪を追う表題作など、大阪のどん底で交わる男女の情と性。直木賞作家の傑作ミステリ短篇集。（難波利三）

『新青年』名作コレクション　『新青年』研究会編

探偵小説の牙城として多くの作家を輩出した伝説の総合娯楽雑誌『新青年』。創刊から101年を迎え新たな視点で各時代の名作を集めたアンソロジー。

ゴシック文学入門　東雅夫編

江戸川乱歩、小泉八雲、平井呈一、日夏耿之介、澁澤龍彦、種村季弘――。「ゴシック文学」の世界へと誘う厳選評論・エッセイアンソロジーが誕生！

刀　東雅夫編

名刀、魔剣、妖刀、聖剣……古今の枠を飛び越えて「刀」にまつわる怪奇幻想の名作が集結。業物同士が唸りを上げる文豪×怪談アンソロジー、登場！

家が呼ぶ　朝宮運河編

ホラーファンにとって永遠のテーマの一つといえる「こわい家」。屋敷やマンション等をモチーフとした逃亡不可能な恐怖が襲う珠玉のアンソロジー！

ちくま文庫

昔《むかし》も今《いま》も

二〇一一年六月十日　第一刷発行
二〇二五年四月二十日　第四刷発行

著者　W・サマセット・モーム
訳者　天野隆司（あまの・りゅうじ）
発行者　増田健史
発行所　株式会社　筑摩書房
東京都台東区蔵前二―五―三　〒一一一―八七五五
電話番号　〇三―五六八七―二六〇一（代表）
装幀者　安野光雅
印刷所　株式会社精興社
製本所　株式会社積信堂

ISBN978-4-480-42838-7 C0197